The Sun Also Rises

Ernest Hemingway

太阳照常升起

［美］厄尼尼斯特·海明威 著

杨蔚 译

天津出版传媒集团

天津人民出版社

果麦文化 出品

1925年6月，海明威（左一）与第一任妻子哈德利（右三）第三次游览西班牙潘普洛纳，同行有达夫·托斯顿（左三，新近离婚的社交名媛）和她的情人帕特·格思里（右一），以及哈罗德·勒布（右二）。《太阳照常升起》正是在这次西班牙之旅的基础上创作而成。

谨以此书献给

哈德利和约翰·哈德利·尼卡诺尔[1]

---

1. 哈德利，全名伊丽莎白·哈德利·理查森（Elizabeth Hadley Richardson, 1891—1979），是海明威的第一任妻子。约翰·哈德利·尼卡诺尔（John Hadley Nicanor, 1923—2000）是两人的长子。本书出版于1926年，次年，海明威与哈德利离婚。

你们都是迷惘的一代。

　　　　——与格特鲁德·斯坦因的谈话[1]

一代过去，一代又来，地却永远长存。日头出来，日头落下，急归所出之地。风往南刮，又向北转，不住地旋转，而且返回转行原道。江河都往海里流，海却不满，江河从何处流，仍归还何处。

　　　　——《传道书》[2]

---

1. 格特鲁德·斯坦因（Gertrude Stein, 1874—1946），美国作家、诗人、剧作家、艺术收藏家，在现代主义和后现代主义文学的发展上具有举足轻重的地位，其代表作包括《三个女人》《艾丽丝自传》等。1903年迁居巴黎后，格特鲁德在家主持巴黎文艺沙龙，海明威、菲兹杰拉德、庞德、毕加索、马蒂斯都是沙龙座上客，海明威更将其视为自己文学生涯的领路人。海明威引用这句话作为本书卷首语，使"迷惘的一代"之说得以流传，渐至成为一代作家的名号。但就其本人而言，海明威在给编辑的信件中曾表示，"这部小说的重点并不在于迷惘的一代人"，而在于"地却永远长存"。他认为本书中的人物是"受到损害的"，而非失落、迷惘的。

2. 引自《圣经·旧约·传道书》。"日头出来"在标准英文版中译作"The sun also ariseth"，本书书名"The Sun Also Rises"即来源于此。

第一章

　　罗伯特·科恩曾是普林斯顿的中量级[1]拳击冠军。别以为我会对这样一个拳击赛的名头印象深刻，只是对科恩来说，它意义非凡。他并不在乎拳击，事实上，他不喜欢拳击。但他还是一门心思咬牙苦练，好减轻些普林斯顿大学带给他的自卑和羞怯。他是犹太人，在学校被当成了异类。想着可以把任何在自己面前耀武扬威的家伙揍趴下，这当然是件痛快事，哪怕这个男孩极度羞怯、极度和善，从没在健身房以外的地方打过架。他是斯拜德·凯利的得意门生。斯拜德·凯利按照次轻量级的标准来教导他所有的学生，不管他们的体重是一百零五磅还是两百零五磅。看起来，这很适合科恩。他出拳的确相当快。他表现得太出色了，斯拜德很快安排他与高手对抗，结果，从此他

_____

1. 拳击比赛的一个级别，中量级选手的体重应为154—160磅，即73公斤级。下文提到的"次轻量级"同样也是专业拳击赛的分组级别，其选手体重限定在122—126磅，即57公斤级，又称"羽量级"。

就有了一个塌鼻子。这事儿让他更讨厌拳击了。但同时，也以一种奇特的方式给了他安慰，新鼻子显然比以前的好[1]。在普林斯顿的最后一年里，他读书太多，戴上了眼镜。我从未听说，他的哪个同班同学提起过，或记得他。他们甚至不记得他曾经是中量级拳击冠军。

对于一切所谓直率简单的人，我都不大信得过。故事说得越圆越不信。我一直疑心，说不定罗伯特·科恩从来没得过什么中量级拳击冠军，也许是一匹马踢到了他的脸，也可能他妈妈怀孕时受了惊吓或是看到了什么，要不就是他小时候撞上了什么东西。但最终，有人证实了他的故事，那就是斯拜德·凯利本人。斯拜德·凯利不但记得科恩，还时常记挂着他后来的情况。

罗伯特·科恩来自全纽约最富有的和最古老的犹太家族——父族富有，母族古老。进普林斯顿之前，他在军校学习，是个非常棒的橄榄球队边锋，从没尝过种族差异的滋味儿，也从来没人让他意识到，自己是个犹太人，或是因此与其他人有什么不同。他是个和气的男孩，友好、羞涩，这事儿让他很痛苦。他在拳击里发泄一切，最后，带着痛苦的自觉和扁塌的鼻子离开普林斯顿，和头一个对他表示善意的女孩结了婚。他结婚五年，生了三个孩子，把父亲留给他的五万美元花了个七七八八，遗产的其他部分

---

1. 高鼻梁是犹太人的特征，这样一来，这个外貌特征就不明显了。

都归了他的母亲。和有钱妻子的不快乐生活让他变得死气沉沉、毫无魅力。等他终于下定决心要离开时，她却先一步甩了他，和一个袖珍人像画家跑了。关于要不要离开妻子，他犹豫了好几个月，担心这样对她太残忍。她的离开可让他好好吃了一惊，但也算是件好事。

离婚手续办妥后，罗伯特·科恩动身去了西海岸。在加利福尼亚，他混迹文艺圈子。五万遗产还剩一点儿，他很快就赞助了一份艺术评论刊物。这份评论在加利福尼亚的卡梅尔创刊，最后在马萨诸塞州的普罗温斯敦倒闭。一开始，科恩还只被视为单纯的赞助人，名字只出现在编辑页的顾问栏里，到后来，就成了唯一的编辑。杂志花的都是他的钱，他也发现自己喜欢干文学编辑。当杂志成本越来越高，以至于不得不放弃时，他还挺惋惜的。

不过，那时候他还有其他事要烦。他落到了一位女士手里，这位女士满心指望着靠那杂志飞黄腾达。她十分强势，科恩根本没机会摆脱她的掌握。当然，他也很确定自己是爱她的。当这位女士发现杂志没办法使她飞黄腾达时，就不太耐烦和科恩待在一起了。她打定主意，要趁还有些好处可捞的时候尽可能捞点儿。于是极力怂恿，说他们应当到欧洲去，科恩可以在那里写作。这位女士当年在欧洲上过学。他们到了欧洲，待了三年。那三年里，第一年用来旅行，接下来两年都泡在巴黎。罗伯特·科恩交了两个朋友，布拉多克斯，和我本人。布拉多克斯是他的文学之友，我是他的网球球友。

把他捏在手掌心里的那位女士，名叫弗朗西斯，在第二年快结束时发现自己容颜渐老，于是立刻改变了对罗伯特的态度，从漫不经心的掌控拨弄，变为断然认定，他必须和她结婚。那时候，罗伯特的妈妈又为他安排了一笔津贴，大概每月三百美元。在那两年半的时间里，我相信罗伯特·科恩眼里从没有过第二个女人。他过得快活极了，就像许多生活在欧洲的人一样，虽说更情愿生活在美国。他还学会了写作，写了一部小说。老实说，虽然故事很乏味，倒也不像后来评论员们说的那么糟。他读很多书，玩桥牌，打网球，还在一个本地健身会所里打打拳。

我第一次见识到他女伴的态度，是在一天晚上，那会儿我们三个刚一起吃过晚餐。我们在大道餐厅[1]吃饭，然后去凡尔赛咖啡馆喝咖啡。喝完咖啡，又喝了好几杯fines（白兰地），我说我得走了。科恩正说起，我俩应该找个地方来趟周末旅行。他想出城去好好走走。我提议飞去斯特拉斯堡，然后步行到圣奥黛尔，或是阿尔萨斯[2]的其他什么地方。"我在斯特拉斯堡认识一个女孩，她能带我们在城里逛逛。"我说。

1.大道餐厅（L'Avenue），巴黎著名的高档餐厅。

2.阿尔萨斯（Alsace）为法国东部大区，其首府即是斯特拉斯堡（Strasbourg），后者位于莱茵河畔，与德国隔河相望。

有人在桌子下面踢了我一脚。我以为是不小心碰到的，继续说："她在那儿待了两年了，对那座城市了如指掌。那可是个好姑娘。"

桌子下又是一脚，我抬头一看，才发现罗伯特的女朋友，弗朗西斯，板着脸，下巴抬得老高。

"见鬼，"我说，"干吗要去斯特拉斯堡？我们可以往北到布鲁日，要不去阿登高原[1]也行啊。"

科恩看起来松了一口气。这次没人踢我了。我道过晚安，起身离开。科恩借口买报纸，和我一起走到路口拐角上。"看在上帝的份上，"他说，"你干吗要说那个斯特拉斯堡的姑娘啊？看见弗朗西斯的样子了？"

"没，我为什么要看？就算我认识个住在斯特拉斯堡的美国姑娘，又关弗朗西斯哪门子的事？"

"这没分别。任何姑娘都一样。我不能去，就是这样。"

"别傻了。"

"你不了解弗朗西斯。任何姑娘都不行。你没看见她那脸色？"

"哦，好吧。"我说，"我们就去桑利斯[2]得了。"

---

1. 布鲁日（Bruges），比利时城市。阿登高原（Ardennes）是比利时和卢森堡交界的一片高地，一直延伸到法国境内，以丛林密布的山脊丘峦为地貌特征。这两个地方都在巴黎以北，与上文提到的巴黎以东的阿尔萨斯、斯特拉斯堡相去甚远。

2. 桑利斯（Senlis），法国北部—加来海峡大区城镇，距巴黎仅45公里左右。

"别生气。"

"我没生气。桑利斯不错，我们可以住在麋鹿大饭店，到树林里徒步，然后就回家。"

"很好，听起来不错。"

"好吧，明天球场上见。"我说。

"晚安，杰克。"他说着，转身准备回咖啡馆去。

"你忘了买报纸了。"我说。

"哦，对啊。"他和我一起走到街角的报刊亭，"你没生气，对吧，杰克？"他拿了报纸转过身。

"没有。我干吗要生气？"

"网球场上见。"他说。我看着他带上报纸回了咖啡馆。我挺喜欢科恩，可显然，她主导了他的生活。

第二章

　　那年冬天，罗伯特·科恩回了趟美国，带着他的小说。一家很不错的出版商接受了稿子。听说出门前他和弗朗西斯大吵了一架，她大概就是这么失去他的，我猜。在纽约，好几个女人都对他和善殷勤，回来后他就大不一样了。他对美国的热情前所未有地高涨，不再那么单纯，也不再那么好脾气。出版商对他的小说大加赞扬，让他头脑发热。之后又有好几个女人费尽心思地讨好他，完全打开了他的眼界。有四年时间，他的视线从未超出妻子之外。而后三年，或是差不多三年里，他眼中只看得到弗朗西斯。我敢打保票，这辈子他就没有真正爱过。

　　他因为大学里糟糕的经历而仓促结婚，等到发现自己并非第一任妻子的全部后，又被弗朗西斯牢牢抓住。他没爱过，但已经意识到，对女人来说，他很有魅力。因此，如果有个女人在意他，想和他一起生活，那也算不上什么天赐奇迹。这改变了他，让他变得不那么好相处。此外，在纽约时他和熟人打过几场惊险的桥牌，赌注很高，超出了他的支付能力，可他靠着一手好牌反倒赢了好几百美元。这让他对自己的牌技很是得意，几次说起：就算到了山穷水尽的地步，靠打桥牌，人也总是能谋生的。

后来，发生了另一件事。科恩一直在读 W. H. 哈德森[1]的著作。这消遣听上去没什么坏处，但他把《紫色大地》读了一遍又一遍。上了年纪才来读这本书是很危险的。书里讲述了一位完美英国绅士的风流韵事。故事发生在一片无比浪漫的土地上，精彩纷呈，风光描写十分迷人。一个三十四岁的男人，拿着这书当人生指南，危险性无异于同样年龄的人头一次离开法国修道院就直奔华尔街，还捧着阿尔杰[2]的全套小说当宝典。老实说，后者倒还实用些。我敢肯定，科恩认真研读了《紫色大地》的每字每句，把它当成邓白氏[3]的报告一样对待。你知道我的意思，他不是没有保留，但总体而言，他认为这是本信得过的好书。这就是敦促他行动起来的动力。原本，我还没

1. W. H. 哈德森（William Henry Hudson, 1841—1922），英国博物学家、鸟类学家、作家。出生于阿根廷，1874年移居英国。代表作为《绿色寓所》和《远方与往昔》，下文提到的《紫色大地》则是因本书而出名。

2. 阿尔杰（Horatio Alger, Jr, 1832—1899），美国多产作家，以青少年文学见长，多描写出身贫困的少年凭借勇气、信念、诚实与辛勤工作而跻身中产阶级的成长故事。

3. 邓白氏（R.G.Dun, 即The Dun & Bradstreet Corporation），国际知名的企业资讯和金融分析公司，总部设在美国新泽西州，其历史可以追溯到1841年。前后有四位美国总统曾在该公司供职，其中包括亚伯拉罕·林肯。

意识到它对他的影响力究竟有多大，直到一天，科恩走进我的办公室。

"你好，罗伯特。"我说，"你来是有什么好事要告诉我吗？"

"杰克，你想去南美吗？"他问。

"不。"

"为什么不？"

"不知道。我从来没想过要去。太贵了。况且，南美有的东西，在巴黎都能看到。"

"可那不是真正的南美。"

"我觉得够真的了。"

我有一整个星期的通讯稿要赶，得搭上海陆联运的专列发出去，这才刚写了一半。

"知道什么八卦丑闻吗？"我问。

"不知道。"

"你那些尊贵的熟人里没人离婚吗？"

"没。听着，杰克。要是我来负担咱俩的旅费，你愿意和我一起去南美吗？"

"为什么找我？"

"你会说西班牙语。而且咱俩一起肯定更有意思。"

"不。"我说，"我喜欢这个城市，再说，夏天我一向去西班牙度假。"

"我这辈子都在期待一次那样的旅行，"科恩说，他坐了下来，"只怕再不动身就要老了。"

"别傻了。"我说，"你想去哪儿都行。你有的是钱。"

"我知道。可我就是动不起来。"

"开心点儿，"我说，"所有国家都跟电影里一个样。"
可我对他感到抱歉。他是真的很想去。

"一想到生命飞逝，我却没能真正生活，我就受不了。"

"除了斗牛士，没人真能过得那么精彩。"

"我对斗牛士没兴趣。那种生活不正常。我就想到南
美的乡野里走走。我们俩去旅行，一定非常棒。"

"想没想过到英属东非去打猎？"

"没有，我不喜欢。"

"要是东非，我就和你去。"

"不。我不想去那儿。"

"那只是因为你没读过写非洲的书。去找一本看看，
读读里面的爱情故事，关于那些光彩照人的漂亮黑公主
的。"

"我想去南美。"

他有点儿犹太人的那种一根筋。

"来吧，我们下楼去喝一杯。"

"你不工作了？"

"不了。"我说。我们下楼，去一楼的咖啡馆。我早
就发现了，要摆脱朋友，这是最好的办法。只要一杯酒
下肚，你再说一句，"唉，我得回去了，还有几份电报要

发"，就解决了。在新闻圈子里，找到像这样体面的脱身方式很重要。在这个行当里，永远都要摆出一副不在工作的架势，这是行业守则里相当要紧的一条。不管怎么说，我们下楼进了酒吧[1]，要了一杯威士忌苏打。科恩望着墙边一箱箱的酒。"这地方不错。"他说。

"酒很多。"我同意道。

"听着，杰克，"他靠着吧台，"你难道从来没有过那种感觉，生命匆匆流逝，可你却一无所获？没有发现，你已经过了差不多半辈子了？"

"是啊，每隔一阵子就会突然冒出这种念头。"

"你也知道，再过个三十五年左右，咱们就要死了？"

"得了吧，罗伯特。"我说，"得了吧。"

"我是说真的。"

"我才不操心这种事。"我说。

"你应该想想。"

"我成天有操不完的心。已经够劳神的了。"

"唉，我想去南美。"

"听着，罗伯特，去别的国家也一样。我全都试过了。不管跑到哪儿，你都没法改变自己。完全没有用。"

"但你从没去过南美。"

---

1. 事实上，法国早期的咖啡馆所供应的主要商品是酒精饮料，而非主打咖啡。

"见鬼的南美！要是你抱着这个心思跑过去，那和待在这里不会有任何分别。这个城市很好。你为什么就不能在巴黎重整旗鼓呢？"

"我烦透了巴黎，也烦透了这个区[1]。"

"那就远离这个区。自己四处逛逛，看看会遇到什么。"

"什么都没有。我整晚一个人闲逛，可什么都没发生，只有一个骑警停下来要看我的证件。"

"这城市夜里很棒，不是吗？"

"我不喜欢巴黎。"

所以，就这样了。我很为他惋惜，但这种事你根本就帮不上忙，因为一上来你就会遇到两大障碍：南美能解决一切；他不喜欢巴黎。他从书里得到了头一个结论。我估计，第二个多半也是从某本书里来的。

"好了。"我说，"我得上楼去发几份电报。"

"一定要走吗？"

"是啊，我得把那些电报发出去。"

"要是我上去，在你办公室坐会儿，你不会介意吧？"

"没关系，来吧，上来。"

他坐在外间读报，我和《编辑与出版人》[2]的人一起

---

1. 有可能指的是拉丁区，位于塞纳河左岸，文人、艺术家都汇聚于此，有很多咖啡馆。

2. Editor & Publisher，北美报业巨头，于1901年在美国创刊。2010年1月，其所有者尼尔森公司宣布停刊，两周后杂志易主重刊。

埋头工作了两个小时。最后，稿件都按正、副本整理好，签上名，分装进两个马尼拉纸大信封里。我打铃叫来听差男孩，把它们送去圣拉扎尔火车站。走出外间时，我看到罗伯特·科恩坐在大椅子里，睡着了，头枕着胳膊。我不想叫醒他，可是我得锁门下班了。我伸手搭到他的肩上。他晃了晃脑袋。"我做不到，"他说，头在胳膊里埋得更深，"我做不到。说什么也不干。"

"罗伯特，"我推了推他的肩膀，说。他抬起头，笑了起来，眨眨眼。

"我说什么了吗？"

"是的。不过听不清。"

"上帝啊，真是个可怕的梦。"

"是打字机的声音害得你睡着了吧？"

"大概是吧。我昨晚整夜都没睡。"

"怎么回事？"

"在聊天。"

我能想象。我有个坏习惯，总会去想象朋友们卧室里的景象。我们出门，去那不勒斯咖啡馆喝杯 apéritif（开胃酒），看看傍晚大道上来来往往的人。

第三章

这是个温暖的春夜，罗伯特先走了，我还坐在那不勒斯咖啡馆的露台上，看着天色渐渐黑下来，霓虹灯牌亮起，红绿灯变换色彩，人群经过，出租车堵成一团，马车贴着车流边"嘚儿嘚儿"地走过，poules（妓女）也出来了，有的成双结对，有的独自一人，都在觅夜食。一个漂亮姑娘走过桌边，我看着她沿街走去，不见了。又一个姑娘出现。不一会儿，头一个姑娘回来了。这次经过时，我俩的视线对上了。她走过来，在桌边坐下。服务生也过来了。

"那么，喝点儿什么？"我问。

"潘诺[1]。"

"这对小姑娘可没好处。"

---

1. Pernod, 法国历史最悠久的茴香酒品牌, 是一种浅青色半透明的烈酒, 有浓烈的茴香香味。

"你才小姑娘呢。Dites garçon, un pernod.（嗨，服务生，来杯潘诺。）"

"给我也来一杯。"

"怎么说？"她问，"想找点儿乐子？"

"是啊。你不想吗？"

"天晓得。在这个城市里，你永远不知道会发生什么。"

"你不喜欢巴黎？"

"不喜欢。"

"那为什么不去其他地方？"

"哪有什么其他地方。"

"你很开心，这就行了。"

"开心。见鬼吧！"

潘诺类似苦艾酒，是绿色的，加水就会变成乳白色。味道有点儿像甘草汁，很能提劲儿，也很容易把人放倒。我们对坐喝着酒，那姑娘看起来闷闷的。

"好吧，"我说，"你是打算请我吃晚饭吗？"

她咧嘴一笑。我明白她为什么坚持绷着脸不笑了。只要闭上嘴，她就是个相当漂亮的姑娘。我付了酒钱，和她一起出门，走到街上招呼马车。车夫贴着路边停下车。我们舒舒服服地靠在车里，fiacre（四轮小马车）走得不快，很稳当，顺着歌剧院大道一路下去。路边的商店已经打烊，窗户里还亮着灯，大道宽阔明亮，几乎看不到人。

马车经过纽约《先驱报》办事处，窗户里摆满了钟。

"这些钟都是干吗用的？"她问。

"用来显示美洲各地的时间。"

"别逗了。"

我们离开大道，转上金字塔路，经过拥挤的里沃利路，穿过黑洞洞的大门进入杜伊勒里花园。她依偎在我怀里，我伸出一只胳膊搂住她。她仰起头等我吻她，一只手抚弄着我，我推开了她的手。

"别介意。"

"怎么了？你有病？"

"是的。"

"人人都有病。我也有病。"

我们出了杜伊勒里花园，回到灯光下，越过塞纳河，转上圣佩尔路[1]。

"病了你就不该喝潘诺。"

"你也一样。"

"我没关系。它对女人没影响。"

"你叫什么名字？"

"乔吉特。你叫什么？"

---

1. 本书中提到的街道和地点大多为巴黎真实地名。包括金字塔路（Rue des Pyramides）、里沃利路（Rue de Rivoli）、圣佩尔路（Rue des Saints-Pères）等。歌剧院大道（Avenue de l'Opéra）位于巴黎市中心，连接卢浮宫和巴黎歌剧院。杜伊勒里花园（Tuileries）原为杜伊勒里皇宫的花园，位于卢浮宫和协和广场之间，自1667年起对外开放，宫殿于1871年焚毁。

"雅各布[1]。"

"那是弗兰德人[2]的名字。"

"美国人也用。"

"你不是弗兰德人？"

"不是。美国人。"

"很好，我讨厌弗兰德人。"

这时我们已经到了餐厅门口。我叫住cocher（车夫），刚好中止这个话题。我们起身下车，乔吉特不喜欢这地方的模样。"这可不算一流的餐厅。"

"是啊。"我说，"或许你更愿意去福伊约的店[3]。干吗不待在马车上接着走呢？"

搭上她，完全是出于一时的莫名感伤，觉得有个人一起吃饭挺好。我已经很久没有和poule吃饭了，忘记了这会是多么无趣。我们走进餐厅，经过拉维妮夫人面前，她就站在柜台边。坐在小包间里，吃过东西，乔吉特的兴致高了一些。

"这地方不坏。"她说，"不时髦，但东西不错。"

"比在列日[4]吃得好。"

---

1. 雅各布（Jacob）是正式的教名，杰克（Jake）为其昵称。

2. Flemish，比利时北部弗兰德地区的通行语言，是荷兰语的一支。

3. 福伊约（Foyot）是19世纪上半叶法国国王路易斯·菲利普的御厨，大革命后自行开店，经营餐厅。

4. 列日（Liège），比利时东部城市，列日省首府。下面提到的布鲁塞尔（Brussels）是比利时首都。

"你说的是布鲁塞尔吧。"

我们又要了一瓶红酒，乔吉特说了个笑话。她咧嘴一笑，满口坏牙全都露了出来，我们碰了碰杯。

"你这人不坏。"她说，"可惜你病了。我们挺聊得来。说起来，你究竟是什么病？"

"战争中受的伤。"我说。

"哦，肮脏的战争。"

说不定我们会继续讨论下去，聊聊战争，相互附和，说它是地地道道的文明的灾难，只要有一丝可能，就该尽量避免。我受够这些了。就在这时，另一个包间里有人叫了起来："巴恩斯！嗨，巴恩斯！雅各布·巴恩斯！"

"有朋友在叫我。"我解释道，起身出了包间。

那是布拉多克斯，坐在一张大桌子边，还有好些人都在：科恩、弗朗西斯·克莱因、布拉多克斯太太，还有几个不认识的。

"你要来舞会的，对吧？"布拉多克斯问。

"什么舞会？"

"嘿，就是跳舞啊。你不知道我们又开始跳舞了吗？"布拉多克斯太太插话道。

"你一定要来，杰克。我们都去。"弗朗西斯在桌子那头说。她个子挺高，脸上带着笑。

"他当然会来，"布拉多克斯说，"巴恩斯，过来和我们一起喝杯咖啡。"

"好啊。"

"带上你的朋友。"布拉多克斯太太笑道。她是加拿大人，很有他们那种游刃有余的社交风范。

"多谢了，我们一会儿就来。"我说着，转身回到小包间。

"你的朋友都是什么人？"乔吉特问。

"作家和艺术家。"

"这种人啊，河这边多的是。"

"太多了。"

"我也这么觉得。不过有些人还是很能赚钱的。"

"哦，是的。"

我们结束晚餐，喝完酒。"来吧，"我说，"一起去和他们喝杯咖啡。"

乔吉特打开她的包，对着小镜子，往脸上补了些粉，拿出口红重新描了一下唇，又理了理帽子。

"好了。"她说。

我们走进那挤满人的房间，布拉多克斯和桌边的男人全都站起身来。

"请允许我向各位介绍，我的未婚妻，乔吉特·勒布朗小姐。"我说。乔吉特展现出一个完美的笑，我们握了一圈手。

"那位歌唱家，若尔热特·勒布朗[1]，是你的亲戚吗？"布拉多克斯太太问。

"Connais pas.（不认识。）"乔吉特答道。

"可你们俩的名字一模一样。"布拉多克斯太太坚持说，十分恳切。

"不。"乔吉特说，"压根儿不一样。我叫霍宾[2]。"

"可巴恩斯先生介绍你时说的是若尔热特·勒布朗小姐。他肯定是这么说的。"布拉多克斯太太很坚持。她一说起法语来就兴奋，往往意识不到自己在说些什么。

"他是个笨蛋。"乔吉特说。

"哦，就是说，他是在开玩笑了。"布拉多克斯太太说。

"是的。"乔吉特说，"只是逗逗乐。"

"亨利，你听到了吗？"布拉多克斯太太隔着桌子对布拉多克斯喊，"巴恩斯先生介绍说他的未婚妻是勒布朗小姐，可其实她姓霍宾。"

"当然，亲爱的。霍宾小姐。我很久以前就认识她了。"

"哦，霍宾小姐，"弗朗西斯·克莱因大声道，她的法语说得飞快，还很地道，说起法语来也不像布拉多克斯

---

1. 若尔热特·勒布朗（Georgette Leblanc, 1896—1941），法国著名歌剧演员、女高音歌唱家和作家。出版过两部自传、几部儿童文学作品和旅行见闻录。此外，作为剧作家梅特林克的情人，她还曾将其剧作《青鸟》改写为同名童话作品。此处若尔热特和乔吉特的拼写相同，前者是法国人名，后者是英文发音。

2. 霍宾（Hobin），在俚语里有"聚会中的无名小卒、烂醉者"的含义。

太太那样，显得多么自豪和意外，"你到巴黎很久了吧？喜欢这儿吗？你爱巴黎，不是吗？"

"她是谁？"乔吉特转头问我，"我一定要跟她聊天吗？"

她回过头去，冲着弗朗西斯微微一笑，两手合拢坐着，脖子修长，头端端正正的，嘴唇微微噘起，准备开口说话。

"不，我不喜欢巴黎。这里又贵又脏。"

"真的？我觉得它不是一般的干净呢。是全欧洲最干净的城市之一。"

"我觉得它很脏。"

"多奇怪啊！不过大概你到这里时间还不长。"

"我在这儿已经待得够久的了。"

"可这里的确有些很不错的人。这一点总是要承认的。"

乔吉特转过头来。"你朋友真好。"

弗朗西斯有点儿醉了，还想接着说，不过咖啡端上来了，拉维妮还送来了利口酒。喝完我们就出门，动身去布拉多克斯的舞厅。

那地方在圣日内维耶山路[1]上，是个弥赛特[2]舞厅。

---

1. 圣日内维耶山路（Rue de la Montagne Sainte Geneviève），圣日内维耶山是塞纳河左岸的一座小山，以巴黎的守护圣徒圣日内维耶命名，从山顶可俯瞰先贤祠（Panthéon）和圣日内维耶图书馆（Bibliothèque Sainte-Geneviève）。

2. 弥赛特（Bal Musette），19世纪80年代风靡于巴黎和法国中西部及中央高原南部的音乐舞蹈形式，用手风琴伴奏。这里指大众舞厅。

每周有五个夜晚，先贤祠区干活儿的人们都聚在这里跳舞。有一晚，它会摇身变成夜总会。周一歇业。我们到的时候几乎还没人，只有一个警察坐在门边，舞厅老板娘待在锌皮吧台后面，老板自己也在。我们进门时，这家的女儿正从楼上下来。屋子里摆着些长凳，桌子从这头一直排到那头，最里面才是舞池。

"真希望人都能早点儿来。"布拉多克斯说。老板女儿上前来，想问问我们要喝什么。老板站到舞池边一个高凳上，开始拉手风琴。他脚踝上套着一串铃铛，一边演奏，一边用脚点着拍子。人人都在跳舞。很热，离开舞池时，我们全都汗流浃背。

"我的上帝啊，"乔吉特说，"真是个大蒸笼！"

"是够热的。"

"热死了，我的上帝！"

"把帽子摘了吧。"

"好主意。"

有人邀请乔吉特去跳舞，我穿过屋子去吧台。真是太热了，手风琴声在这种火热的夜里听起来正合适。我站在门口附近，喝着啤酒，吹着街上进来的凉风。两辆出租车沿着陡峭的街道开过来，停在舞厅门口。一群年轻人下了车，有的套着运动衫，有的单穿件衬衫。借着门口的灯光，我能看到他们的双手和刚洗过的鬈发。警察站在门边，看向我，笑了笑。他们进来了。灯下，我看见那些白的手、鬈的发、白的脸，扮着鬼脸，打着手势，吵吵嚷嚷地过去。其中就有布蕾特。她看上去真是可爱，和他们混得很熟。

他们中间有个家伙看见了乔吉特，说："我敢说，这儿有个真正的婊子。我要去跟她跳个舞，莱特。瞧我的。"

那个深色皮肤的高个子，名叫莱特的，说："别胡来。"

金色鬈发的家伙回答："不用担心，亲爱的。"布蕾特确实和他们在一起。

我气坏了。不知怎么的，他们总让我生气。我明白，他们不过是想显得风趣些，逗逗乐子，应该宽容一点儿。可我就是恨不得能把谁狠狠地揍上一顿，随便谁，随便怎么来，把他们那副高高在上、带着傻笑的笃定揍得粉碎。可我只是走到街上，在舞厅隔壁的酒吧里买了杯啤酒。啤酒不怎么样，为了去掉嘴里那股味儿，我又叫了杯威士忌，更糟糕。等回到舞厅时，舞池里已经挤满了人，乔吉特正和那金发高个儿的小子跳舞。他拼命扭着屁股，脑袋歪在一边，一跳舞眼睛就朝上翻。音乐刚停，他们中另一个家伙就紧跟着上前，邀请她跳舞。她已经和他们打成一片了。我知道，接下来他们每个人都会和她跳一圈。他们就喜欢那样。

我坐在桌边。科恩也坐着。弗朗西斯正在跳舞。布拉多克斯太太带来了一个人，介绍说他叫罗伯特·普兰蒂斯，从纽约来的，取道芝加哥，是个初露头角的小说家。

他说话带着某种英国口音。我邀请他喝一杯。

"非常感谢，"他说，"我刚刚才喝过一杯。"

"再来一杯。"

"谢谢，那就再喝一杯。"

我们叫来老板女儿，每人要了一杯 fine à l'eau（白兰地苏打）。

"他们告诉我，你是从堪萨斯城来的。"他说。

"是的。"

"你觉得巴黎有意思吗？"

"还不错。"

"真的？"

我有点儿醉了。没彻底醉，但已经足够开始不管不顾了。

"看在上帝的份上，"我说，"是的。你不觉得？"

"噢，你生起气来真可爱。"他说，"真希望我也能这样。"

我站起来，穿过屋子往舞池走。布拉多克斯太太跟在我身后。"别跟罗伯特生气，"她说，"他还是个孩子，你知道的。"

"我没生气。"我说，"我只是有点儿想吐。"

"你未婚妻今晚可是出尽了风头啊。"布拉多克斯太太望着舞池说，乔吉特正被人拥在怀里，是那个高个子、深色皮肤、名叫莱特的小子。

"是吗？"我说。

"绝对的。"布拉多克斯太太说。

科恩过来了。"来吧，杰克。"他说，"来喝一杯。"我们朝吧台走去。"你怎么了？看起来好像在为什么事生气？"

"没事。只不过这整个场子都叫我恶心。"

布蕾特来到吧台边。

"好啊，小伙子们。"

"你好，布蕾特。"我说，"你怎么还没醉？"

"再也不会喝醉了。我说，给我一杯白兰地苏打。"

她端着杯子站在那儿，我看见罗伯特·科恩一直在瞄她，贪婪地看个没完。他那位同胞看见应许之地时[1]，多半就是这副模样。当然，科恩比他年轻得多。但他一样那么急切，理所当然地期待着。

布蕾特真他妈的漂亮。她穿着一件套头毛衫，配花呢裙子，头发往后拢起，像个男孩似的。她引领着风尚。她的身材玲珑有致，就像赛艇的流线一样，毛衣将一切展露无遗。

"你这些同伴挺不错的，布蕾特。"我说。

"他们很可爱吧？你也一样，我亲爱的。你在哪儿找到这尤物的？"

_____

1.《圣经·创世记》中有关于亚伯兰得耶和华许诺，获授迦南地的故事。亚伯兰奉神谕离开家园前往迦南时已经七十五岁了。后再奉神谕改名亚伯拉罕，是传说中希伯来人（即早期犹太人）和阿拉伯人的共同祖先。

“那不勒斯。”

“今天晚上过得怎么样？”

“哦，千金难买。”我说。

布蕾特大笑起来。“这可就是你的错了，杰克。这是对我们所有人的冒犯。瞧瞧那边的弗朗西斯，还有乔。”

这是说给科恩听的。

“你可是有‘贸易管制’的啊。”布蕾特说。她又大笑起来。

“你真是无比清醒。”我说。

“是啊。可不是么？不管是谁，只要和我那帮人一起喝酒，也一样不会醉。”

音乐响起，罗伯特·科恩说：“布蕾特女士，你愿意和我跳这支舞吗？”

布蕾特微微一笑。“我答应了这一首要和雅各布跳。”她大笑道，“这还真是个要命的圣经名字，杰克。”

“那下一首如何？”科恩问。

“我们要走了，”布蕾特说，“在蒙马特[1]约了人。”

跳舞的时候，我越过布蕾特的肩头看到科恩。他站在吧台边，还盯着她。

“你又俘虏了一个。”我对她说。

---

1. 蒙马特（Montmartre），即蒙马特高地，是巴黎的第十八区，位于巴黎北部。

"别说这个。可怜的家伙。到这会儿我才发现这一点。"

"噢，得了。"我说，"我看你就喜欢这样，越多越好。"

"别说傻话。"

"你就是这样。"

"噢，好吧。是又怎么样？"

"没什么。"我说。我们踩着手风琴的旋律跳舞，还有人在演奏班卓琴。很热，我很开心。我们擦过乔吉特身旁，她正和那群人中的又一个家伙在跳舞。

"你怎么就鬼迷了心窍，把她带来了？"

"不知道，就这么带来了。"

"你陷入该死的浪漫里了。"

"没有。无聊透了。"

"现在？"

"不，现在可不无聊。"

"我们走吧。有人好好关照着她呢。"

"你想走了？"

"我要不想还问你干什么？"

我们离开舞池。我从墙壁挂钩上取下外套，穿上。布蕾特站在吧台边。科恩正对她说话。我走近吧台，问他们要个信封。老板娘找出了一个。我从口袋里掏出五十法郎，放进信封里，封好，交给老板娘。

"那姑娘，和我一起来的那个，要是问起我，你能把这个给她吗？"我说，"要是她和那些绅士中的什么人走了，就帮我留着，行吗？"

"C'est entendu, Monsieur.（明白了，先生。）"老板娘说，"您现在要走了吗？这么早？"

"是的。"我说。

我们朝门口走去。科恩还在对布蕾特说话。她道了句晚安，挽起我的胳膊。"晚安，科恩。"我说。出了门，我们站在街边等出租车。

"你那五十法郎就算是没了。"布蕾特说。

"嗯，是啊。"

"没车啊。"

"我们可以走到先贤祠去找一辆。"

"来吧，我们到隔壁酒吧喝点儿东西，让他们帮忙叫一辆。"

"你连过个马路都不肯。"

"能不走路，我才不走呢。"

走进隔壁酒吧，我请一名服务生去帮忙叫车。

"好啦，"我说，"总算摆脱他们了。"

锌皮吧台很高，我们靠在上面，互相看着，没说话。那服务生进门来，说车在外面了。布蕾特紧紧握着我的手。我给了服务生一个法郎才出门。"要跟他说去哪里？"我问。

"哦，就说，四处兜兜风。"

我告诉司机去蒙苏里公园，然后上车，带上车门。布蕾特靠在角落里，闭着眼。我坐在她旁边。车颤了颤，出发了。

"噢，亲爱的，我好难受。"布蕾特说。

第四章

出租车开上山，驶过亮灯的广场，又一头钻进黑暗里，继续往上爬，来到平地，拐进圣艾蒂安教堂[1]背后的黝黑街道，顺着柏油路稳稳下坡，经过小树林和护墙广场上停着的公共汽车，开上穆浮塔路的鹅卵石路面。街道两边有些亮灯的酒吧和开到很晚的店铺。车沿着古老的街道开下去，有些颠簸，我们分开坐着，不是靠拢。布蕾特的帽子摘了下来，头仰在椅背上。店里透出的光照亮了她的脸，接着又黑下来，直到上了高柏兰大街，我才能看清她的模样。这条街路面挖开了，乙炔灯高挂着，人们正在修电车轨道。布蕾特面孔雪白，明晃晃的灯光映出她脖颈的修长线条。再次没入黑暗街道时，我吻了她。我们的嘴唇紧紧贴住。下一刻，她就闪开了，缩在座椅角落里，尽力

---

1. 圣艾蒂安教堂（St. Étienne du Mont）位于圣日内维耶山上，内有巴黎守护圣徒圣日内维耶的圣祠。数学家帕斯卡、剧作家让·拉辛和法国革命家马拉等均安葬于此。

缩得远远的，垂着头。

"别碰我，"她说，"拜托，不要碰我。"

"怎么啦？"

"我受不了这个。"

"噢，布蕾特。"

"千万别。你知道的。我受不了，所有这些。噢，亲爱的，为我想想！"

"你不爱我吗？"

"不爱你？你一碰，我就软成了一摊果冻。"

"难道我们就什么都不能做吗？"

现在她已经坐了回来。我伸出胳膊搂着她，她偎着我，两人都静了下来。她看着我的眼睛，又是那种神气，让人禁不住怀疑，她是不是真的在看。这双眼睛会一直看着，看着，直看到其他人的眼睛都避开去，无论是谁。她看着，仿佛这地球上任何东西都值得她这样的专注。但其实，她害怕的东西有那么多。

"所以说，我们该死的什么都做不了。"我说。

"我不知道。"她说，"我不想再受折磨了。"

"咱俩最好离得远远的。"

"可是，亲爱的，我需要见到你。你不明白。"

"是的。但总是弄成这样。"

"是我的错。可咱们不是已经在付出代价了吗，为做过的那些事？"

她一直注视着我的眼睛。她的眼眸有时深，有时浅，有时看起来还平得很。而这一刻，深深浅浅全在其中。

"只要一想起我的地狱，想起我把那么多人都拖了进去。现在就是在为这些偿债了。"

"别说傻话，"我说，"再说了，我那事儿本来就该是个笑话。我从来不去多想它。"

"噢，是的。我敢打赌，你不会在意。"

"好了，别说这个了。"

"有一次，我，我自己也嘲笑过这个，"她没有看我，"我兄弟的一个朋友从蒙斯[1]回来，也是这个样子。那真是可怕的笑话。男人们从来就什么都不知道，不是吗？"

"是的。"我说，"人人都一无所知。"

我漂亮地结束了这个话题。在这样或那样的时刻，我曾从各种角度琢磨过这个问题，其中之一就是：某些伤病或残疾会成为取乐的话题，但同时，对于受伤的人来说，这仍然是十分严重的问题。

"有趣，"我说，"这很有趣。陷入爱情也非常有趣。"

"你这么觉得吗？"她的眼睛看起来又是平的了。

"我不是说那种乐子。大概就是，一种很享受的感觉。"

1．蒙斯（Mons）是比利时西部古城，靠近法国边界，地处要津，交通发达，一战时曾发生过蒙斯战役（1914年8月），战斗在英、德、加三国部队间展开。

"不。"她说，"我觉得是人间地狱。"

"能见面就很好。"

"不。我不觉得。"

"你不想和我见面？"

"我做不到。"

现在，我们像两个陌生人一样并排坐着。右边就是蒙苏里公园。那儿有家带活鳟鱼池子的餐厅，你可以坐在里面往外看公园。餐厅已经关门了，黑乎乎的。司机转过头来。

"想去哪里？"我问。布蕾特偏过头去。

"嗯，去雅士吧。"

"雅士咖啡馆[1]，"我告诉司机，"蒙帕纳斯大道。"汽车径直向前，绕过贝尔福雄狮[2]，这狮子守护着来来去去的蒙鲁日电车。布蕾特直直盯着前方。车开上了拉斯帕尔大道，已经能看到蒙帕纳斯的灯光，布蕾特说："如果我提个要求，你不会太介意吧？"

---

1. Café Select，位于塞纳河左岸，海明威、毕加索等都曾是咖啡馆座上客。如今也有人直接称之为"海明威咖啡馆"。本书中出现的巴黎咖啡馆大都确有其事，其中许多是当时名流文士聚集的地方，包括下文中多次出现的圆亭咖啡馆（La Rotonde）、圆顶咖啡馆（Le Dôme）、丁香园咖啡馆（La Closerie des Lilas）等。

2. 贝尔福雄狮（Le Lion de Belfort）代表了法国人在贝尔福之围中表现出的英勇。1870年12月，4万普鲁士大军围困贝尔福，城内17000名居民奋起抵抗，当103天的围困结束后，仅3500人存活下来。这座红砂岩雕塑出自法国雕塑家巴托尔迪之手，他也是纽约自由女神像的作者。

"别说傻话了。"

"到那里之前，再吻我一次，就一次。"

这时，车停了，我绕到车门外付钱。布蕾特一边往外挪一边戴上帽子。下车时，她伸出一只手，递给我。她的手在发抖。"我说，我看起来是不是很糟糕？"她拽下她那戴着几分男人气的帽子，迈步走进酒吧。店里，吧台边、桌边，那帮跳舞的家伙几乎全都在。

"嗨，伙计们。"布蕾特说，"我可得喝上一杯。"

"噢，布蕾特！布蕾特！"一个小个子希腊肖像画家朝她挤过来，他自称公爵，人人都管他叫齐齐，"有个好消息要告诉你。"

"嗨，齐齐。"布蕾特说。

"介绍你认识个朋友。"齐齐说。一个胖男人上前来。

"米比波普勒斯伯爵，来见见我的朋友阿什利夫人。"

"你好啊？"布蕾特说。

"啊，夫人，您在巴黎玩得还尽兴吗？"米比波普勒斯伯爵问，他的表链上挂着一枚鹿牙。

"非常好。"布蕾特说。

"巴黎终究是个不错的城市，"伯爵说，"不过，我猜您在伦敦一定也有很多精彩的活动。"

"噢，是的，"布蕾特说，"非常多。"

布拉多克斯坐在桌边招呼我。"巴恩斯，"他说，"过来喝一杯。你那姑娘可是跟人大吵了一架。"

"怎么回事？"

"老板娘的女儿说了什么。吵得够凶的。知道吗，她还真是厉害。连黄票[1]都亮出来了，还叫老板娘的女儿也拿出来。要我说，吵得真够凶的。"

"最后怎么样了？"

"哦，有人把她带回家了。女孩儿长得不赖。满嘴行话。过来坐坐，喝一杯。"

"不了，"我说，"我得走了。看见科恩了吗？"

"他和弗朗西斯一起回家了。"布拉多克斯太太插进来道。

"可怜的家伙，一副垂头丧气的样子。"布拉多克斯说。

"可不是。"布拉多克斯太太说。

"我得走了。"我说，"晚安。"

我到吧台边跟布蕾特道了晚安。那伯爵正在买香槟。"和我们一起喝一杯吗，先生？"他问。

"不了。非常感谢。我要走了。"

"真走了？"布蕾特问。

"是啊。"我说，"头疼得要死。"

"明天见？"

"到我办公室来吧。"

---

1. Yellow card，妓女的执业证书。这个说法最初出自沙皇俄国。

"难说。"

"好吧，那我们在哪儿碰头？"

"五点左右，随便哪儿。"

"那就去城那头吧。"

"好。我五点到克里翁酒店。"

"说定了，要到啊。"

"别担心，"布蕾特说，"我从没骗过你，对吧？"

"有迈克的消息吗？"

"今天来了封信。"

"晚安，先生。"伯爵说。

我出了门，顺着人行道往圣米歇尔大道走，圆亭咖啡馆还是挤满了人，街对面是圆顶咖啡馆，桌子一直排到马路牙子边。有人在桌边冲我招手，我没看清是谁，就没搭理。我想回家。蒙帕纳斯大道上空荡荡的。拉维涅餐厅门窗紧闭，有人在丁香园咖啡馆门外忙活，把桌子叠起来。半路上，弧光灯照着奈伊[1]像，旁边栗树环绕，枝头抽出了新叶。一个紫色花环靠放在雕像基座上，已经褪了色。我停下来读碑文：波拿巴主义者团体敬建，某年月日。具体记不清了。奈伊元帅脚蹬长筒靴，手里举着剑，站在马栗树的枝叶间，看起来真不错。我的公寓就在街

---

1. Michel Ney（1769—1815），又被称为Marshal Ney（奈伊元帅），拿破仑授勋的十八位开国元帅之一，参加过法国大革命和拿破仑战争。

对面，顺着圣米歇尔大道走一小段就是。

门房还亮着灯，我敲敲门，她拿出信来给我。我道过晚安，上了楼。有两封信和几份报纸。我就着餐厅的煤气灯看信。是美国寄来的。一封是银行账单，说账上还有2432.60美元。我拿出支票本，减掉月初以来的四笔开支，发现还剩1832.60美元。我把这个数字记在账单背面。另一封是喜帖。阿洛伊修斯·科尔比夫妇宣布他们的女儿凯瑟琳结婚了——我既没见过这女孩，也不认识她的新郎。他们一定是给全城都发了帖子。这名字真滑稽。要真认识个叫阿洛伊修斯这样名字的人，我肯定能记得。这是个不错的天主教名字。帖子上还印着个纹章。就像希腊公爵齐齐，还有那个伯爵，那伯爵真好笑。布蕾特也有个头衔，阿什利夫人。见鬼吧布蕾特。见鬼去吧，你，阿什利夫人。

我打开床头灯，关掉煤气灯，敞开窗。床离窗户很远。窗户敞开着，我坐到床边开始脱衣服。外面，一趟夜车沿着电车轨道开过，是往市场运蔬菜的车。夜里睡不着时，它们就会显得很吵。脱掉衣服，我看着镜子里的自己。镜子嵌在床边的大衣橱上。法国人就爱这么布置他们的房间。大概还挺实用，我猜。有那么多地方可以受伤，偏偏……我猜这说不定也挺好笑。我套上睡衣，上了床。有两份斗牛报纸可看，我拆开封皮。一份是橘色的，一份黄色。其实内容都一样，不管先看哪份，另一份都会变得索然无味。Le Toril（牛栏报）办得好一些，就从这份开始。我把它从头到尾地读了个遍，连小通信栏和谜语笑话也没放过。吹灭灯。也许这就能睡得着了。

我的脑子开始转。无非是老一套的怨言。唉，上了那条笑话一样的意大利前线，受了伤，还溃退了，真是糟糕透顶。在意大利的医院里，我们这些人几乎成了一个团体，还有个可笑的意大利名字。我很好奇，其他人现在怎么样了，那些意大利人。那是在米兰，马焦雷医院的庞蒂楼。旁边一栋就是戎达楼[1]。有尊庞蒂的塑像，也可能是戎达的。那个上校联络官就是到那里看望我的。真滑稽。那大概是最最滑稽的事了。我浑身裹着绷带。他们说了我的事。于是他就发表了一场精彩绝伦的演说："你，一位外国人，一位英国人（所有外国人都是英国人），献出了比生命更宝贵的东西。"说得多漂亮啊！我真该把它裱起来挂在办公室里。他从头到尾都没笑。我估计，他是把他自己当成我了。"Che mala fortuna! Che mala fortuna!"（太不幸了！太不幸了！）

我可能从没意识到这一点。我尽力适应，不给别人找麻烦。要不是在他们送我回英国的船上遇到了布蕾特，说不定一辈子都不会有问题。我总觉得，她只不过是对自己

---

1. 马焦雷医院（Ospedale Maggiore）是意大利最早的公立医院，创立于15世纪，规模也最大。庞蒂楼是神经科病房，戎达楼是外科和移植科。庞蒂是意大利建筑师，曾于一战期间参战，获铜质勋章和意大利十字勋章。

没有的东西感兴趣罢了。人就是这样。见鬼的人们。天主教会很会应付这个。不管怎么说，话是不错。别去想它。噢，多好的劝告。试着花点儿时间接受它。试着接受。

我清醒地躺着，东想西想，思绪跳来跳去。然后，躲不开了。我开始想布蕾特，其他念头全都不见了。我想着布蕾特，思绪停止跳跃，化为了温柔的波浪。突然间，我哭了。过了会儿，感觉好点儿了，我躺在床上，听笨重的电车开过，沿街驶去，渐渐睡着。

醒过来的时候，外面很吵。我听了听，感觉认出了一个声音，便起身披上便袍，走出房间。门房在楼下说话。她很生气。我听见自己的名字，就冲着楼下问了一声。

"是你吗，巴恩斯先生？"门房叫道。

"是的，是我。"

"这儿来了个不明来路的女人，把整条街都吵醒了。大半夜的，这叫什么乱七八糟的事！她说一定要见你。我跟她说，你睡了。"

紧接着，我听到了布蕾特的声音。迷迷糊糊中，我还以为是乔吉特。真不知道为什么会弄错。她不可能知道我的地址。

"能让她上来吗？谢谢。"

布蕾特上来了。她醉得厉害。"我干了傻事，"她说，"大吵了一场。喂，你还没睡，对吧？"

"你觉得我刚才在干吗？"

"不知道。几点了？"

我看看钟。四点半。"我完全不知道时间。"布蕾特说，"我说，伙计，我能坐下吗？别生气，亲爱的。刚离开伯爵。他送我来的。"

"他怎么样？"我一边拿白兰地苏打水和杯子，一边问。

"一点儿就行，"布蕾特说，"别想把我灌醉了。那伯爵？噢，他好极了。和我们是一路的。"

"他真是伯爵吗？"

"就是这样。我真觉得是，你知道吗？反正就，像那么回事儿。真是太通人情世故了。不知道从什么地方学来的。在美国还有一家甜品连锁店。"

她小口喝着杯子里的酒。

"我想他说的是连锁店。就这类东西。全都串在一起。跟我说了一点点。真他妈有意思。不过，他是我们一路的人。噢，闭嘴。没有疑问。人们永远有权说话。"

她又倒了一杯。

"我干吗说这些？你不会介意的，是吧？知道吗，他在资助齐齐。"

"齐齐也真的是公爵吗？"

"我不该怀疑的。希腊，你知道。三流画家。我更喜欢伯爵。"

"你和他去哪儿了？"

“噢，到处去。现在他就把我送到这里来了。说要给我一万美元，跟他去比亚里兹。那是多少英镑？”

“差不多两千。”

“一大笔钱啊。我说我不能这么干。他和气极了。我说，我在比亚里兹认识很多人。”

布蕾特大笑。

“喂，你喝得真慢。”她说。我刚才只抿了几口。听她这么说，便喝了一大口。

“这还差不多。真好玩。”布蕾特说，“然后他又想要我跟他去戛纳。我说，我在戛纳认识很多人。蒙特卡罗。我说我在蒙特卡罗认识很多人。我告诉他，到哪儿我的熟人都很多。本来就是。后来，我就让他送我到这里来了。”

她看着我，手放在桌上，端着杯子。“别那样看着我，”她说，“我跟他说，我爱上你了。这也是真的。别那么看着我。他真是个好人。还想明晚开车带我们出去吃晚饭。去不去？”

“为什么不呢？”

“我该走了。”

“为什么？”

“只是想来见见你。就是个该死的傻念头。你要换衣服下楼吗？他的车就停在街那头。”

“伯爵？”

“他自己。还有个穿制服的司机。要带我兜风，去森林[1]吃早餐。带篮子去。都是从柴利饭店弄的。整打的玛姆香槟。想去吗？”

“我早上还得上班。”我说，“如今我已经跟不上你们了，差太多，玩不到一起去。”

“别冒傻气。”

“没办法。”

“好吧。给他带个好？”

“你做主。完全没问题。”

“晚安，亲爱的。”

“别难过。”

“你害我难受了。”

我们接吻告别，布蕾特在发抖。“我最好还是走吧，”她说，“晚安，亲爱的。”

“你不必走的。”

“是啊。”

我们在楼梯上又吻了一次。叫门时，门房女人在她的门板后嘟哝着什么。我回到楼上，站在敞开的窗户边，看着布蕾特走在大街上，走向那辆停在路灯下的豪华大轿车。她上了车，车开走了。我回过身。桌上，一个杯子

---

1. 这里说的是布洛涅森林公园（Bois de Boulogne），位于巴黎西郊，建于1852—1858年之间。

空了，一个还剩半杯白兰地苏打。我拿起两个杯子走进厨房，把残酒倒进洗碗池。关上餐厅的煤气灯，踢掉拖鞋，坐上床，钻进被窝。这是布蕾特，一个我会为之哭泣的女人。我想着她，走在街上，钻进车里，想着刚刚看到的情形。当然，有那么一会儿，我又觉得糟透了。白天里，要对任何事保持铁石心肠都容易得很，可夜里就完全不是那么回事。

第五章

早晨，我沿着大道走到索弗洛街，去喝咖啡，吃点儿牛油面包。早上天气不错。卢森堡花园里的马栗树都开了花。有一种大热天清晨的舒适感。我喝着咖啡看报纸，又抽了一支烟。卖花女子从市场里出来了，开始整理日常的花草。学生们要么往上走，去法律学院，要么向下，去索邦神学院。圣米歇尔大道上一派忙碌景象，挤满了电车和赶着上班的人。我上了一辆S路公交车，站在后面的平台上。公交车是开往马德琳教堂的。到教堂下车，沿着卡普希大道走到歌剧院，再上去就是我的办公室。路上有个家伙在摆弄跳跳蛙，还有一个卖拳击手玩偶的人。我绕到边上，免得撞上玩偶的提线。他的女助手正提着线操纵拳击手。她就那么站着，手里攥着线，眼望远处。男人在极力向两个游客兜售。另外三个游客停下脚步看着。我跟在一个男人身后，他正推着滚轮，在人行道上印下

CINZANO[1]字样，每个字母都潮湿新鲜。一路上都是赶着上班的人。我穿过马路，拐进办公室。

我的办公室在楼上。翻过法国各大晨报，抽完烟，我在打字机前坐下，开始工作，一忙就是一上午。十一点，我出门打车去奥赛码头[2]。到地方进门，和十几个记者一起坐了差不多半小时，听一个年轻的外交部发言人发言答问，他通身新法兰西评论的派头[3]，戴着副角质框眼镜。议长正在里昂发表演说，或者，确切地说，正在演讲结束后的返程途中。好几个提问的家伙看上去只是不甘沉默，新手也问了两三个问题，他们总喜欢刨根究底。没什么新闻。离开奥赛码头时，我跟伍尔西、克鲁姆一起拼了辆出租。

"你晚上都干吗，杰克？"克鲁姆问，"从没见你出来玩。"

"哦，我在拉丁区玩。"

"哪天我也去逛逛，丁戈酒吧。没有比那更好的地方了，不是吗？"

1．一种意大利味美思酒的牌子，通常以红、白葡萄酒加入草药酿成。Cinzano品牌的历史最早可追溯至1757年。

2．奥赛码头（Quai d'Orsay）原本是巴黎塞纳河左岸的一处码头，码头处街道因同名，这里指代坐落于此的法国外交部。

3．《新法兰西评论》（Nouvelle Revue Française）是一份法国文学刊物，创办于1909年，一战期间曾停刊，1919年复刊，在法国文化界颇有影响力。

"是的。那里不错，还有如今的新贵，雅士。"

"早就想去了。"克鲁姆说，"可是，你明白的，我有老婆孩子了。"

"打场网球怎么样？"伍尔西问。

"哦，是啊。"克鲁姆说，"说起来，今年我还没打过球呢。好几次想去的，可一到星期天就下雨，球场上人又太多了。"

"英国人星期六铁定歇业休息。"伍尔西说道。

"这帮走运的讨饭鬼。"克鲁姆说，"嗯，这么说吧。等哪天我不用再给通讯社工作了，有的是时间往乡下跑。"

"就该这样。住在乡间，开辆小车。"

"我琢磨着明年买辆车什么的。"

我敲了敲玻璃，司机停下车。"我到了。"我说，"进来喝一杯吧。"

"不了，多谢啦，老伙计。"克鲁姆说。伍尔西也摇摇头："我得把他上午那点儿东西整理出来。"

我塞了两法郎硬币到克鲁姆手里。

"你有病啊，杰克，"他说，"这趟我来。"

"反正都是公费。"

"不行。我来。"

我挥挥手道别。克鲁姆探出头来。"星期三午饭见。"

"没问题。"

我坐电梯上楼。罗伯特·科恩正等着我。"嗨，杰克，"

他说，"出去吃午饭？"

"好，等我看看有事没有。"

"去哪儿吃？"

"都行。"

我扫了一眼办公桌。"你想去哪儿吃？"

"韦泽尔怎么样？他们的horsd'œuvres（冷餐拼盘）挺不错。"

来到餐厅，我们点了拼盘和啤酒。调酒师送上冰凉的啤酒，装在高杯里，杯壁上凝了一层水珠。拼盘里的各种食物足有一打。

"昨晚玩得开心吗？"我问。

"不。我可不觉得。"

"写作怎么样了？"

"一塌糊涂。第二本书我完全写不下去。"

"谁都有这种时候。"

"哦，我明白。可还是焦虑得很。"

"还想着去南美？"

"我是认真的。"

"好吧，那为什么还不动身呢？"

"弗朗西斯啊。"

"哦，"我说，"带上她一起好了。"

"她不会喜欢的。这不是她感兴趣的那种事。她就喜欢身边围满了人。"

“那就让她见鬼去。”

“我做不到。我得对她负责。”

他把黄瓜片拨到一边，又起渍鲱鱼。

“杰克，关于布蕾特·阿什利夫人，你都知道些什么？”

“阿什利夫人是她的头衔，她本名叫布蕾特。是个很好的姑娘。”我说，“她正在办离婚，然后就要和迈克·坎贝尔结婚了。他现在在苏格兰。怎么了？”

“她真是个迷人的女人。”

“是吗？”

“她身上有种特别的气质，非常优雅。看起来十足优雅，又正派。”

“她是很好。”

“我不知道该怎么描述这种气质，”科恩说，“也许就是教养吧。”

“听起来，你相当喜欢她。”

“的确。就算爱上她，我也一点儿都不觉得奇怪。”

“她是个酒鬼。”我说，“她爱的是迈克·坎贝尔，就快结婚了。早晚有一天，他会变成个有钱人的。”

“真没法相信，她要跟他结婚。”

“为什么不呢？”

“说不好。我就是不相信。你认识她很久了吗？”

"是的。"我说，"战争那会儿，她是志愿救护队[1]的人，就在我住的医院里工作。"

"那时候她一定还是个孩子。"

"她现在已经三十四岁了。"

"她什么时候嫁给阿什利的？"

"战争期间。那时候她的真爱染上痢疾，刚刚被踢出局。"

"这话听着有点儿刻薄。"

"抱歉。我不是那个意思，只是想告诉你事实。"

"我不信她会嫁给不爱的人。"

"噢，"我说，"她已经这么干两次了。"

"我不相信。"

"好吧，"我说，"要是你不喜欢这答案，就别再问这些蠢问题了。"

"我没问你那个。"

"你问我，对于布蕾特·阿什利，我都知道些什么。"

"我没让你侮辱她。"

"哈，见你的鬼去吧。"

他站起身，脸色发白，就那么站在那里，面前一堆拼盘小碟，面色苍白，怒气冲冲。

---

1. 志愿救护队（V.A.D; Voluntary Aid Detachment）是英国及大不列颠帝国各属国一类志愿者组织的统称，为战地输送护理人员，提供相应服务。主要活跃于一战和二战期间。

"坐下。"我说,"别像个傻子一样。"

"你要收回那句话。"

"噢,得了吧,你不是幼儿园小孩了。"

"收回去。"

"好好。都收回去。我从没听说过布蕾特·阿什利这人。行了吧?"

"不。不是那个。是叫我见鬼去那句。"

"噢,不要去见鬼。"我说,"坐下来吧。我们才刚开始吃呢。"

科恩重新露出笑容,坐了下来。看起来他还是很乐意坐下来的。不坐下来他该死的又能怎么样呢?"你那话真太难听了,杰克。"

"我很抱歉。我这张臭嘴。说那些恶毒话的时候,我绝对不是真那么想的。"

"我明白。"科恩说,"你绝对是我最好的朋友,杰克。"

上帝保佑,我心想。"忘掉那些话吧。"我大声说,"我很抱歉。"

"没事。没关系。我就是一时生气。"

"那就好了。咱们再叫点儿什么吃的吧。"

吃过午餐,我们走到和平咖啡馆去喝咖啡。我能感觉到,科恩还想再说说布蕾特,但我把话头岔开了。我们一直在东拉西扯。最后,我扔下他,回了办公室。

第六章

　　五点钟，我到了克里翁酒店。布蕾特不在。我坐下来写几封信。信写得不怎么样，可我指望克里翁酒店的信纸能帮它们加加分。布蕾特一直没出现。等到六点差一刻，我下楼到酒吧，和服务生乔治一起喝了杯杰克玫瑰。布蕾特也没来过酒吧。我一边上楼离开，一边四下张望着找她，最后只能叫了辆出租车去雅士咖啡馆。过塞纳河时，我看见一串空驳船，被拖曳着往下游走，神气十足，靠近桥下时，船员们纷纷挥桨撑杆。河很美。在巴黎，过桥总能让人心情舒畅。

　　汽车绕过打着旗语的旗语发明者塑像，转上拉斯帕尔大道。我向后靠在椅背上，不看外面。拉斯帕尔大道永远那么乏味。巴黎—里昂—地中海铁路从枫丹白露到蒙特利尔的那段也是这样，总让我觉得黯淡、无聊、死气沉沉，整段都是。我猜，大概是某些联想让旅程中的这些地方显得如此死板。在巴黎，像拉斯帕尔大道这么难看的街道不止一条。如果是步行，我完全不在意。可坐车经过就受不了。也许我曾经在哪里读到过关于它的什么东西吧。罗伯特·科恩对巴黎的所有印象都是这么来的。真不知道科恩从哪里得来的印象，这么不喜欢巴黎。也许是因为门肯[1]。门肯憎恶巴黎，我敢肯定。太多年轻人的好恶都来自门肯。

　　出租车在圆亭咖啡馆门口停下。不管你跟出租车司机说去哪家咖啡馆，只要是从右岸到蒙帕纳斯一带，他们就会把你送到圆亭。十年前，或许会是圆顶。反正都很近。我走过圆亭暗沉的咖啡桌，往雅士去。咖啡馆里，吧台边有几个人，屋外就哈维·斯通一个，独自坐着。他面前已经堆起了一摞茶碟[2]，胡子也该刮了。

　　"坐。"哈维说，"我正找你呢。"

　　"怎么了？"

　　"没什么。就是找找你。"

　　"去看赛马了？"

　　"没有。从星期天起就不看了。"

　　"美国那边有什么消息吗？"

---

1. 门肯（Henry Louis Mencken, 1880—1956），德裔美国人，被认为是20世纪上半叶美国最具影响力的作家和散文家之一，同时也是杰出的语言学家和犀利的社会、文化评论家。他是老式的自由主义者，主张限制政府权力，抨击教会，嘲讽刻板肃穆的清教徒，坚持反对禁酒令。

2. 咖啡馆根据茶碟数量统计客人的消费。

"什么都没有。音讯全无。"

"怎么回事？"

"我不知道。我跟他们完了。彻底完了。"

他往前凑了凑，紧盯着我。

"想听我说说吗，杰克？"

"好啊。"

"我已经五天没吃东西了。"

我脑子里飞快地回想。在纽约吧里玩扑克骰子时，哈维赢了我两百法郎，那是三天前的事。

"到底怎么回事？"

"没钱。钱没到。"他顿了顿，"这么跟你说吧，杰克，很奇怪。每次到这个地步时，我就只想一个人待着。我想待在自己房间里，像猫一样。"

我摸摸口袋。

"一百块能帮上点儿忙吗，哈维？"

"够了。"

"来吧。我们去吃点儿东西。"

"别急。先喝一杯。"

"最好还是先去吃东西。"

"不。每到这种时候，我都不在乎吃不吃的。"

我们一起喝了点儿酒。哈维把我的杯垫叠到他那堆上。

"哈维，你认识门肯吗？"

"认识。怎么？"

"他是个什么样的人？"

"挺好的。他总能说些很有趣的故事。上次和他一起吃晚餐时，我们还聊到霍芬海姆。'问题是，'他说，'他是个浪荡公子。'我们聊得挺好。"

"听着不坏。"

"他已经才尽了。"哈维接着说，"他已经把所有了解的东西都写完了，现在写的都是他不了解的东西。"

"应该还好吧。"我说，"我只是不太读得来他的东西。"

"噢，现在没人读他了。"哈维说，"除了那些读惯了亚历山大学院[1]报告的家伙。"

"嗯，"我说，"那也不错。"

"没错。"哈维说。我们就这么坐着，各自沉思了片刻。

"再来一杯波尔图[2]？"

"好啊。"哈维说。

"科恩来了。"我说。罗伯特·科恩正在过马路。

"那个笨蛋。"哈维说。科恩朝我们走来。

---

1. 全称亚历山大·汉密尔顿学院（Alexander Hamilton Institute），曾是纽约市一座商业教育机构，创立于1909年，20世纪80年代关闭。它同时也是一家商业机构，负责搜集、整理和发布商业信息。

2. 波尔图（porto，也写作port），葡萄牙特产的红葡萄酒，糖分很高。

"嗨，你们这两个懒汉。"他说。

"你好啊，罗伯特。"哈维说，"我刚还在跟杰克说，你是个笨蛋。"

"你什么意思？"

"直接说，别想。要是能随心所欲，你要做什么？"

科恩开始琢磨。

"不要想。凭直觉说。"

"我不知道。"科恩说，"这到底是在干吗？"

"我的意思是，你最想干什么。你脑子里出现的第一件事是什么。别管傻不傻。"

"我不知道。"科恩说，"我觉得，应该是再去打橄榄球，用上我现在学会的那些东西。"

"我看错你了。"哈维说，"你不是笨蛋。只是个发育不全的病例。"

"你真是病得不轻，哈维。"科恩说，"早晚有人会揍扁你的脸。"

哈维·斯通大笑。"你也就想想吧。可惜没人会这么干。因为我不在乎。我又不是什么拳击手。"

"等有人这么干的时候，你就知道厉害了。"

"不，不会的。这就是你最大的问题。你没脑子。"

"别说我。"

"好啊。"哈维说，"我又无所谓。对我来说，你就没什么意义。"

"来吧，哈维，"我说，"再喝杯波尔图。"

"不了。"他说，"我要去街那头吃点儿东西。回头见，杰克。"

他往外沿着街道走去。我看着他过马路，横穿出租车群，个头瘦小，步履沉重，在车流中走得从容笃定。

"他总能惹我发火，"科恩说，"真是受不了他。"

"我喜欢他。"我说，"很喜欢。你不会想对他发火的。"

"我明白，"科恩说，"只不过他有点儿让我恼火。"

"下午写东西了？"

"没有。完全写不下去。比我第一本书难写。我陷入瓶颈了。"

初春时节那满满的自信不见了。那会儿他刚从美国回来，对创作充满信心，只是一心记挂着他的探险。可如今，那份笃定全没了。不知怎么的，我老觉得没能把罗伯特·科恩说清楚。原因是，直到他爱上布蕾特之前，我从没听说他有过任何与众不同的表现，无论哪种方式，都没有。他在网球场上看起来很不错，身体好，身材保持得也好；桥牌打得不错，还很有几分有趣的大学生气质。在人群中，他从不发表出挑的言论。身上穿的，是那种在学校里被叫作马球衫的衣服，或许现在还这么叫，但他并不是真的那么有活力。我不觉得他在着装上花了多少心思。他的外表来自普林斯顿。内在却被两个女人塑就，她们训练了他。他身上有股男孩式的快活劲儿，招人喜欢，这绝不是训练得出来的，我大概没说清楚这一点。举个例子吧，他在网球场上很好胜。说不定和朗格朗[1]一样热爱赢球。另一方面，就算输了球，他也不会生气。可自从爱上布蕾特以后，他在网球上就一败涂地了。以前从无胜算的人如今也能赢他。他对此倒是毫不在意。

总之，我们现在坐在雅士咖啡馆的阳台上，哈维·斯通刚刚过了街。

"我们去丁香园吧。"我说。

"我有约了。"

"什么时候？"

"弗朗西斯七点一刻要到这里来。"

"她来了。"

弗朗西斯·克莱因正从马路对面过来。她个子很高，走起路来动静非常大。她招招手，满脸笑容。我们看着她过马路。

"嗨，"她说，"真高兴你在这里，杰克。我正想找你聊聊呢。"

"嗨，弗朗西斯。"科恩说，面带微笑。

"噢，你好，罗伯特。你也在啊？"她接腔，说得很

---

1. 苏珊·朗格朗（Suzanne Lenglen, 1899—1938），法国网球运动员，第一位转为职业选手的女子网球运动员，统治一战结束至1926年间的女子网坛，职业生涯中共赢得81次单打冠军、73个女子双打和11个混双冠军。如今法国网球公开赛的女子单打冠军奖杯即为苏珊·朗格朗杯。

快，"我今天过得真棒极了。这家伙，"她冲着科恩偏了偏脑袋，"不回家吃午饭。"

"你没说要我回家吃饭。"

"噢，我明白。可你也没跟厨子说啊。于是我就自己安排节目了，可宝拉不在她的办公室。我到丽兹酒店等她，她也没来。当然，我没那么多钱可以在丽兹吃午饭……"

"那怎么办呢？"

"噢，出来呗，还用说吗。"她用一种假装开心的语调说，"我总是很守约。可如今没人再守约了。我应该清楚的。说起来，你还好吗，杰克？"

"很好。"

"舞会上你带来的那姑娘不错，后来和布蕾特那群人里的一个家伙走了。"

"你不喜欢她？"科恩问。

"我觉得她非常迷人。你不觉得吗？"

科恩没吭声。

"瞧，杰克，我想跟你聊聊。能和我一起到圆顶去吗？你会留在这里，对吧，罗伯特？来吧，杰克。"

我们走到蒙帕纳斯大道对面，找了张桌子坐下。一个男孩带着《巴黎时报》上前来，我买了一份，翻开。

"怎么啦，弗朗西斯？"

"唉，也没什么。"她说，"就是他想离开我了。"

"你这是什么意思？"

"噢，他以前到处跟人说我们俩要结婚，我也告诉了我母亲和所有人，可现在，他不愿意了。"

"出什么事了？"

"他认定自己还没玩够。他去纽约时我就知道，肯定会出事。"

她抬起头来，眼睛里闪着光，努力讲得轻描淡写。

"他要是不乐意，我也不会跟他结婚。肯定不。不管怎么说，我都不会和他结婚了。可对我来说已经晚了，我们等了三年，我刚刚办完离婚手续。"

我没说话。

"我们本来要庆祝的，可结果却大吵一架。太儿戏了。我们吵得一塌糊涂，他哭着求我理智点儿，可他说他就是不能结婚。"

"造化弄人。"

"或者该说造化弄人吧。我已经在他身上浪费了两年半。可现在，我都不知道还有没有男人想和我结婚。两年前，在戛纳那会儿，我想嫁谁就能嫁谁。那些老派家伙都想找个时髦女人结婚，安定下来，他们全都为我神魂颠倒。可现在，我不觉得还能找到这样的人了。"

"嘿，你当然想嫁谁就能嫁谁。"

"不，我不信。何况我还喜欢他。我想生几个孩子。我常常想，我们会有孩子的。"

她看着我，眼睛很亮。"我一直不太喜欢孩子，但从来没想过一辈子不要孩子。我总是想着，我会生下几个孩子，然后喜欢他们。"

　　"他有孩子的。"

　　"噢，是的。他已经有孩子了，而且他有钱，有个有钱的母亲，他还能写书，可没人愿意把我的东西拿去印刷出版，一个也没有。这也不坏。可我一分钱也没有。我本来可以拿到赡养费的，却选了最快的方式办离婚。"

　　她又看看我，眼睛很亮。

　　"这不对。这是我自己的错，也不全是。我本该看得更清楚些的。等我告诉他时，他就只是哭，说他不能结婚。为什么不能结婚？我会是个好妻子。我很好相处。我会给他空间。可根本没有用。"

　　"太糟了。"

　　"是的，太糟了。可光这么说说也没用，对吧？来吧，我们回去。"

　　"可我什么忙也帮不上。"

　　"不。别让他知道我跟你说过这些就行了。我知道他想要什么。"头一次，她那灿烂的、吓人的欢快劲儿黯淡了下去。"他想一个人回纽约去，待在那儿等书出版，到时候就能有一大堆小姑娘迷上他的小说。那就是他想要的。"

　　"说不定他们不喜欢那书。我想他不是那种人。真的。"

"你没我了解他，杰克。那就是他想要的。我知道。我知道。那就是他不愿意结婚的原因。今年秋天，他要独享功成名就的果实。"

"想回咖啡馆去吗？"

"噢。对。来吧。"

我们站起身——没人送饮料过来——准备过马路回雅士，科恩坐在大理石台面的桌边，朝我们微笑。

"嘿，你在笑什么？"弗朗西斯问他，"很高兴？"

"我在笑你和杰克的小秘密。"

"得了，我跟杰克说的不是什么秘密。很快就人人都知道了。我只不过想给杰克一个特别优待。"

"是什么？关于你要去英格兰的事？"

"是的，关于我要去英格兰的事。噢，杰克！忘了跟你说了。我要去英格兰了。"

"那可真是不错！"

"是啊。那些豪门大户就是这么干的。罗伯特打发我去。他会给我两百英镑，让我去看看朋友们。很不错吧？但朋友们还都不知道这事儿。"

她转向科恩，面带笑容。现在他不笑了。

"你只打算给我一百英镑的，对吧，罗伯特？可我让他给我两百。他真是慷慨大方。不是吗，罗伯特？"

我不知道，怎么有人能对罗伯特·科恩说这么可怕的话。总有些人，你没法去羞辱他。要是你说了那样的话，他们会让你觉得天都要塌了，就在你眼前，一点一点塌掉。可现在科恩就听着这一切。就在这里，就在我眼前上演着，我却完全没想到要去阻止。事实上，跟后面的比起来，这些顶多算是善意的玩笑。

"你怎么能说出这种话，弗朗西斯？"科恩打断她。

"听听他说的什么。我要去英格兰了。我要去拜访朋友。你去拜访过那些不欢迎你的朋友吗？噢，他们会接待我的，是的。'亲爱的，你好吗？好久不见啦。你母亲还好吗？'是的，我亲爱的母亲还好吗？她把钱都拿去买了法国战争债券。是的，她很好。大概全世界只有她一个人这么干。'罗伯特怎么样？'要不就是小心翼翼地避开罗伯特不提。'千万要小心，别提起他，亲爱的。可怜的弗朗西斯真是太不幸了。'不是很有趣吗，罗伯特？你不觉得这很有趣吗，杰克？"

她转向我，笑容灿烂得吓人。有个听众在这儿，让她十分满意。

"而你会在哪里呢，罗伯特？都是我的错，是的。完完全全是我自己的错。看到你抛弃那个杂志社小秘书和我在一起时，我就该知道，早晚你也一样会抛弃我的。杰克还不知道那事儿。要我告诉他吗？"

"闭嘴，弗朗西斯，看在上帝的份上。"

"对呀，我要告诉他。办杂志那会儿，罗伯特有个小秘书。世上最甜美的小东西，他觉得她棒极了，然后我出现了，他又觉得我更棒。于是，为了我，他抛弃了她，杂志搬家时他把她从卡梅尔带到了普林斯顿，结果连回去的路费都不给人家。都是为了哄我开心。那时候他觉得我真是好极了。不是吗，罗伯特？

"你可千万别误会，杰克，他和那小秘书完全是柏拉图式的恋爱。连柏拉图都算不上。什么都没有，真的。只是她人太好了。而他做这些全都是为了要我高兴。好吧，我猜这就叫一报还一报。很文学，对吧？你该记住它，用在你下一本书里，罗伯特。

"你知道吧，罗伯特在为新书搜集素材。不是吗，罗伯特？这就是为什么他要离开我。他认定了我演不好这个角色。看看，我们住在一起，可他整天都忙啊，忙着写他的书，忙得记不起我们的事。所以，现在，他要走了，去找些新素材。真好啊，我祝愿他能找到些有趣得要死的东西。

"听着，罗伯特，亲爱的。让我来给你一点建议。你不会介意的，对吧？不要跟你那些年轻姑娘吵架。尽量不要。因为你一吵架就哭鼻子，然后就只顾着可怜自己，记不住别人说的话。吵架时的话你一句也记不住。试一试，冷静下来。我知道，这特别特别难。但记住了，这都是为了文学。我们都该为文学做出牺牲。瞧瞧我。我就要去英格兰了，毫无怨言。全都是为了文学。我们必须帮助年轻作家。你不这么想吗，杰克？可你不是年轻作家了。对吧，罗伯特？你三十四岁了。不过，对于大作家来说，我猜这还算是年轻的。瞧瞧哈代，瞧瞧阿纳托尔·法郎士[1]。他才刚死不久呢。不过罗伯特可不觉得他有什么好。这全是他的一些法国朋友告诉他的。他自己可读不来法文。他不是个好作家，赶不上你，对吧，罗伯特？你猜他有没有出去找什么素材呀？不肯结婚的时候，你觉得他会怎么和他的情人们说？我猜他也会哭吧？噢。我知道了。"她抬手捂住嘴，手上还戴着手套，"我知道罗伯特不和我结婚的真正原因了，杰克。我刚明白过来。他们在雅士咖啡馆里提醒了我那迹象。这不是很神奇吗？总有一天，他们会为此刻碑立传的。就像在卢尔德[2]一样。你想听吗，罗伯特？我会告诉你的。太简单了。真奇怪，我怎么从没想到过。噢，你看。罗伯特总想有个情人。他只要不和我结婚，瞧，怎么着，他就有一个。这女人给他当了两年多的情人。然后怎么样呢？要是结了婚，像他一直许诺

1．哈代（Thomas Hardy, 1840—1928），英国小说家、诗人，代表作为《德伯家的苔丝》等。阿纳托尔·法郎士（Anatole France, 1844—1924），法国诗人、记者和小说家，曾获1921年诺贝尔文学奖，著有多部长篇小说，他认为保护儿童的想象力是非常重要的，为此特别创作了童话《蜜蜂公主》，影响深远。这两位作家都得享高寿，本文自1925年开始创作，当时阿纳托尔刚去世不久，哈代仍然健在。

2．卢尔德（Lourdes），法国西南部小城，位于比利牛斯山山脚。传说在1858年时，当地一位名叫伯尔纳德的农家女孩十八次看见圣母玛利亚显灵，从此卢尔德便一跃而为法国最重要的天主教朝圣地，而这位农家女孩也被封为圣徒，称圣女伯尔纳德。

的那样，可就什么浪漫都没了。你不觉得我很聪明吗，能把这个原因找出来？还是真相。看看他呀，看看是不是这么回事儿。你去哪里，杰克？"

"我得进去找一下哈维·斯通。"

我进门时，科恩抬起头看了一眼。他脸色苍白。他干吗还坐在那里？干吗一直忍受这样的事情？

背靠吧台，我透过窗户往外看，还能看到他们。弗朗西斯一直在对他说话，笑得灿烂极了，每次盯住他的脸，都问："是这样吗，罗伯特？"也许现在她不问这个了。也许她说了些别的。我告诉调酒师什么都不要，然后就从边门走了。出门时，我回头看了看，隔着两重深色玻璃，还能看到他们仍然坐在那里。她还在对他说话。我沿着小路走到拉斯帕尔大道上。一辆出租车开过来，我上了车，把公寓地址报给司机。

第七章

上楼前，门房敲了敲她房门上的玻璃。我一停脚，她就出来了，拿着几封信和一封电报。

"你的信。还有位女士来找过你。"

"她留条了吗？"

"没有。她和一位绅士一起来的。就是昨晚在这里的那位女士。现在我才发现，原来她人很好。"

"和她一起的，是我朋友吗？"

"我不清楚。以前从没来过。他块头很大，特别特别大。她很和气，特别特别和气。昨天夜里，也许，她是有点儿……"她一只手贴在头上，上下晃了晃，"我实话实说，巴恩斯先生。昨天夜里，我觉得她不太gentille（体面）。昨晚上我对她的印象不一样。可我跟你说。她真是très, très gentille（非常，非常有教养）。出身良好。这是看得出来的。"

"他们没留下什么话？"

"有的。他们说一个小时以后再来。"

"到时候就直接请他们上来吧。"

"好的，巴恩斯先生。那位女士，那位女士真是不一般。有点儿怪，也许，但quelqu'un, quelqu'un（非同一般，非同一般）！"

成为门房以前，这位门房太太曾在巴黎赛马场里开一家特许经营的酒水吧。她的营生仰赖的是那个场子，可她留意的总是那些有身份的人。对于我的客人，她会满怀骄傲地告诉我，谁出身良好，谁教养很好，谁是运动员，说起"运动员"这个词，她按照法语发音，把重音放在"员"字上。唯一的麻烦是，要是有谁没能被归入这三类，就很可能被告知：巴恩斯先生家里没人，不在家。我的一位朋友，是个画家，生就一副吃不饱饭的样子。显然，在杜济内尔太太看来，他既非出身良好，也没什么好教养，也不是运动员。他就曾经写信问我，能不能给他一张通行证，好让他应付门房，能偶尔上来看看我。

我一边上楼，一边琢磨着布蕾特究竟对门房太太施了什么法。电报是比尔·戈尔顿发来的，说他快到了，乘坐的是"法兰西号"。我把信放在桌上，进卧室脱掉衣服，冲了个澡。听见门铃响时，我正在擦干身体。我套上浴衣，趿上拖鞋，去开门。是布蕾特，背后跟着那个伯爵。他捧着一大束玫瑰。

"嗨，亲爱的，"布蕾特说，"不让我们进去吗？"

"请进吧。我刚才在洗澡。"

"你可真会享受。洗澡呢。"

"只是冲一下。请坐吧，米比波普勒斯伯爵。喝点儿什么？"

"不知道你喜不喜欢花，先生。"伯爵说，"不过我还是冒昧带了这些玫瑰来。"

"来吧，给我。"布蕾特接过花，"装点儿水来，杰克。"我进厨房给那大陶壶灌上水，布蕾特把花插进去，放在起居室桌子中央。

"哎呀，我们玩了一整天。"

"你约了我在克里翁见面，全忘了？"

"不记得了。我们约了？我一定是糊涂了。"

"你醉得很厉害，我亲爱的。"那伯爵说。

"这样啊，真的吗？说起来，伯爵真是个大好人，绝对的。"

"今天那门房太太对你可是赞不绝口。"

"那是当然。给了她两百法郎呢。"

"不是这么傻吧。"

"他的钱。"她说，朝伯爵点点头。

"我想着，应该为昨天夜里的事给她一点儿小补偿。那会儿很晚了。"

"他太好了，"布蕾特说，"什么事都放在心上。"

"你也一样，我亲爱的。"

"得了吧，"布蕾特说，"谁愿意那样啊？我说，杰克，不给我们来点儿喝的吗？"

"我进去换衣服，你自己倒。你知道在哪里。"

"当然。"

换衣服时，我听见布蕾特放下几个杯子，然后是苏打水瓶子，接着便传来他们说话的声音。我坐在床边，穿得很慢。累得很，感觉糟透了。布蕾特走进来，手里端着个杯子，在床边坐下。

"怎么了，亲爱的？觉得头晕吗？"

她轻轻吻了下我的前额。

"噢，布蕾特，我是那么爱你。"

"亲爱的。"她顿了一会儿，说，"想让我打发他走吗？"

"不用。他挺好的。"

"我去打发他走。"

"不，别去。"

"不，我去打发他走。"

"你不能这样。"

"我不能，嗯？你待在这里。我跟你说，他已经为我神魂颠倒了。"

她走出房间。我脸朝下趴在床上。很难受。我听见他们说话，但没去听说了什么。布蕾特进来，坐在床上。

"可怜的老伙计。"她抚摸着我的头。

"你怎么跟他说的？"我趴在床上，后脑勺对着她。我不想看她。

"叫他去买香槟。他喜欢买香槟。"

过了会儿，她问："感觉好点儿了吗，亲爱的？头觉得好些了吗？"

"好多了。"

"安静躺会儿。他去河对岸了。"

"我们不能住在一起吗，布蕾特？就只是住在一起？"

"我想不能。我会tromper（瞒着）你和别人瞎搞。你受不了的。"

"现在我受得了了。"

"那不一样。这是我的问题，杰克。我就是这种人。"

"我们不能到乡下去住一阵子吗？"

"没用的。如果你想去，我会陪你。可我没法安安稳稳待在乡下。就算和我的真爱在一起也不行。"

"我明白。"

"很糟糕，对吗？就算我对你说我爱你，也没有任何用处。"

"你知道我爱你。"

"别说了。再怎么说也没用。我要离开你，然后，迈克尔就该回巴黎来了。"

"为什么要走？"

"对你好。对我也好。"

"什么时候走？"

"越快越好。"

"去哪儿？"

"圣塞瓦斯蒂安[1]。"

"我们不能一起去吗？"

"不行。我们刚刚才说明白了，马上就反悔，这可不是什么好主意。"

"我们总说不到一块儿去。"

"噢，你和我一样，心里都很清楚。别这么固执，亲爱的。"

"噢，是啊。"我说，"我知道你是对的。我只是有点儿沮丧，我一沮丧说话就像个傻子。"

我坐起来，弯腰在床边找到鞋子，穿上。站起身来。

"别这副模样，亲爱的。"

"你想要我什么模样？"

"噢，别犯傻。我明天就走了。"

"明天？"

"是啊。我没说吗？明天就走。"

---

1. 圣塞瓦斯蒂安（San Sebastian），西班牙东北部城市，位于比斯开湾沿岸，距离法国边境20公里。

"那，喝一杯吧。伯爵要回来了。"

"是的。他该回来了。你知道他真是特别爱买香槟。在他眼里，这事儿意义重大。"

我们走进起居室。我拿起白兰地酒瓶，给布蕾特倒了一杯，再倒了一杯给自己。门铃响了。我去开门，是伯爵。司机跟在他后面，提着一篮子香槟。

"该让他把东西放在哪里，先生？"伯爵问。

"放厨房。"布蕾特说。

"拿进里面去吧，亨利。"伯爵比了个手势，"现在到楼下去，弄点儿冰块上来。"他站在那里，看着厨房里的篮子。"我想，你会发现那是非常好的酒，"他说，"我知道，如今在美国没什么机会尝到好酒了，不过我一个朋友是干这行的，我从他手里找到了这些酒。"

"哦，你在哪个行当里都有朋友。"布蕾特说。

"这家伙种葡萄。他有几千英亩的葡萄园。"

"他叫什么名字？"布蕾特问，"凯歌[1]？"

"不，"伯爵说，"穆姆。他是个男爵。"

"好极了，"布蕾特说，"我们都有头衔。你怎么没头衔，杰克？"

"说真的，先生，"伯爵一手搭住我的胳膊，"头衔这

---

1. 凯歌香槟（Veuve Clicquot），法国著名香槟酒品牌，也是世界上最古老的香槟品牌之一。

东西对男人一点儿好处也没有。大多数时候都只会害你多花钱。"

"哦，这个难说。有时候还是挺管用的。"布蕾特说。

"我从没发现有什么好处。"

"那是你方法不对。它可帮我的信誉加了不少分。"

"请坐，伯爵，"我说，"手杖给我就行了。"

煤气灯下，隔着桌子，伯爵凝望着布蕾特。她在抽烟，把烟灰往地毯上弹。她发现我留意到了。"嗨，杰克，我可不想弄坏你的地毯。不能给我个烟灰缸什么的吗？"

我找出几个烟灰缸，各处都放了一个。司机带着满满一桶冰块上来了。"放两瓶进去冰着，亨利。"伯爵招呼道。

"还有别的吩咐吗，先生？"

"没有了。下去到车里等着吧。"他转向布蕾特和我，"一会儿要不要去森林里吃晚餐？"

"随你的意，"布蕾特说，"我什么都吃不下。"

"一顿好饭我总是喜欢的。"伯爵说。

"要把酒拿过来吗，先生？"司机问。

"好。拿来吧，亨利。"伯爵说。他掏出一个笨重的猪皮烟盒，递给我，"试试正宗的美国雪茄？"

"谢谢，"我说，"我先抽完这支。"

他用挂在表链上的金夹钳切掉了茄帽。

"我喜欢真正通气的雪茄，"伯爵说，"起码一半的雪茄都不通气。"

他点起雪茄，吐出烟，隔着桌子看布蕾特。"等你离了婚，阿什利夫人，你就没头衔了吧。"

"是啊。真可惜。"

"不，"伯爵说，"你不需要头衔。你本身就很高贵。"

"谢谢。你真是个大好人。"

"我不是开玩笑，"伯爵喷出一阵烟，"你比我见过的任何人都高贵。你天生就有这气质。就是这样。"

"你真好，"布蕾特说，"我妈妈会很高兴的。你干吗不写下来，这样我就能寄封信给她了。"

"我很乐意直接对她说。"伯爵说，"我不是跟你开玩笑。我从不跟人开玩笑。乱开玩笑只会得罪人。我一直这么说。"

"你是对的。"布蕾特说，"你说得太对了。我就总跟人开玩笑，结果，一个朋友都没有了，除了这位杰克先生。"

"你不和他开玩笑。"

"一点不错。"

"那现在呢？"伯爵问，"现在和他开玩笑吗？"

布蕾特看着我，眯起双眼。

"不，"她说，"我不会和他开玩笑的。"

"明白了，"伯爵说，"你不和他开玩笑。"

"该死，这话题也太闷了，"布蕾特说，"来点儿香槟怎么样？"

伯爵伸出手，利落地转了转桶里的酒瓶，冰桶闪着光。"还不够冷。你一直在喝酒，我亲爱的。为什么不先聊会儿天呢？"

"我已经说得太多了。我什么都跟杰克说了。"

"我真想听你好好说会儿话，我亲爱的。你和我说话的时候，从来连个整句都没有。"

"那是留给你来收尾的啊。得让别人按他们喜欢的方式来收尾。"

"这倒是个很有趣的理论。"伯爵伸手转了转瓶子，"可我还是希望什么时候能听你说说话。"

"他真是个傻瓜，对吧？"布蕾特问。

"好了。"伯爵拎出酒瓶，"我看这瓶已经冰透了。"

我拿了条毛巾，他把瓶身擦干，举起来。"我喜欢喝大瓶装[1]的香槟。品质更好，就是太难冰透了。"他举起瓶子，端详着。我准备好酒杯。

"嘿，打开吧。"布蕾特建议道。

"好的，我亲爱的。我这就打开。"

真是好酒。

"要我说，这才是酒呢，"布蕾特端起她的杯子，

---

1. 大瓶香槟为1.5升容量，常规容量多为750毫升。惯例上，大瓶装的香槟比常规装更昂贵。

"咱们应该干一杯，说点儿什么。'敬王室'。"

"这酒太好了，不该用来干杯，我亲爱的。喝这种酒，你不会想掺杂太多情绪进去的。那就品不出味儿来了。"

布蕾特的杯子空了。

"你真该写一本有关酒的书，伯爵。"我说。

"巴恩斯先生，"伯爵回答道，"对于酒，我唯一想做的就是，享受它们。"

"那就让我们多享受点儿吧。"布蕾特把她的杯子往前一推。伯爵倒得小心翼翼。"喏，我亲爱的。这次你可要慢慢品尝，过后再一醉方休。"

"醉？喝醉？"

"我亲爱的，你喝醉的时候非常迷人。"

"听听这人说的。"

"巴恩斯先生，"伯爵把我的杯子斟满，"在我认识的女士中，只有她，无论醉了还是清醒，都一样迷人。"

"你根本就还没见识过什么呢，是吧？"

"不，我亲爱的。我见识得很多了。我什么都见识过了。"

"喝酒吧。"布蕾特说，"我们都见多识广。我敢说，咱们这儿，杰克见过的世面不会比你少。"

"我亲爱的，我相信巴恩斯先生见过很多世面。别误会，先生，我就是这么想的。不过我也见过很多。"

"当然，我亲爱的。"布蕾特说，"我就是说着玩玩。"

"我参加过七次战争和四次革命。"伯爵说。

"当兵？"布蕾特问。

"有时候，我亲爱的。我还受过箭伤。你见过箭伤吗？"

"让我们开开眼界吧。"

伯爵站起来，解开马甲扣，敞开衬衣，把汗衫一直拉到胸口。他胸膛黝黑，腆着肚子，站在灯下。

"看见了？"

在他肋骨下缘，有两个凸起的白色伤疤。"看背后，它们从背后穿出去的。"后腰上面也有两块同样的疤，凸起着，有手指粗细。

"哎哟。真厉害。"

"整个穿透了。"

伯爵整理好他的衬衣。

"这是在哪里受的伤？"我问。

"埃塞俄比亚[1]。那时候我才二十一岁。"

"你去那儿干什么？"布蕾特问，"是在军队里吗？"

"我去做生意，我亲爱的。"

"我跟你说了，他跟我们是一路人。不是吗？"布蕾

---

1. 埃塞俄比亚（原文为Abyssinia，是Ethiopia的旧称），东非国家，首都是亚的斯亚贝巴。

特对我说，"我爱你，伯爵。你真可爱。"

"你这么说我真高兴，我亲爱的。可这不是真话。"

"别傻了。"

"瞧，巴恩斯先生，正因为我曾经历尽艰辛，所以现在才能这样享受一切。你不觉得是这么回事吗？"

"是的，毫无疑问。"

"我知道，"伯爵说，"这就是秘诀。你一定得有自己的价值体系。"

"你的价值体系后来发生什么变化了吗？"布蕾特问。

"没有。后来就没变过了。"

"从没爱过？"

"一直都爱，"伯爵说，"我总在恋爱。"

"那对你的价值体系有影响吗？"

"那个，是啊，那也是我价值体系的一部分。"

"你才没有什么价值体系呢。你已经死了，行尸走肉，就是这样。"

"不，我亲爱的。我绝对不是行尸走肉。"

我们喝掉了三瓶香槟，伯爵把篮子留在我的厨房里。然后一起去布洛涅森林里的一家餐厅吃晚餐。晚餐很不错。食物在伯爵的价值体系里至关重要。酒也一样。吃饭时伯爵心情很好。布蕾特也是。这是一次不错的聚会。

"接下来想去哪里？"晚餐结束后，伯爵问道。餐厅里就剩下我们几个。两位服务生靠在门边站着。他们也想回家了。

"要不我们上山吧。"布蕾特说,"今晚的聚会真是棒极了,不是吗?"

伯爵满脸笑容。他很高兴。

"你们都是大好人。"他说。他又在抽雪茄了,"为什么不结婚呢,你们俩?"

"我们都想过自己的生活。"我说。

"我们有我们的事业,"布蕾特说,"来啊。我们走。"

"再来一瓶白兰地。"伯爵说。

"带到山上去。"

"不。就在这里喝,这里清静。"

"你,还有你的清静,"布蕾特说,"男人的清静是什么东西?"

"我们喜欢清静,"伯爵说,"就像你喜欢热闹一样,我亲爱的。"

"好吧,"布蕾特说,"让我们清静一下。"

"侍酒师!"伯爵大声招呼。

"是的,先生。"

"你们最陈的白兰地是哪年的?"

"1811年的,先生。"

"给我们拿一瓶来。"

"喂。别太破费了。拦住他,杰克。"

"听着,我亲爱的。对我来说,把钱花在陈年白兰地上比花在任何其他古董上都值。"

"你有很多古董？"

"满满一屋子。"

最后，我们去了蒙马特高地。柴利饭店里挤满了人，烟雾腾腾，热闹得很。一进门，音乐就迎面扑来。布蕾特和我跳舞。人太多了，我们几乎挪不开步子。黑人鼓手冲着布蕾特招手。我们都被卡在人群里，只能在他跟前原地打转。

"你——好——吗？"

"很好。"

"那——太好了。"

他整个人几乎只剩牙和嘴了。

"他是我一个很好的朋友，"布蕾特说，"好鼓手，特别棒。"

音乐停了，我们朝伯爵坐的桌子走去。紧接着，音乐又响起，我们继续跳舞。我看一眼伯爵，他正坐在桌边抽雪茄。音乐又停了。

"我们过去吧。"

布蕾特往桌边走。音乐起来，我们又开始跳舞，挤在人群里。

"你舞跳得真糟，杰克。我认识的人里面，迈克尔跳得最好。"

"他很了不起。"

"他有他的好处。"

"我喜欢他。"我说,"我真他妈喜欢他。"

"我就要和他结婚了。"布蕾特说,"真有趣。可我已经一个礼拜没想起过他了。"

"你不给他写信?"

"我才不写。我从来不写信。"

"我敢打赌,他给你写信了。"

"那倒是。信写得是真动人,真的。"

"你们什么时候结婚?"

"我哪儿知道?一办好离婚手续就结。迈克尔在争取让他母亲出这笔钱。"

"我能帮上忙吗?"

"别傻了。迈克尔家有的是钱。"

音乐停了。我们穿过舞池,走向桌边。伯爵站起身来。

"好极了,"他说,"你们跳得非常非常好。"

"你不跳舞吗,伯爵?"我问。

"不。我老啦。"

"噢,得了吧。"布蕾特说。

"我亲爱的,要是还能找到乐趣的话,我肯定会跳的。看你跳舞就是一大享受。"

"太好了。"布蕾特说,"找个时间,我会为你再跳上一曲的。对了,你的小朋友,齐齐,怎么样了?"

"这么跟你说吧,我资助了这个男孩,但并不想要他围着我转。"

"他很努力。"

"你知道的，我看好他有天分。但就个人而言，我不希望他老在我面前晃。"

"杰克也是这样。"

"他让我紧张。"

"嗨，"伯爵耸耸肩，"他前途怎么样还不好说。不过，说到底，他父亲终究是我父亲的好朋友。"

"来吧。我们去跳舞。"布蕾特说。

我们跳着舞。很挤，人贴着人。

"噢，亲爱的，"布蕾特说，"我很难过。"

我有种感觉，眼前的一切仿佛都曾经发生过。"一分钟前你还很快乐。"

鼓手吼着："你不能两次——"

"全完了。"

"怎么了？"

"我不知道。就是很难受。"

"……"鼓手唱了几句。又挥舞起鼓槌。

"想走吗？"

我有种感觉，好像陷在了噩梦里，一切都在不断重复，我曾经熬过去的，现在又得从头再来。

"……"鼓手温柔地吟唱。

"我们走吧，"布蕾特说，"你别往心里去。"

"……"鼓手嘶吼起来，朝着布蕾特咧嘴笑。

"好。"我说。我们从人群里挤出来。布蕾特去了更衣室。

"布蕾特想走了。"我对伯爵说。他点点头："是吗？也好。坐我的车吧。我要再待一会儿，巴恩斯先生。"

我们握手道别。

"今晚很棒。"我说，"希望你能允许我来付账。"我从口袋里掏出钱。

"巴恩斯先生，这就离谱了。"伯爵说。

布蕾特穿好外套走过来。她吻了吻伯爵，伸手按住他的肩膀，不让他站起来。出门时，我回头望了一眼，他桌边已经坐下三个姑娘。我们上了那辆大车。布蕾特把酒店地址告诉司机。

"不，别上来了。"她站在酒店门口说。她打过铃了，门开着。

"真的不用？"

"不。拜托。"

"晚安，布蕾特。"我说，"你心情不好，我真是难过。"

"晚安，杰克。晚安，亲爱的。我再也见不到你了。"我们站在门口接吻。她推开我。我们又接吻。"噢，别！"布蕾特说。

她飞快转身，走进酒店。司机把我送到公寓。我给了他二十法郎，他碰了碰帽子致礼，说，"晚安，先生"，然后就开车走了。我摁响门铃。门打开，我上了楼，倒在床上。

第八章

　　直到布蕾特从圣塞瓦斯蒂安回来之前，我都没再见到她。她从那里给我寄了张明信片。上面是孔查海滩的风景照，写着"亲爱的。这里很宁静，很好。爱你们。布蕾特"。

　　也没再见过罗伯特·科恩，只听说弗朗西斯动身去了英格兰。科恩则给我留了个条儿，说要去乡下待两个礼拜，他也不知道去哪里，但他还想约我去西班牙钓鱼，就像我们去年冬天说起的那样。他还说，我随时可以通过他的银行经纪人联系他。

　　布蕾特走了。没有科恩带着麻烦来打扰我。至于不必再去打网球这事儿，我打心底里觉得高兴。要忙的工作够多了。我常去看赛马，和朋友吃吃饭，还能有额外的时间花在办公室里，提前安排好工作，这样，等比尔·戈尔顿来的时候就能把事情都交给秘书处理，到六月底，就该去西班牙了。比尔·戈尔顿到了，在我公寓里住了几天，接着就去了维也纳。他兴致高昂，说美国好极了。纽约好极了。戏剧季规模宏大，还有一大批出色的年轻人，都是轻重量级拳击手，个个前程远大，只要再增加点儿体重，都能变成登普西[1]。比尔心情很好。他上一本书赚了不少钱，还能赚更多。我们在巴黎愉快地过了几天。之后，他就动身去了维也纳，三周以后回来。到时我们再一起去西班牙，钓钓鱼，体验一下潘普洛纳狂欢节[2]。他写信来说维也纳好极了。接着又从布达佩斯寄了张明信片，说："杰克，布达佩斯好极了。"再之后，我收到一封电报，写着"周一回"。

星期一傍晚，他出现在我的公寓。我听见出租车停下的声音，便到窗口去招呼他，他冲我挥挥手，开始拖着行李上楼。我在楼梯上迎上他，接过一个包。

"嗨，"我说，"听说你这趟玩得很不错。"

"非常好。"他说，"布达佩斯真是没得说。"

"维也纳怎么样？"

"没那么好，杰克。没那么不好。名不副实。"

---

1. 杰克·登普西（William Harrison "Jack" Dempsey, 1895—1983），美国重量级职业拳击手，上世纪20年代的文化符号之一，曾囊括1919—1926年间的世界重量级拳赛冠军。职业拳击比赛中，重量级组别细分为三个级别：重量级、次重量级和轻重量级。其中重量级拳手体重应在91.25公斤以上，而轻重量级选手体重介于79.45到90.8公斤之间。

2. 潘普洛纳（Pamplona），西班牙北部城市，以每年7月6日开始的圣费尔明节（奔牛节）最为出名，节日持续一周，至14日结束。

"怎么说？"我一边拿杯子和苏打水，一边问。

"我糊涂了，杰克。我醉糊涂了。"

"怎么回事。喝点儿东西，或许好点儿。"

比尔抚着他的额头。"很特别的事情。"他说，"不知道怎么发生的。突然一下就发生了。"

"醉了很久？"

"四天，杰克。就四天。"

"你都去什么地方了？"

"不记得了。给你写了张明信片。这个倒是记得很清楚。"

"还干别的什么了吗？"

"不太确定。也许有。"

"多说点儿。跟我说说。"

"不记得了。我记得什么就跟你说什么。"

"来吧。喝点儿东西，回忆一下。"

"大概能想起一点儿。"比尔说，"好像跟一场职业拳赛有关。大型的维也纳职业拳击赛。有个老黑参加的。那黑人我记得很清楚。"

"接着说。"

"很不错的老黑。有点儿像泰格·弗拉沃斯[1]，不过

---

1. 泰格·弗拉沃斯(Theodore "Tiger" Flowers; 1895—1927)，首位非裔美国中量级拳击冠军，1926年获世界中量级冠军头衔。国际拳击研究会的最佳中量级拳手排名(不分年代)中，将他排在第12位。

有他四个那么大。突然，所有人都开始扔东西。我没扔。只不过是那黑人把本地男孩打倒了。老黑举起他的手套，想说什么。模样很高贵。他刚一开口，那个本地白人男孩就出手打他。他回手就把白人男孩打晕了。接下来，人人都开始丢椅子。那老黑最后是搭我们的车回家的。连衣服都没法拿。穿着我的外套。这下子全都想起来了。那一晚真够险的。"

"后来呢？"

"我借了几件衣服给那老黑，陪他到处跑，想拿回他的报酬。可人家说场子都被砸了，该那老黑倒欠他们钱才对。谁居中翻译来着？是我吗？"

"也许不是你。"

"说得对。根本不是我。是另一个家伙。我们好像管他叫'本地哈佛生'。想起来了，没错，是个学音乐的。"

"结果怎么样？"

"不太好，杰克。到处都有不公正的事儿。组织者说老黑答应了让那个本地男孩赢的。指责老黑违背了协议。不能在维也纳打败维也纳人。'上帝作证，戈尔顿先生，'那老黑说，'足足有四十分钟时间，我待在那儿什么也没干，就在想尽法子让他赢。那白人小子肯定是冲我挥拳头时自己摔倒的。从头到尾，我都没打过他。'"

"最后拿到钱了吗？"

"没有，杰克。我们只拿回了老黑的衣服。他的表都

被人拿走了。是个很不错的黑人。最大的失误就是跑去了
维也纳。真不怎么样，杰克。不怎么样。"

"那黑人后来怎么办呢？"

"回科隆去了。他住在那里，已经结婚了。有老婆孩
子。说是会给我写信，把借的钱还给我。非常好的黑家
伙。但愿我没写错地址。"

"应该没问题。"

"唉，不管那些了，我们去吃饭吧。"比尔说，"还是
说，你想再多听几个旅行故事？"

"再说说。"

"还是去吃饭吧。"

这是个六月的温暖黄昏，我们下楼出了大门，沿着圣
米歇尔大道走。

"咱们去哪儿？"

"想去岛上[1]吃吗？"

"好啊。"

我们顺着大道往下走。丹佛罗什洛路和大道的交叉
口上有一尊塑像，是两个男人，长袍飘垂。

"我知道他们是谁。"比尔注视着塑像，"开创了药剂
学的先生们。巴黎没什么瞒得了我。"

---

1. 巴黎市区横跨塞纳河两岸，市内河段上有两座岛：较大的西岱岛（Île de
la Cité）是巴黎市最古老的城区，巴黎圣母院就坐落在岛上；另一座是圣路
易斯岛（Île Saint-Louis）。两座岛屿都有桥连通河岸。

我们继续走。

"这里有家动物标本店。"比尔说,"想不想买点儿什么?漂亮的立体狗标本?"

"走吧。"我说,"你喝多了。"

"相当漂亮,立体的狗标本,"比尔说,"一定能给你的公寓增色不少。"

"走吧。"

"就一个狗标本。我可以带走它们,也可以不买。听着,杰克。就只要一个狗标本。"

"走了。"

"等你买了,就知道,它意味着一切。等价交换,很简单的。你付钱。他们给你一个狗标本。"

"回来时再买。"

"好。听你的。通往地狱的道路上到处都是没卖掉的狗标本。那可不是我的错。"

我们继续往前走。

"你怎么突然对狗这么大兴趣?"

"一直这么大兴趣。我本来就是个动物标本迷。"

我们停下来喝东西。

"我就是喜欢喝酒。"比尔说,"杰克,你什么时候也该试试。"

"你领先我少说一百四十四杯啦。"

"那你也不该气馁。永远不要气馁。这是我成功的秘诀。从不气馁。从不让人看出气馁。"

"你在哪儿喝的？"

"在克里翁待了会儿。乔治给我调了两杯杰克玫瑰。乔治是个大好人。知道他成功的秘密吗？从不气馁。"

"再喝上三杯潘诺，你就会气馁了。"

"那也不会当着人。要是我觉得气馁了，就自己躲起来。像只猫那样。"

"你什么时候遇到哈维·斯通的？"

"就在克里翁。哈维就有点儿气馁。三天没吃东西了。什么都不吃。偷偷溜了，就像只猫那样。真叫人难过。"

"他没事的。"

"好极了。不过，但愿他不会再像猫那样溜掉。弄得我也心慌了。"

"我们今晚干什么？"

"什么都一样。只要别气馁。你猜他们这里会有白煮蛋吗？要是他们有白煮蛋，我们就不用去岛上吃东西了。"

"不行。"我说，"我们得正经吃顿饭。"

"我只是出个主意。"比尔说，"那现在就走？"

"走吧。"

我们重新出发，沿着大道走。一辆马车经过我们身边。比尔盯着它。

"看见那辆马车了？我要把那马车做成标本送给你当

圣诞礼物。我要给每个朋友送个动物标本。我是个自然派作家。"

一辆出租车开过,车里有人在挥手,又敲敲窗让司机停车。汽车靠着马路牙子停下。是布蕾特。

"美丽的女士,"比尔说,"就要把我们绑架。"

"哈罗!"布蕾特说,"哈罗!"

"这位是比尔·戈尔顿。这位是阿什利夫人。"

布蕾特对比尔微笑了一下。"哪,我刚刚回来,连澡都没洗呢。迈克尔今天晚上到。"

"不错啊。来吧,一起吃个饭,晚一点儿我们再去找他。"

"我得先去收拾一下。"

"噢,得了!来吧。"

"我一定得洗个澡。他要九点以后才到呢。"

"那就先喝一杯,喝完再去洗澡。"

"这倒可以。这才是正经话。"

我们都上了出租车。司机回过头来。

"找个最近的酒吧停下。"我说。

"要不我们还是去丁香园吧。"布蕾特说,"我喝不来那些劣质白兰地。"

"去丁香园。"

布蕾特转向比尔。

"你在这个烦人的城市待了多久了?"

"今天刚从布达佩斯过来。"

"布达佩斯怎么样？"

"非常好。布达佩斯非常好。"

"问他维也纳。"

"维也纳，"比尔说，"是个古怪的城市。"

"很像巴黎。"布蕾特对他微笑，眯着眼睛，眼角皱起。

"一点不错。"比尔说，"这个季节跟巴黎特别像。"

"你开了个好头。"

坐在丁香园的露台上，布蕾特叫了杯威士忌苏打，我也一样，比尔又要了杯潘诺。

"你好吗，杰克？"

"很好。"我说，"我过得挺好的。"

布蕾特看着我。"我是个笨蛋，跑那么远。"她说，"谁离开巴黎谁就是笨蛋。"

"你这趟玩得还不错吧？"

"噢，还好。挺有意思，但不算特别好玩。"

"见到什么人了吗？"

"没有，几乎谁都没见到。我就没出去过。"

"没去游泳？"

"没有。什么都没干。"

"听起来跟维也纳差不多。"比尔说。

布蕾特朝他眯起眼角。

"所以，维也纳就是这样的。"

"全都跟维也纳很像。"

布蕾特又对他笑了笑。

"你朋友人真好，杰克。"

"他是不错。"我说，"他是个动物标本制作师。"

"那是在外国。"比尔说，"而且那些动物都已经死了。"

"再来一杯，"布蕾特说，"然后我就得走了。让服务生去叫辆出租车吧。"

"外面停着一排呢，就在前头。"

"太好了。"

我们喝完酒，把布蕾特送上车。

"十点左右到雅士来吧。你们一起来。迈克尔会在那里。"

"我们会去的。"比尔说。出租车发动，布蕾特挥了挥手。

"是个好姑娘，"比尔说，"她人真他妈不错。迈克尔是谁？"

"她要嫁的人。"

"噢，噢，"比尔说，"总是这样，我遇到的人全都有了着落。我该送他们什么？你觉得一对赛马标本如何？"

"我们还是去吃饭吧。"

"她真的是位夫人吗，还是其他什么？"坐在出租车里，比尔问，我们正要去圣路易斯岛。

"嗯，是的。良马名录[1]什么的里面全都记着呢。"

"好吧，好吧。"

我们在勒孔特夫人的餐厅里吃饭，餐厅在岛的另一头。店里挤满了美国人，我们不得不站着等位子。有人把这地方列进了美国女性俱乐部[2]的推荐清单里，称之为美国人没吃过的餐厅。结果，我们不得不等上四十五分钟才能有个座位。比尔来这里吃过饭，那是1918年的时候，刚刚停战。勒孔特夫人一看到他就好一通张罗。

"还不是连个位子都没有。"比尔说，"不过，她是个了不起的女人。"

我们享用了一顿美食，有烤鸡、新鲜青豆、土豆泥、沙拉，外加苹果派和奶酪。

"全世界的人都跑到你这里来了。"比尔对勒孔特夫人说。她抬起一只手，说："唉，我的上帝啊！"

"你要发财了。"

"但愿如此。"

喝过咖啡和fine（白兰地），我们叫了账单。和往常一样，账单用粉笔写在一块石板上，这显然也是一种

---

1. 这里指的是贵族名录。英国最权威的贵族名录是《伯克贵族名谱》（Burke's Peerage）。

2. 美国女性俱乐部（American Women's Club）是为居住在海外的美国女性提供资讯和社交、生活服务的俱乐部组织。在全球各大城市都有分部，提供包括餐饮、娱乐、求学、工作和文化活动等在内的各种信息。

"雅致"的特色。付过账，握手，出门。

"你恐怕再也不想来了吧，巴恩斯先生。"勒孔特夫人说。

"美国同胞太多了。"

"中午来。那时候人不多。"

"好啊。我回头就找时间来。"

我们走在奥尔良码头的树荫下，树冠展开，一直伸到河面上空。对岸是老房子的破墙断壁，快拆了。

"他们要修条街穿过去。"

"会修的。"比尔说。

我俩绕着岛散步。河流幽暗，一艘苍蝇船[1]开过，灯火通明，又快又稳地朝上游开去，消失在桥下。下游河面上，夜幕低垂，巴黎圣母院兀然而立。我们从贝都讷码头过桥，走人行木桥到塞纳河左岸去。走到桥中间时，我们停下来看下游的圣母院。从桥上望去，岛上黑乎乎的，房子高耸向天，树影森森。

"真壮观。"比尔说，"上帝啊，回来真好。"

我们倚着木头桥栏，看着上游大桥上的灯光。桥下水流平缓，有些发黑，无声无息地绕过桥墩。一个男人和

---

1. 法文称bateau mouche，为塞纳河游船，以正式的高档法式晚餐和塞纳河风光闻名。原为塞纳河游船公司（Compagnie des Bateaux Mouches）注册名称，随着公司声名日隆，渐至成为所有塞纳河观光游船的代名词。"mouche"即"苍蝇"，游船因此被俗称为"苍蝇船"。而事实上，这个名字来源于这种平底游船的原产地，里昂附近的Mouche地区。

一个女孩经过我们身旁，相互搂着。

过了桥，我们沿着勒穆瓦纳主教街走。路很陡，我们努力往上爬，来到护墙广场。广场的弧光灯透过枝叶照下来，树下停着一辆S路公交车，正要发车。音乐从快乐黑人的大门里飘出来。透过爱好者咖啡馆[1]的窗户，能看到长长的锌皮吧台。户外露台上，工人们正在开怀痛饮。爱好者的开放式厨房里，一个女孩在炸薯条。旁边有个铁锅，里面盛着炖肉。女孩捞起些盛在盘子里，递给一位老人，他站在一旁，手上还抓着一瓶红酒。

"想喝一杯吗？"

"不了。"比尔说，"现在不要。"

我们向右转，离开护墙广场，走上平整狭窄的小街，两旁都是高高的老房子。有的房子往街上突出来，有的退进去。转进铁锅街，一路走到正南北向的圣雅克街，朝南经过圣宠谷军医院[2]，医院外面围着铁栏杆，前面有个庭院。一直走到皇家港口大道。

"有什么安排吗？"我问，"要不要去咖啡馆见见布蕾特和迈克？"

---

1. 快乐黑人（Nègre Joyeux）和爱好者（Café des Amateurs）都是位于巴黎塞纳河左岸的咖啡馆。

2. 圣宠谷军医院（Val de Grâce）原是路易十三的安妮王后生下儿子路易十四后下令修建的教堂，1645年，路易十四在七岁时亲自主持了奠基仪式。教堂于两年后完工。18世纪末法国大革命期间，修女在教堂内收容医治受伤的革命者。大革命结束后，圣宠谷遂变为军医院。

"为什么不呢？"

沿着皇家港口走到头，路名变成了蒙帕纳斯。我们一路经过丁香园咖啡馆、拉维尼夫人的店、若干小咖啡馆、达莫瓦的酒庄，再过马路到圆亭，穿过它灯光笼罩下的桌子，最后，走进雅士。

迈克尔从桌边站起身，朝我们迎上来。他晒黑了，看起来很健康。

"哈罗，杰克，"他说，"哈罗！哈罗！你好吗，老伙计？"

"你看起来真结实，迈克。"

"噢，是的。我可结实得很哪。我整天散步，别的什么都不干。一走一天。一天只喝一杯酒，还是为了陪我母亲喝茶。"

比尔已经进门去了吧台。他站在吧台边，正和布蕾特说话，布蕾特坐在高脚凳上，跷着二郎腿。没穿长筒袜。

"见到你真好，杰克。"迈克尔说，"我有点儿醉了，你知道。很奇妙，不是吗？你看到我鼻子了？"

他鼻梁上有一块干掉的血迹。

"被一位老夫人的包砸的，"迈克说，"我上前去帮她拿包，结果它们掉下来砸到我脸上。"

布蕾特在吧台边冲他打手势，指尖夹着她的烟嘴，眯着眼。

"一位老太太，"迈克说，"她的包掉下来砸到我。

我们进去吧，去找布蕾特。要我说，她就是个尤物。你真是位惹人爱的女士，布蕾特。这顶帽子哪儿来的？"

"朋友给的。你喜欢吗？"

"真是可怕的帽子。去买顶好的吧。"

"噢，我们现在可有钱了。"布蕾特说，"嘿，你还没见过比尔吧？你还真是个好东道主，杰克。"

她转向迈克："这位是比尔·戈尔顿。这位醉鬼是迈克·坎贝尔。坎贝尔先生是一位负债的破产者。"

"可不是嘛。你知道，我昨天在伦敦碰到了以前的合作伙伴，就是那家伙把我拖下水的。"

"他说什么了？"

"请我喝杯酒。我想着，喝就喝吧。嘿，布蕾特，你真是个招人爱的尤物。你不觉得她很美吗？"

"的确很美。然后呢，跟你的鼻子有关？"

"是个可爱的鼻子。来，把鼻子冲着我。她不是个迷人的尤物吗？"

"我们是不是应该把这个男人留在苏格兰？"

"我说，布蕾特，我们早点儿上床吧。"

"收敛点儿，迈克尔。别忘了酒吧里还有很多女士。"

"她是不是很迷人？你不觉得吗，杰克？"

"今晚有场拳赛。"比尔说，"想去看吗？"

"拳赛。"迈克说，"谁打？"

"勒杜克斯和什么人打。"

"他很棒，勒杜克斯。"迈克说，"我要去看，要去。"他拼命想打起精神来。"可我不能去。我在这里有事，有约会。我说，布蕾特，去买顶新帽子。"

　　布蕾特把毡帽拉下来遮住一只眼睛，在帽子下露出笑容。"你们俩看拳击赛去吧。我得直接把坎贝尔先生弄回去。"

　　"我没醉。"迈克说，"也许，就一点点。我说，布蕾特，你是个招人爱的美人儿。"

　　"去看比赛吧。"布蕾特说，"坎贝尔先生越来越折腾了。我说，你这股子风流劲儿都是从哪冒出来的，迈克尔？"

　　"我说，你是个招人爱的美人儿。"

　　我们道了晚安。"真遗憾，我去不了。"迈克说。布蕾特大笑。出门时我回过头，看见迈克一手搭着吧台，正靠在布蕾特身上说话。布蕾特看着他，非常冷静，但眼角带着笑。

　　出了门，走上人行道，我说："你想去看拳赛吗？"

　　"想啊。"比尔说，"只要不用走着去。"

　　"迈克为他这个女朋友可真是够兴奋的。"坐在出租车上，我说。

　　"嘻，"比尔说，"也怨不得他会这个样子。"

第九章

　　勒杜克斯对弗朗西斯小子的拳赛是在6月20日晚上。比赛打得不错。第二天一早，我收到罗伯特·科恩的信，从昂代寄来的。他说，他享受了一段十分平静的时光，泡泡澡，玩玩高尔夫，经常打打桥牌。昂代的海滩非常好，不过他已经等不及要开始垂钓旅行了。问我什么时候下去，能不能帮他带一根双股渔线，见面时他再给我钱。

　　当天上午，我在办公室回信给科恩，告诉他，如无电报另行告知，比尔和我会于25日动身离开巴黎，和他在巴约讷¹碰头，我们可以从那里搭长途大巴，穿过山区到潘普洛纳。当天傍晚，七点左右，我顺路到雅士去见迈克尔和布蕾特。他们不在，我转身去了丁戈酒吧。他们在店

---

　　1. 昂代（Hendaye）和巴约讷（Bayonne）均为法国西南部城镇，靠近西班牙边界。西班牙位于法国西南部，从地图上看在法国下方，所以从巴黎到西班牙被罗伯特·科恩说成"下去"。后文中迈克说他和布蕾特"下去"，指的也是去西班牙。

里，就坐在吧台边。

"嗨，亲爱的。"布蕾特伸出一只手。

"嗨，杰克。"迈克说，"我知道，昨晚我醉了。"

"可不是嘛，你。"布蕾特说，"真是丢人哪。"

"对了，"迈克说，"你什么时候去西班牙？介意我们一起吗？"

"那可太好了。"

"你不介意？真的？你瞧，我倒是去过潘普洛纳。可布蕾特想去得不得了。你确定我们不会是累赘？"

"别说傻话了。"

"知道吗，我有点儿醉了。要是没醉的话，我不会这么问你的。你确定，真的不介意？"

"噢，闭嘴吧，迈克尔。"布蕾特说，"这种时候谁能说介意？我回头再问他。"

"但是你不介意的，对吧？"

"别再问了，除非你是想惹我生气。比尔和我25日一早动身。"

"对了，比尔呢？"布蕾特问。

"他出城了，约了人在尚蒂伊¹吃饭。"

"他是个好人。"

---

1. 尚蒂伊（Chantilly），巴黎市中心东北偏北约四十公里外的一个小镇，尚蒂伊森林环绕周围。

102

"大好人。"迈克说，"他是个好人，你知道。"

"你都不记得他是谁了吧。"布蕾特说。

"我记得。记得很清楚。瞧，杰克，我们25日晚上下去。布蕾特早上起不来。"

"这倒是真的！"

"前提是，我们的钱能到账，而且你也真的不介意。"

"钱会到的，没问题。我会盯着这事。"

"跟我说说，要准备些什么装备。"

"两三根鱼竿，带卷轮的那种，渔线，外加一些飞蝇钓饵。"

"我不钓鱼。"布蕾特插话道。

"那就带两根鱼竿，这样比尔就不用再买了。"

"没错，"迈克说，"我要给管家拍个电报。"

"太棒了，不是吗？"布蕾特说，"西班牙！我们一定会玩得很开心的。"

"25日。是星期几？"

"星期六。"

"那应该开始准备了。"

"对了，"迈克说，"我要去理个发。"

"我得洗个澡。"布蕾特说，"陪我走到酒店吧，杰克。行行好。"

"我们找了个最迷人的酒店，"迈克说，"我觉得那是个妓院。"

"我们去开房间的时候，行李还寄存在丁戈，他们就问，是不是只要一个下午。听说我们要过夜，他们真是高兴坏了。"

"那肯定是个妓院，"迈克说，"我能看出来。"

"行了，别说了，剪你的头去吧。"

迈克出去了。布蕾特和我坐在吧台边。

"再来一杯？"

"行啊。"

"我需要这个。"布蕾特说。

之后，我们沿着德朗布尔路漫步。

"回来后我还没约过你。"布蕾特说。

"是的。"

"你好吗，杰克？"

"还好。"

布蕾特看着我。"呃，"她说，"这次罗伯特·科恩也去吗？"

"是的。怎么了？"

"你不觉得，这对他来说可能有些难堪？"

"为什么难堪？"

"你以为和我一起去圣塞瓦斯蒂安的是谁？"

"那真是恭喜了。"我说。

我们埋头走路。

"你干吗这么说？"

"不知道。你想要我说什么？"

我们继续走，转过一个街角。

"他也很好。只是有些无趣。"

"是吗？"

"我是觉得，这对他有好处。"

"你该去干点儿社会服务之类的事情。"

"别这么刻薄。"

"我没有。"

"你是真的不明白？"

"不。"我说，"我大概是没想过。"

"你觉得，这会不会让他太难堪？"

"这是他的事情。"我说，"告诉他你要去。他随时可以退出。"

"那我给他写封信，让他有时间考虑退出。"

直到6月24日夜里，我才再遇到布蕾特。

"科恩回信了吗？"

"回了。他简直是满怀期待。"

"我的天！"

"我自己倒觉得怪怪的了。"

"他说等不及要见我。"

"他会不会以为你是一个人去？"

"不会。我跟他说了，我们一起。迈克尔，还有大家一起。"

“他还真是个神奇的家伙。”

“可不是？”

他们指望第二天钱能到账。我们约好了，到潘普洛纳会合。他们直接去圣塞瓦斯蒂安，在那里转火车。所有人到潘普洛纳的蒙托亚酒店碰头。最迟到星期一，如果他们还没露面，我们就先动身进山，去布尔格特[1]。我整理了个行程，写下来，方便他们来找我们。

比尔和我坐的是清早的火车，从奥赛车站出发。这天天气很好，不太热，旅程一开始便是美丽的乡间景致。我们到后面的餐车去吃早餐。离开餐车时，我向餐车长要第一轮的午餐券。

“没有了，只有第五轮的。”

“怎么回事？”

这趟车上的午餐服务从来不会超过两轮，而且通常名额都很宽松。

“都预订掉了。”餐车长说，“第五轮供餐是三点半。”

“麻烦了。”我对比尔说。

“给他十法郎。”

“喏，”我说，“我们希望第一批就餐。”

餐车长把十法郎塞进口袋。

---

1. 布尔格特（Burguete），西班牙北部城镇。海明威曾于1924—1925年期间到这里旅行，在伊拉蒂河（Irati River）垂钓。

"谢谢您。"他说，"我建议你们两位绅士买点儿三明治。前面四轮的位子在铁路公司就全都预订出去了。"

"你真是前途无量，兄弟。"比尔用英语对他说，"我猜，要是给你五法郎的话，你会建议我们直接跳车吧。"

"Comment（什么）？"

"见你的鬼去吧！"比尔说，"叫他们去做三明治，再拿瓶酒。你跟他说，杰克。"

"送到隔壁车厢。"我描述了一下我们的位置。

我们的包间里还有一个男人，带着妻子和他们的小儿子。

"我猜你们是美国人，对吧？"男人问，"旅行愉快吗？"

"好极了。"比尔说。

"就该这样。趁年轻出门旅行。孩子妈妈和我一直想来，却老是被耽搁。"

"你要愿意的话，十年前就可以来了。"妻子说，"可你总念叨：'先看看美国！'要我说，我们看得够多了，这样看，那样看。"

"嗨，说是车上有好多美国人。"那丈夫说，"他们从俄亥俄州的代顿出发，占了七节车厢。去朝圣，已经去过罗马了，现在要去比亚里兹和卢尔德。"

"原来如此，是这么回事儿。朝圣。该死的清教徒。"比尔说。

"你们是美国哪里人？"

"堪萨斯城。"我说，"他是芝加哥的。"

"你们俩都去比亚里兹？"

"不。我们去西班牙钓鱼。"

"噢，要我说，我可不喜欢那个，从来不喜欢。不过我老家有很多钓鱼好手。我们在蒙大拿州钓过几次鱼，那真是一流的。我陪男孩们去，不过我从来都不喜欢钓鱼。"

"那几次你可一点儿也没少去钓。"他妻子说。

他冲我们眨眨眼。

"你们懂的，女人就是这样。要是看到一瓶威士忌，或是一箱子啤酒，她们就会觉得简直罪不可恕。"

"男人才这样呢。"他妻子对我们说。她抚了抚身上舒适的裙子，"为了让他高兴，我投票反对禁酒令，当然，我自己也喜欢在家里喝点儿啤酒。结果呢，他就这么说话。这些人还总能找到愿意和他们结婚的人，也真是怪事。"

"嘿，"比尔说，"你们知道吗，那伙清教徒包了餐车，要到下午三点半以后才有午餐吃。"

"你说什么？他们不能这么做。"

"你去试试吧，看能不能找个位子。"

"好吧，妈妈，看来我们最好过去，再吃顿早餐。"

她站起来，拉拉裙子。

"你们能帮忙照看一下我们的行李吗？来吧，休伯特。"

一家三口都起身去餐车了。他们走后不久，一个乘务员就过来宣布，第一轮午餐服务开始。朝圣者，还有他们的神父，很快就塞满整条走廊。我们那位朋友和他的家人都没回来。一个服务生经过走道，拿着我们的三明治和一瓶夏布利[1]，我们叫住了他。

"你们今天有得忙了。"我说。

他点点头。"现在就开始了，十点半。"

"我们什么时候才能吃饭？"

"哈！我又什么时候才能吃啊？"

他放下两个杯子，给我们喝酒用，我们付了三明治的钱，又给了些小费。

"我晚点儿来收盘子。"他说，"你们顺便带过来也行。"

我们一边吃着三明治，喝着夏布利，一边欣赏窗外的田园风光。庄稼刚开始成熟，地里开满了罂粟花。牧场绿油油的，树茂林深，树后不时闪过大河和城堡的身影。

到图尔时，我们下车去又买了一瓶酒。回到包厢，那位蒙大拿绅士和他的妻子，还有儿子休伯特，都已经舒舒服服地坐下了。

---

1. 夏布利（Chablis），一种主要以霞多丽葡萄酿制的干白葡萄酒，出自法国勃艮第最北部的夏布利地区，以纯正的果香和风味著称。

"比亚里兹有游泳的好地方吗？"休伯特问。

"要是不泡进水里，这小子就不会消停。"他母亲说，"小孩子出个门实在是不容易。"

"那里倒是挺适合游泳。"我说，"但风浪大的时候比较危险。"

"你们吃过了？"比尔问。

"当然。他们到的时候我们就坐在那里，他们肯定以为我们也是一起的。有个服务生对我们说了几句法语，然后他们就让其中三个人回去了。"

"他们觉得我们不好惹，就是这样。"那男人说，"很明显，这种时候，你就知道天主教会的厉害了。可惜你们不是天主教徒。要不也能吃上饭，准没错。"

"我是。"我说，"所以才特别让人生气。"

结果，我们直到四点一刻才吃上午餐。比尔最后完全抓狂了。一群吃完饭回来的朝圣者经过时，他硬拦下了一个神父。

"什么时候才轮到我们新教徒吃饭，神父？"

"这个我不清楚。你有餐券吗？"

"这简直是要把人逼去加入3K党了。"比尔说。神父回头看了他一眼。

餐车里，服务生正忙着送上第五轮的客饭套餐。管我们这桌的服务生整个汗透了，白上衣的腋下都变成了紫色。

"他一定喝了很多酒。"

"说不定是穿了紫色汗衫。"

"问问他。"

"算了吧。他够累的了。"

火车在波尔多停了半个小时，我们下车到站上松松腿脚。这点儿时间来不及进城。接下来，我们穿过朗德省，看过了日落。一条宽阔的防火带穿过松林，顺着它们一路望过去，像走在林荫大道上一样，一直看到远处的山头，覆盖着树木。七点半左右，我们去吃晚餐，餐车窗户敞开着，乡野景色一目了然。这是一片沙土郊野，长满了松树，满地都是石南。中间散落着一些小块空地，上面有房子。偶尔，有锯木场一闪而过。天渐渐黑了，我们还能感觉到窗外那片原野，多沙、幽暗、热气腾腾。大约九点，火车开进了巴约讷。那男人、他的妻子和休伯特挨个儿跟我们握手。他们要继续往前，坐到拉内格拉斯[1]再换车去比亚里兹。

"好了，祝你们一路好运。"他说。

"当心那些斗牛士。"

"希望能在比亚里兹再见到你们。"休伯特说。

我们提着行李和渔具包下了车，穿过黑洞洞的车站，

---

1. 拉内格拉斯（La Négresse），地处巴约讷区域内，邻近比亚里兹。上文提到的朗德省（Landes）为法国西南部省份，西临大西洋。

走到灯光下，外面停着一溜马车和酒店班车。罗伯特·科恩站在酒店揽客生旁边。一开始，他没看到我们，不过很快就迎上前来。

"嗨，杰克。路上还好吗？"

"还好。"我说，"这位是比尔·戈尔顿。"

"你好啊？"

"来吧，"罗伯特说，"我叫了一辆马车。"他有一点儿近视。我以前从没发现过。他打量着比尔，努力辨认着，还有点儿害羞。

"去我住的酒店吧。那地方不错。相当不错。"

我们上了车，车夫把行李堆在他旁边的位子上，再爬上自己的座位，甩个响鞭，马车便穿过漆黑的桥，向城里走去。

"见到你真是太高兴了。"罗伯特对比尔说，"杰克说过你好多事，我还读了你的书。杰克，帮我买渔线了吗？"

马车在酒店门前停下，我们全都下车进门。酒店很好，前台工作人员令人愉快，我们一人要了一个挺不错的小房间。

第十章

清早阳光明媚，有人在往城里的街道上洒水。我们一起出门，找了家咖啡馆吃早餐。巴约讷是个美丽的小城，像个非常干净的西班牙小镇，坐落在一条大河上。河上横着一座桥，还这么早，桥上已经很热了。我们在桥上站了站，又到城里转了一圈。

迈克的鱼竿能不能及时从苏格兰寄过来，对这事儿，我完全没有把握。所以打算找个渔具店看看。最后，我们在一家干货店楼上为比尔找到了钓竿。店老板不在，我们只好等他回来。然后，买到了一根非常好的钓竿，价廉物美，还外带两个抄网。

回到街上，我们去参观大教堂。科恩说那是典型的什么什么建筑，我忘了。看起来是个不错的教堂，漂亮、昏暗，跟西班牙教堂差不多。从教堂出来，我们经过一座古老的要塞，找到了本地的 Syndicat d'Initiative（旅游办事处），据说长途班车从那里发车。可他们说，班车要

7月1日才开始运营。我们便打听了到潘普洛纳的租车价格。又在城市剧场街角上的一个大车行里租到一辆车，花了四百法郎，约好汽车四十分钟后到酒店来接。回到广场，我们到之前吃早餐的咖啡馆里歇个脚，喝杯啤酒。天很热，可整个城市透着股清晨的气息，清爽、新鲜，坐在咖啡馆里感觉真是舒服。一阵微风吹来，能闻到海的味道。屋外，广场上有鸽子，房屋泛着阳光炙烤的黄色，我一点儿也不想出去。可还得回酒店收拾行李，退房结账。付酒钱时我们抛了下硬币，似乎是科恩买的单。一路走回到酒店，结账时才发现，比尔和我都只要付十六法郎，外加百分之十的服务费。我们让人把行李拿下楼，等罗伯特·科恩下来。就在这时，一只蟑螂出现在拼花地板上，少说有三英寸长。我指给比尔看过，接着就一脚踩上去。我们都觉得它是刚从花园里爬进来的。这家酒店实在是非常干净。

终于，科恩下来了。我们一起出门上车。那是辆宽敞的厢式轿车，司机穿着一件白色外套，蓝领、蓝袖口。我们让他把后车窗摇下来[1]。等他塞好行李，便出发上路，开出城去。一路经过了几个可爱的花园，我们回头好好看了看这座小城。很快，就到了郊外。绿油油的地面高低

---

1. 20世纪初的老式汽车中，有的车型后车窗能摇下来，方便通风透气，但这样就无法阻挡尘土，有时候尾气倒灌进车厢，空气反而不好。

起伏，总体而言，一直都在上坡。我们遇到了好些巴斯克人[1]，他们驾着牛车或其他牲口拖的板车。路上还看到漂亮的农舍，屋顶低垂，一律刷得雪白。在巴斯克地区，土地看起来都非常肥沃，绿意盎然，房屋和村庄一派洁净富足的模样。每个村子里都有回力球场，大日头底下，还不时能见到孩子在场地上玩耍。教堂墙壁上都刷着警告，写着：禁止在墙上打回力球。村子里的房屋全都红瓦铺顶。然后，道路转了个弯，开始爬坡。我们紧贴着一面山坡往上走，脚下就是山谷，山丘在我们身后，曲曲折折，伸向大海。从这里看不到海。太远了。你只能看到山丘连着山丘，心里明白，海就在那一头。

我们越过西班牙边境。边境线上有条小溪，溪上有桥。一侧是佩着卡宾枪的西班牙士兵，戴着波拿巴漆皮三角帽，短枪背在身后；另一侧，是臃肿的法国兵，头上顶着平顶képi（法国军帽），蓄着胡子。他们只查了一个包，就把我们的护照拿进去检查。边境线两侧各有一个百货店和一家小旅馆。司机要进检查站去，填一些关于车辆信息的表格，我们下了车，走到溪边，想看看有没有鳟鱼。比尔试着和一名卫兵说西班牙语，但不太顺当。罗伯特·科恩伸手指着水面，问里面有没有鳟鱼，西班牙卫兵

---

1. 巴斯克（Basque），欧洲土著民族，有自己的语言，巴斯克语，其分布地区被称为巴斯克地区，位于比利牛斯山西端、比斯开湾沿岸，包括西班牙中北部和法国西南部部分地区。

说，有，但不多。

我问他是否钓过鱼，他说没有，他不喜欢钓鱼。

这时，一位老人家大步跨过桥来，长发和胡子被烈日烤得发白，衣服像是粗麻袋缝制的。他扛着一根长棍，背后吊着一只小羊，四蹄攒起，头朝下。

士兵挥舞佩剑让他退后。那人一声不吭，转身就回到了通往西班牙的白色道路上。

"那老人是怎么回事？"我问。

"他没有通行证件。"

我递给士兵一支烟。他接过去，说了声谢谢。

"那他要怎么办？"我问。

士兵朝地上吐了口口水。

"哦，他会蹚水过河的。"

"走私的人多吗？"

"噢，"他说，"他们都是直接越境的。"

司机出来了，边走边把文件折好，塞进他外套的内袋里。我们统统上车，车子启动，开上了通往西班牙的那条白色土路。有好一阵子，乡野景色和之前都差不多。接着，我们就开始一路向上爬，翻过一个山口，山路曲曲弯弯，到这里，才真算得上是西班牙了。棕褐色的山脉绵延伸展，有一些松树，远处，有的山坡上长着成片的山毛榉。山路沿着山口脊线走了一段才向下。司机不得不按响喇叭，放慢车速，最后干脆熄了火，免得撞上睡在路中间的两头驴子。我们一路下山，离开高山，穿过橡树林，林子里有白色牲口在吃草。往下是草原和清澈的溪流，我们过了一条溪，穿过一个沉闷的小村，又开始爬坡。一直向上，再向上，翻过另一个高山山口，沿着它走了一段，道路向右一转，往山下走去。南面，一段全新的山脉出现在我们眼前，整个是棕褐色的，烤焦了一般，褶皱出奇怪的形状。

开了好一阵，我们才出了这片山区。现在，路两旁都是树木和成熟的庄稼地，还有一条溪流。路面非常白，笔直向前延伸，随后稍稍抬升一点儿。一座小山紧靠在道路左侧，山上有座古堡，四周簇拥着别的建筑，漫山遍野的麦子一直长到墙边，随风摇摆。我坐在前排副座上，回头一看，罗伯特·科恩睡着了，比尔在看风景，正点着头。之后，我们穿过一片宽广的平原。右手边，一条大河在阳光下闪着波光，两岸树木成行。远远的前方，已经能望见潘普洛纳高原，从平原上升起，还有城墙、壮观的棕色大教堂和其他教堂连成的天际线，高高低低。高原背后是群山，在那里，无论往什么方向看去，都只能看到另一些山。眼前，道路白花花地向前伸出，穿过平原，通向潘普洛纳。

我们终于抵达了高原的另一侧。进入城市后，道路开始上升，很陡，尘土飞扬，两旁绿树成荫。汽车爬上平地，穿过老城墙外侧在建的新城区，经过斗牛场，阳光下，这座高大的白色建筑显得格外敦实。我们沿着一条小街进入大广场，在蒙托亚酒店门前停了下来。

司机帮我们卸下行李。一群小孩围着车看，广场上很热，树木葱翠，旗帜垂在旗杆上。这种天气里，最好是避开日头，躲在拱廊下。拱廊围着广场绕了一整圈。蒙托亚看到我们很高兴，上来握手打招呼，还为我们安排了正对广场的好房间。洗漱收拾过后，我们下楼到餐厅吃午餐。司机也留下来吃午餐。饭后，等我们结清车费，他才启程回巴约讷。

蒙托亚酒店里有两间餐厅。一个在二楼，能看到广场。另一个在一楼，比广场地面还低，有扇门开向背后的小街。奔牛节的早晨，公牛会经过这条街跑向斗牛场。无论什么时候，楼下餐厅都很凉快，我们好好享用了一顿午饭。到了西班牙，头一顿饭总能吓人一大跳。有hors d'œuvres（冷餐拼盘）、一道蛋菜、两道肉菜，外加蔬菜、沙拉、甜品和水果。需要就着大量的酒，你才能把它们全都吃掉。罗伯特·科恩想说他不要第二道肉菜了，可我们才不会帮他翻译。于是，服务生帮他换了另一道菜端上来，我想是一盘冷肉。从在巴约讷和我们碰面开始，科恩就一直很不安。关于布蕾特在圣塞瓦斯蒂安是和他在一起这件事，他不确定我们是否知道。这让他很是手足无措。

"对了，"我说，"布蕾特和迈克今晚该到了。"

"我怀疑他们未必会来。"科恩说。

"为什么不？"比尔说，"他们当然会来。"

"他们只是经常迟到罢了。"我说。

"我真觉得他们不会来。"罗伯特·科恩说。

他像是知道什么内情，还很带着几分优越感，那副口气把我们俩都惹恼了。

"我跟你赌五十比塞塔[1]，他们今晚就会到。"比尔说。他一生气就跟人打赌，所以多半都赌得很不聪明。

"赌了。"科恩说，"很好。杰克，你要帮我们记着。五十比塞塔。"

"我自己记得。"比尔说。眼看他已经生气了，我打算安抚一下。

"他们当然会来，这是肯定的。"我说，"只是不一定今晚就到。"

"要放弃吗？"科恩问。

"不。我为什么要放弃？你高兴的话，咱们赌一百。"

"好。就一百。"

"就这么多了。"我说，"要不你们就得正式开赌局，还要给我抽成了。"

"我很满意。"科恩说，他微笑着，"话说回来，也许

---

1. 比塞塔（peseta），2002年欧元流通前的西班牙和安道尔货币单位，当时1欧元约合166.386比塞塔。

打桥牌时你还能赢回去。"

"你还没赢呢。"比尔说。

我们走出门，顺着拱廊溜达到伊露尼亚咖啡馆，去喝杯咖啡。科恩说他要到对面去刮个脸。

"你说，"比尔对我说，"这个赌我有可能赢吗？"

"很难。他们从没准时过。要是他们的钱没汇到，那今晚肯定来不了。"

"刚一开口我就后悔了。但这一把我非赌不可。他人还行，也许吧。可他哪儿来的这份自信？来这里的事，迈克和布蕾特是跟我们约好的。"

我看到科恩从广场对面过来。

"他过来了。"

"哼，让他别那么得意，改改犹太人的毛病。"

"理发店关门了，"科恩说，"要四点才开。"

我们在伊露尼亚喝咖啡，坐在舒服的柳条椅里看大广场，拱廊下很阴凉。过了会儿，比尔去写几封信。科恩又去了一趟理发店。还是没开门。于是他决定回酒店洗个澡。我在咖啡馆门口又坐了会儿，打算去城里转转。天气很热，我一直贴着荫凉的路边走，穿过市场，又好好逛了一次这个城市。我要去市政厅找一位老先生，每年都是他帮我订斗牛表演的票。他已经收到了我从巴黎寄来的钱，更新了我的预订信息，一切都妥妥当当。他是档案管理员，整个城市的档案都在他的办公室里。不过也没什么值得多说的。这么说吧，他的办公室有一扇包了绿色呢子的门，还有一扇大木门，屋子里，四面墙边都堆满了档案，我出门时，他就坐在这些档案中间。我把两扇门都带上，刚到大楼门口就被门房叫住了。他帮我刷了刷外套。

"您一定是坐了汽车吧。"他说。

我外套后领和肩头上全是尘土，颜色都发灰了。

"刚从巴约讷过来。"

"难怪，难怪。"他说，"我就知道，您一定是刚坐车走过了一些土路。"为这，我付了他两个铜币。

抬头看见街尾的大教堂，我便走了过去。第一次看到它时，我觉得正门外墙很难看，可现在已经喜欢上了。我走进去。教堂里很暗，立柱高耸，有人在祈祷，有香气，还有一些绝妙的大窗户。我跪下来，开始祈祷，为出现在脑海里的每一个人祈祷，布蕾特、迈克、比尔、罗伯特·科恩、我自己，还有所有斗牛士，把我喜欢的单独拎出祈祷，其他的合起来一次带过，最后，再一次为自己祈祷。为自己祈祷时，我觉得有些困，便只祈祷斗牛表演会很精彩，狂欢节热闹有趣，我们的钓鱼之旅一切顺利。总觉得还有什么应该祈祷的，也许是要多赚些钱，于是我又祈祷自己能发财。接着就开始考虑，要怎么办到这一点，说到赚钱，又让我想起了那位伯爵，我开始琢磨，他现在在什么地方，蒙马特高地那晚之后就再没见过他，还真是遗憾，我想起布蕾特说的他那些好玩的事。从头到尾，我都跪着，额头抵在面前的长条木板上。然后，我记起自己正在祈祷，不由有点儿羞愧，忏悔自己是这么糟糕的一个天主教徒。但心里也明白，对此我完全无能为力，至少目前是这样，或许永远都是。不过，不管怎么说，这是个伟大的信仰，我只希望我能虔诚些，也许，下次吧。结束后，我离开教堂，阳光洒在教堂台阶上，我的食指和右手拇指还湿着，能感觉到它们被渐渐晒干。阳光火辣辣的，我贴着几栋建筑穿到对面，走小路回酒店。

这天晚餐时，我们发现罗伯特·科恩洗了澡，刮了脸，理了发，还洗过头，脑后抹了些东西，好让头发光溜顺服。他很紧张，可我完全不想安慰他。从圣塞瓦斯蒂安开来的火车应该九点到，如果布蕾特和迈克要来的话，就该在这趟车上。差二十分钟九点时，我们的晚餐还没吃到一半。罗伯特·科恩站起来，说要去车站看看。我说我和他一起去。这纯粹是为了让他难受。比尔声称，要是不吃完晚餐，他会遭天谴的。我说我们很快就回来。

我们走路到车站。看到科恩这么紧张，我还挺开心。我希望布蕾特在火车上。到了车站才知道火车晚点，我们摸黑坐在站外一辆行李车上，等着。和平时期里，我从没见过有人能紧张成这样，或者说，期盼成这样。我很享受。这种享受有点儿卑鄙，可我就是卑鄙了。科恩有种奇特的本事，能把人心中最坏的那部分勾出来。

过了会儿，我们听见火车汽笛声从高原那头远远传来，紧接着，车头灯光就出现在山坡上。我们进去，挤在出口外的人群里。火车进站停下，人们陆陆续续从出站口走出来。

他们不在。我们一直等到所有人都过了出口，出了站，搭上公交车，坐上马车，或是和他们的亲戚朋友一起在夜幕下走进城去。

"我就知道，他们不会来。"罗伯特说。这时我们正在回酒店的路上。

"我倒还想着他们可能会来。"我说。

我们进门时，比尔正在吃水果，他把一瓶酒喝了个精光。

"没来，嗯？"

"没有。"

"一百比塞塔明天早晨给你，不介意吧，科恩？"比尔问，"我还没换钱。"

"嗨，忘了这档子事吧。"罗伯特·科恩说，"不如我们赌点儿别的。斗牛时你们会下注吗？"

"倒也可以，"比尔说，"但你用不着这样。"

"这就像是拿战争打赌。"我说，"不需要考虑任何经济利益。"

"我其实盼着能见到他们。"罗伯特说。

蒙托亚来到桌边，手里拿着一份电报。"你的电报。"他把电报递给我。

上面写着："在圣塞瓦斯蒂安过夜。"

"是他们发来的。"我说。我把电报塞进口袋。正常来说，我应该让大家都看一下。

"他们要在圣塞瓦斯蒂安过一夜，"我说，"说向你们问好。"

我不知道为什么会有那样的冲动，就是想要伤害他。当然，我心里其实很清楚。我已经疯了，对他之前的事妒忌得要死。我明白，这种事很正常，可完全没有用。我是真的讨厌他。原本我不觉得那么讨厌他，直到午餐时，他说出那样自以为是的话——就是那个时候，还有他忙着理发修面的时候。就因为这个，我要把电报收起来。随你怎么说，这封电报是发给我的。

"行了，"我说，"我们坐明天中午的班车去布尔格特。如果他们晚上到的话，会跟过来的。"

从圣塞瓦斯蒂安来的火车一天只有两趟，一趟清早到，一趟就是我们刚去接过的。

"听起来是个好主意。"科恩说。

"越早到河边越好。"

"什么时候出发对我来说都一样，"比尔说，"越早越好。"

我们在伊露尼亚坐了会儿，喝了杯咖啡，然后步行一小段到斗牛场，穿过空地，站在崖边的树下，望着下面夜色中的河流。我先回去睡觉了。我猜比尔和科恩在咖啡馆待到了很晚，因为他们回来时，我已经睡着了。

第二天上午，我先去买了三张到布尔格特的汽车票，下午两点发车。这是最早的一班。罗伯特·科恩穿过广场走过来时，我正坐在伊露尼亚读报纸。他来到桌边，在一张柳条椅上坐下。

"这咖啡馆很舒服。"他说，"晚上睡得好吗，杰克？"

"我睡得像根木头一样。"

"我没睡好。比尔和我在外面待到很晚。"

"你们去哪儿了？"

"就这里。这里打烊后去了另一家咖啡馆。那有个会说德语和英语的老头。"

"瑞士咖啡馆。"

"就是那个。他看起来是个不错的老伙计。我觉得那里比这里还好一些。"

"那里白天不怎么样。"我说，"太热了。对了，我买好车票了。"

"我今天不走。你和比尔先去吧。"

"我已经买了你的票。"

"把票给我。我去退票。"

"五比塞塔。"

罗伯特·科恩掏出一枚五比塞塔的银币，递给我。

"我得留下来。"他说，"你知道，我担心这里面有什么误会。"

"嘿，"我说，"他们要是在圣塞瓦斯蒂安玩起来，说不定三四天都不到。"

"就怕这个。"罗伯特说，"我担心他们想着要在圣塞瓦斯蒂安和我碰头，也许就因为这个，他们才在那里过夜。"

"你怎么会这么想？"

"呃，我给布蕾特写信提过这么一句。"

"那你他妈的怎么不待在那里等他们？"我几乎冲口说出这话，但忍住了。我以为他自己能想到，但看来根本没有。

我知道他和布蕾特之间的那点儿事，明白了这一点，他说起话来倒轻松自在了，一副掏心掏肺的模样。

"那好。比尔和我吃过午饭就走。"我说。

"真希望我也能去。我们整个冬天都盼着能来钓鱼。"他摆出一副伤感的模样，"可我得留在这里。应该留下来。等他们一到，我就带他们上来。"

"我们去找比尔吧。"

"我想再去一下理发店。"

"午餐时见。"

比尔在他的房间里，正在刮胡子。

"噢，是的，他昨晚全都告诉我了。"比尔说，"他还当真是个藏不住事的小可怜。他说他约了布蕾特在圣塞瓦斯蒂安见面。"

"这个满嘴谎话的混蛋！"

"噢，别这样。"比尔说，"别生气。不要在旅行一开始时就生气。说起来，你怎么认识这家伙的？"

"别提了。"

比尔回过头来看了我一眼，他的胡子刚刮了一半。然后又继续对着镜子往脸上涂肥皂泡。

"去年冬天，你是不是让他带信到纽约来找我的？感谢上帝，我总是在旅行。你还有别的犹太朋友可以带出来吗？"他用大拇指摩挲下巴，仔细看看，又刮起来。

"你自己不也有些了不得的犹太朋友。"

"噢，没错。我认识些厉害角色。但都比不上罗伯特·科恩。最滑稽的是，他人还不错。我喜欢他。不过他还真是够可以的。"

"他好起来也是好得要命。"

"我知道。这就是最可怕的地方。"

我大笑起来。

"对啊。就这样，多笑笑。"比尔说，"至少你昨晚没跟他在外头待到凌晨两点。"

"很糟糕？"

"简直吓人。不过说真的，布蕾特和他究竟怎么回事？她真的跟他有什么吗？"

他仰起下巴，左右转着检查。

"是真的。她和他一起去过圣塞瓦斯蒂安。"

"真是蠢透了。她干吗这样？"

"她想离开城市转转，可一个人哪儿也去不了。她说她以为这会对他有好处。"

"人们都在干些什么蠢事啊。她为什么不找个自己人一起出去？或者找你？"——他含糊地带过——"或是我？为什么不找我？"他认真端详着镜子里自己的脸，在两边颧骨上抹上一大堆肥皂。"这是张诚实的脸。是张任何女人和他在一起都会很安全的脸。"

"她可没见过。"

"她应该看看。所有女人都应该看看。这张脸应该被放到全国所有的屏幕上去。每个走下祭坛的女人都应该得到一个这张脸的复制品。母亲应该把这张脸告诉她们的女儿。我的儿子"——他用剃刀指向我——"应该顶着这张脸去西部，和这个国家一起成长。"

他弯下腰，就着洗脸台，用冷水冲掉脸上的肥皂，拍了点儿酒精，又盯着镜子里的自己，将他长长的上嘴唇向下拉。

"上帝啊！"他说，"这难道不是张惊人的脸吗？"

他看着镜子。

"至于这个罗伯特·科恩，"比尔说，"他让我恶心，他就该下地狱，他要待在这里，我真他妈高兴，这样我们就不用和他一起钓鱼了。"

"你说得真他妈对。"

"我们要去钓鳟鱼。我们要在伊拉蒂河里钓鳟鱼，现在，我们要去吃午饭，好好喝一顿这个国家的酒，喝个烂醉，然后来一段漂亮的公路旅行。"

　　"走。我们去伊露尼亚，这就去。"我说。

第十一章

吃过午饭，我们带好行李和渔具包，出发去布尔格特。广场上热得像烤炉一样。大巴车顶已经坐上了人，梯子上还有人在往上爬。比尔上了车，罗伯特坐在他旁边，帮我占座，我回酒店去买两瓶酒带着。等我回来时，车上已经塞满了。顶层的行李包和箱子上都坐了人，男的女的都有，顶着大太阳，女人全都摇着扇子。实在是太热了。我们的座位就是一条横在车顶上的木头椅子，罗伯特爬下车，我填进他腾出的空位里。

罗伯特·科恩站在拱廊的荫凉地里，等我们发车。一个巴斯克人横在我们座位跟前，背顶着我们的腿，胯上挂着一个大皮酒囊。他把酒囊递给比尔，又传给我，我刚举起酒囊准备喝一口，他突然模仿汽车喇叭嘟了一声，像真的一样，害得我把酒洒了出来，满车人都笑起来。他嘴里说着抱歉，让我再喝一口。这次，只稍稍顿了片刻，他就又故伎重施，我还是上当了。他真是特别擅长这个。巴斯克人就喜欢这样。比尔旁边的男人在跟他说西班牙语，比尔没听懂，干脆拿出一瓶酒递过去。那男人摆摆手，说，天太热，况且他午餐时已经喝了不少。比尔又递了一次，他接过去，喝了一大口。酒瓶在周围传了一小圈，每人都很客气地喝了一点儿，随后就让我们塞好塞子，把酒收起来。大家都想让我们尝尝他们皮酒囊里的酒。这些都是准备上山的农民。

最后，假喇叭又响过两次之后，汽车终于开动了。罗伯特·科恩跟我们挥手道别，所有巴斯克人都向他挥手告别。出了城，一上大路，车顶上就变得凉快了。坐得这么高，离树冠这么近，感觉非常好。车开得很快，带起舒适的风。路边的树上落了灰，我们一路下山，视野很好。回过头，还能看到树后的小城，高踞在临河崖壁上。半躺在我膝前的巴斯克人，手里握着酒瓶，用瓶颈指点风光，冲我们眨眨眼，点着头。

"很漂亮，嗯？"

"这些巴斯克人真不赖。"比尔说。

那巴斯克人靠在我腿上，一身皮肤晒成了棕黑色，像马鞍皮似的。和其他人一样，他穿着一件黑色罩衫。晒黑的脖子上有一圈圈皱纹。他转过身，把酒囊递给比尔。比尔拿出我们的一瓶酒给他。那巴斯克人伸出食指冲他摇一摇，用巴掌拍紧酒瓶塞子，推回来。他把酒囊往上掂掂。

"Arriba! Arriba!（举高！举高！）"他说，"举起

来。"

比尔举起酒囊，仰起头，让酒涌出，落进他的嘴里。停下时，他立起皮酒囊，下巴沾上了几滴残酒。

"不对！不对！"好几个巴斯克人一起嚷道，"不是那样的。"酒主人打算亲自示范，不料被人一把拽去了手里的酒囊。那是个年轻小伙。他抓着酒囊，伸长双臂，高高举起，手一捏皮酒囊，酒便聚成一线，滋进了他嘴里。他就那么抓着酒囊，酒线拉出平滑清晰的轨迹，正落进他的嘴里，他从容地吞咽，一口接着一口。

"嘿！"酒囊主人叫道，"那是谁的酒啊？"

喝酒小伙冲他摇摇小指，眼睛带笑，看着我们。然后，猛地一提酒囊，利落刹车，垂手将酒囊送回主人手里。他朝我们挤挤眼。酒主人苦着脸晃了晃酒囊。

我们穿过一座小镇，停在一个小旅馆前，司机拿了好几个包裹上来。接着便再次出发，刚出小镇，道路就开始上升。我们行进在田野间，嶙峋山丘斜插进庄稼地。麦田一路爬上山坡。现在，我们到了高处，风吹着庄稼左右摇摆。尘土覆盖着发白的路面，被车轮带到半空，悬在我们身后。公路继续向上，进了山，把丰饶的田地抛在脚下。到了这里，光秃秃的山坡上及河道两边也还有庄稼，只是长得东一簇、西一片的。猛然间，我们的车靠向路边，给骡子让路。六头骡子排成了一长串，一头跟着一头，拉着一辆高篷大车，车上堆得满满当当。车厢和骡子身上都蒙上了土。后面紧跟着另一队骡子，拖着另一辆车。这一车装的是木材。我们经过时，赶骡人身子后仰，拉住厚重的木头刹车。再往上，土地变得相当贫瘠，山上全是石头，土地被太阳烤得又干又硬，还留着雨水冲刷过的痕迹。

我们转了个弯，开进一个小镇，道路两侧突然变成了开阔的绿色山谷。一条河淌过镇中心，葡萄园就紧挨着房子。

车在一家小旅馆门前停下，下车的人不少。车顶上，许多行李被解开，从大帆布篷下挪出来，递下车去。比尔和我也下车走进旅馆。这屋子低矮昏暗，里面堆着马鞍、马具，还有浅色木头的干草叉，屋顶下一串串的，挂着绳底帆布鞋、火腿、大片的咸肉、白色的大蒜和长长的香肠。屋里很凉快，光线幽暗。我们站在长条木柜台前。柜台里有两个女人在卖酒水，她们背后的架子堆满了各种补给货物。

我们一人要了一杯aguardiente（白兰地）。两杯酒一共四十生丁[1]。我付给那女人五十生丁，多出来的当小费。她却找给我一个铜币，多半是以为我弄错了价格。

---

1. 生丁（centimes）在这里指的是旧时西班牙货币单位，也称为"分"，1比塞塔合100生丁。有1、2、5、10、20和50生丁几种硬币，最初均为铜币；1906年起1生丁和2生丁硬币改以青铜铸造；1925年后增加铜镍合金的25生丁硬币。此处说的铜币即10生丁的硬币。

同车有两个巴斯克人也进来了，坚持要请我们喝东西。结果，他们买了一轮，我们跟着买一轮，然后，他们拍着我们的后背，再买一轮，等我们又买了一轮后，大家一起出门，顶着太阳和高温爬回大巴顶上。这下宽敞多了，人人都有位子坐，之前躺在铁皮车顶上的巴斯克人坐在我俩中间。卖酒的妇人走出来，一边在围裙上擦手，一边和车里什么人说话。过了一会儿，司机晃悠着两个扁扁的皮邮袋出来，上了车。每个人都挥起手来，我们出发了。

车开上公路，眨眼间便出了山谷，我们又回到山上。比尔和酒囊巴斯克人在聊天。一个男人从座椅背后凑过来，用英语问："你们是美国人？"

"是的。"

"我待过那里[1]，"他说，"四十年前。"

他是个老人，和其他人一样黑，只是胡茬发白了。

"怎么样？"

"你说什么？"

"美国怎么样？"

"哦，我是在加利福尼亚。那里很好。"

"为什么离开呢？"

---

1. 这位老人英文并不地道，原文以语法错误和听不明白比尔的问话来表现。

"你说什么？"

"你为什么回到这里？"

"噢！我回来结婚的。我都准备回去了，可我妻子，她不喜欢出门。你从哪里来的？"

"堪萨斯城。"

"我待过那里。"他说，"我待过芝加哥、圣路易斯、堪萨斯城、丹佛、洛杉矶、盐湖城。"

他认真数着。

"你待了多长时间？"

"十五年。后来我就回来结婚了。"

"喝点儿？"

"好啊，"他说，"你们在美国喝不到这个，哈？"

"只要付得起钱，多的是。"

"你们来这里干什么？"

"我们打算去参加潘普洛纳的狂欢节。"

"你们喜欢斗牛？"

"是的。你不喜欢？"

"喜欢，"他说，"我想我喜欢。"

过了一小会儿：

"你们现在去哪里？"

"上布尔格特去钓鱼。"

"这样啊，"他说，"祝你们有收获。"

他和我们握握手，转回身去，坐在背后的椅子上。其他巴斯克人都被镇住。他放松地半靠着，看见我转头看风景，便微笑一下。不过，聊了会儿美国似乎让他累着了。之后他再没说过话。

汽车沿着陡峭的山路向上。四下里一片荒芜，石头支棱在地面上。路边连一棵草也没有。回头望去，还能看见山下开阔的田野。远远的背后，田地散落在山坡上，一片绿，一片棕。棕褐色的群山连成了天际线。奇形怪状的。随着我们越走越高，天际线也不断变化。汽车慢慢往上爬，南面，有其他山峰冒了出来。随后，我们翻过山顶，走了一段平路，道路延伸进一片树林。这是一片栓皮栎树林，阳光透过枝叶，斑斑驳驳地洒下来，有牛在林子背后吃草。钻出树林，道路贴着一片高地转弯，面前是起伏的苍翠平原，远处有黛色高山。不像我们身后那些烤焦了一般的褐色高山，这些山上林木葱茏，还有山岚缭绕其间。绿色草原绵延伸展，被栅栏切割开来，白色公路隐现在两排树干间，穿过草原向北延伸。驶近高地边缘时，我们看见了布尔格特的白墙红瓦，就在平原前方，一线排开。更远处，第一座深色高山的半山腰上，是龙塞斯瓦列斯[1]的修道院，有着灰白的金属屋顶。

---

1. 龙塞斯瓦列斯（Roncesvalles, 法语写作Roncevaux），奥雷阿加的旧城，是西班牙北部纳瓦拉省的小村庄，位于比利牛斯山海拔约900米处。村庄以公元778年的龙塞斯瓦列斯关战役（Battle of Roncevaux Pass）而出名，在这次战斗中，查理曼大帝被巴斯克部落打败，罗兰爵士身亡。法国最古老的叙事诗《罗兰之歌》中有相关描写。

"那是龙塞斯瓦列斯。"我说。

"在哪儿？"

"那边，前面远处，第一座山那儿。"

"这儿挺冷的。"比尔说。

"海拔高。"我说，"肯定有一千二百米了。"

"真够冷的。"

汽车下到平地，沿着笔直的公路开往布尔格特。我们经过一个十字路口，穿过河上的桥。布尔格特的房子矗立在道路两旁。这里没什么旁街小巷。车开过教堂和学校，停了下来。我们下了车，司机把我们的包和渔具袋递下来。一个佩枪卫兵走上前来，头戴三角帽，身上交叉系着黄色皮带。

"那里面是什么？"他指着渔具袋。

我打开包给他看。他要求检查我们的钓鱼许可证。我拿出来。他看了看日期，就挥手让我们走了。

"没问题吧？"我问。

"没问题。当然。"

我们顺着街道向旅馆走去，经过雪白的石头房子，人们坐在自家门廊上看着我们。

经营旅馆的胖妇人从厨房迎出来，和我们握手。她摘下眼镜，擦了擦，再戴上。旅馆里很冷，外面起风了。妇人叫一个女孩带我们上楼看房间。房间里有两张床、一个盥洗架、一个衣柜，还有一个带框的大号龙塞斯瓦列斯圣母像。风正对着百叶窗吹。这是个朝北的房间。我们洗漱了一下，穿上毛衣，下楼去餐厅。餐厅铺着石头地板，天花板很低，是橡木格子的。百叶窗全都关得严严实实，冷得连呼气都能看见。

"上帝啊！"比尔说，"明天可千万别这么冷。这种天气我可没办法下河蹚水。"

隔着木头餐桌，房间另一头的角落里放着一架竖式钢琴，比尔走过去，开始弹琴。

"我得暖和一下。"他说。

我出去找那妇人，问膳宿的价钱。她两手放在围裙上，撇开双眼不看我。

"十二比塞塔。"

"什么，潘普洛纳也不过这个价钱。"

她不说话，只是摘下眼镜，用围裙擦着。

"太贵了。"我说，"就算大酒店也没这么贵。"

"我们有浴室。"

"有便宜点儿的房间吗？"

"夏天没有。现在是旺季。"

我们是旅馆里唯一的客人。算了，我想，也没几天。

"包酒水吗？"

"嗯，是的。"

"好吧，"我说，"那就这样。"

我回去找比尔。他对着我呵气，让我看天气到底有多冷，然后继续弹琴。我随便找了张桌子坐下，打量起墙上的画。都是板面油画，一张画着几只兔子，呆板生硬，一张画着野鸡，也很呆，还有一张是呆板的布谷鸟。画板全都发黑了，一副烟熏火燎的模样。屋里有个摆满酒瓶的碗柜。我一瓶一瓶看过去。比尔还在弹琴。"来杯热朗姆潘趣酒怎么样？"他说，"这样可暖和不了多久。"

我走到外面，告诉那妇人什么是朗姆潘趣酒，把做法教给她。几分钟后，一个女孩带着个热气腾腾的石头水罐进来了。比尔扔下钢琴跑过来，我们喝着热潘趣酒，听着屋外的风声。

"里头没放多少朗姆。"

我起身去碗柜里拿了一瓶朗姆酒，倒了差不多半杯在罐子里。

"直接行动，"比尔说，"胜过跑流程。"

女孩开始摆桌子，准备开饭了。

"这风刮得跟见了鬼一样。"比尔说。

女孩端来一大碗热腾腾的菜汤，还有酒。接下来，我们吃了煎鳟鱼、一种什么炖菜和满满一大钵野草莓。至于酒，我们一点儿没客气，那女孩很害羞，不过送酒很痛快。老妇人进来过一次，来数空瓶子。

晚饭后，我们回到楼上，窝在床上抽烟、看书，这样能暖和点儿。夜里我醒过来一次，听见风还呼呼刮着。暖暖地躺在被窝里，感觉很好。

第十二章

早上，我一醒过来就跑到窗边看天气。天晴了，山上也没有云。屋外，窗户下面停着几辆拖车和一辆老驿车。风吹日晒的，驿车顶板已经开裂。它一定是公共汽车出现以前就停在这里了。一只山羊跳上一辆拖车，再跳上驿车顶，对着下面其他山羊拼命伸长脖子摇头晃脑。我伸手一招，它就跳了下去。

比尔还在睡觉。我穿好衣服，到走廊才穿上鞋，然后下楼。楼下静悄悄的。我拉开门闩，走出去。清晨的室外很冷，风停之后凝结的露珠还没被晒干。我在旅馆后面的棚子里转了转，找到一个鹤嘴锄，便带着它下到河边，想看看能不能挖点儿蚯蚓当鱼饵。河面不宽，水很清，不像有鳟鱼的样子。我在河岸草地上找了个潮湿的地方动手，一锄头下去就松了一大块。地下有蚯蚓，草皮一掀，它们就溜走了。我小心地挖着，顺着潮湿地面的边缘一路挖下去，抓到不少蚯蚓，装满了两个香烟罐。完事后我撒了些土在最上面。山羊一直看着我。

回到旅馆时，老妇人正在楼下厨房里，我请她为我们送些咖啡，再准备两份午餐。比尔也醒了，正坐在床边。

"我看见你在外面。"他说，"不想打扰你。你在干吗？埋你的钱？"

"你这懒汉！"

"那就是在为人民服务？太棒了。衷心希望你能坚持下去，每天早晨都做。"

"快点儿吧，"我说，"起来了。"

"什么？起来？我从不起来。"

他爬回床上，把被单拉到下巴上。

"来试试，叫我起床。"

我自顾自去找工具，把它们统统塞进工具袋。

"不想玩玩吗？"比尔问。

"我要下楼去吃饭了。"

"吃饭？怎么不早说？我以为你叫我起床是叫着玩呢。吃饭啊？很好。现在理由很充分了。你出去，多挖点儿蚯蚓，我马上下来。"

"哦，去死吧！"

"为了人民的利益，努力吧。"比尔套上他的内衣，"拿出你的俏皮话和同情心来。"

我走出房间，带着工具袋、渔网和鱼竿袋。

"嘿！回来！"

我在门口停下来，探头回屋。

"不打算展示一下你的俏皮话和同情心吗？"

我伸出大拇指按在鼻子上，扇扇手掌。

"那可不是什么俏皮话。"

下楼时，我听到比尔在唱歌，"俏皮话和同情心。当你感到……噢，给他们点儿俏皮话，给他们点儿同情心。噢，给他们点儿俏皮话。当他们感到……只要一点儿俏皮话。只要一点儿同情心……"直到下楼还在唱。调子是那句"铃声响起，只为了我和我的姑娘"[1]。他下来时，我正在读一份一周前的西班牙报纸。

"这一堆俏皮话同情心的，是什么玩意儿？"

"什么？你不知道'俏皮话和同情心'？"

"不知道。又是谁的花样？"

"人人都在唱。整个纽约都风靡了。赶得上当年的法塔里尼三兄弟[2]。"

女孩送来咖啡和黄油吐司。或者，确切地说，就是把面包烤了烤，再涂了点儿黄油。

"问她有没有果酱。"比尔说，"说得俏皮点儿。"

---

1. 歌词出自1917年的流行歌《只为你我》（For Me and My Gal），这首歌后来被用在1942年的同名好莱坞电影中。

2. Fratellinis，全称Fratellini Family，是20世纪初风靡一时的欧洲马戏表演团体，由兄弟三人组成，供职于巴黎著名的麦德拉诺马戏团（Circus Medrano）。可以说，一战之后，是他们直接促成了马戏表演的强势复兴。

"你们有果酱吗？"

"这根本不俏皮。真希望我能说西班牙语。"

我们用大碗喝咖啡，味道不错。女孩端着个玻璃盘子进来，里面盛着覆盆子酱。

"谢谢。"

"嘿！这不对。"比尔说，"说点儿俏皮话，嘲笑一下德里维拉将军[1]。"

"我可以问她，他们在里夫山是陷进了哪种果酱[2]。"

"不怎么样。"比尔说，"实在不怎么样。这个你不在行。没错。你不明白什么是俏皮话。你没有同情心。说点儿可怜的。"

"罗伯特·科恩。"

"还不赖。这个好些了。那么，为什么科恩就是可怜的？用俏皮话说。"

他喝了一大口咖啡。

---

1. 德里维拉将军（Primo de Rivera, 1870—1930），西班牙贵族，军事独裁者，在西班牙波旁王朝的第二次复辟时期，获国王阿方索十三世授权，于1923—1930年间出任西班牙首相，建立独裁政权。他执政期间的最大成就是结束了摩洛哥战争，下文中提到的里夫山（Riff或Rif）即摩洛哥北部山区。西班牙对于摩洛哥北部的殖民统治自1912年开始便始终遭到里夫山区原住民柏柏尔族人的顽强抵抗，1921年，当地人民宣布成立"里夫共和国"，脱离西班牙独立。里夫战争爆发，战事陷入胶着，西班牙军队损失惨重，直到1926年才在法国军队的帮助下获胜。文中的时间正在战事胶着期间。

2. "果酱"和"困境"英文均为"jam"。杰克以此作为"俏皮话"。

"噢，该死的！"我说，"这才一大清早呢。"

"瞧瞧。你还说想当个作家。你只是个新闻记者。一个流亡海外的新闻记者。只要一起床，你就该说俏皮话。一眨眼，就该满肚子怜悯。"

"少胡扯了，"我说，"你这都哪儿来的奇谈怪论？"

"人人都这样。你不看书吗？从来不关注其他人吗？你知道你是什么？你就是个流亡者。你干吗不住在纽约？那你就能知道这些东西。你想要我怎么样？每年到这里来一次，给你通报消息？"

"再喝点儿咖啡。"我说。

"很好。咖啡对你有好处。里面有咖啡因。咖啡因，我们来了[1]。咖啡因能让男人跨上她的马背，让女人走进他的坟墓。你知道你的问题出在哪儿？你是个流亡者。最糟糕的那种流亡者。你难道没听过？离开了祖国的人绝对写不出值得印刷出版的作品，哪怕是新闻报道。"

他喝一口咖啡。

"你是个流亡者。你离开了你的土壤。变得矫揉造作。虚伪的欧洲准则毁了你。你沉迷酒精。你离不开性。

---

1. 比尔在这里套用了一战中美国陆军上校查尔斯·E. 斯坦顿（Charles Egbert Stanton, 1858—1933）在巴黎拉法耶特侯爵墓前发表的宣言"拉法耶特，我们来了"。以此作为"俏皮话"。拉法耶特侯爵（Marquis de La Fayette, 1757—1834）是法国贵族，曾资助并投身美国独立战争，是华盛顿、杰斐逊等人的密友，在1789年法国革命和1830年七月革命中也扮演了重要角色。

你把你所有的时间都用来空谈，不去工作。你是个流亡者，懂吗？整天流连在咖啡馆里。"

"听上去很不错。"我说，"那我什么时候工作呢？"

"你不工作。有些人说你被女人养着。另一些人说你是个阳痿。"

"这可不对。"我说，"我只是遇到了一次意外。"

"永远不要谈论这事。"比尔说，"这不是该拿出来说的事。你该卖卖关子，把它变成一个谜。就像亨利的自行车。"

他原本一直滔滔不绝，却突然停下来。我估计，他以为那句阳痿的话刺伤我了。可我想让他继续说下去。

"不是自行车，"我说，"他那会儿骑在马背上。"

"我听说是辆三轮车。"

"嘻，"我说，"飞机也算是一种三轮车。操纵杆用起来是一回事。"

"可用不着蹬踏板。"

"也对，"我说，"我猜是用不着蹬踏板。"

"别说这个了。"比尔说。

"好，没问题。我只是赞成三轮车的说法。"

"我觉得，他也算是个好作家。"比尔说，"至于你，你是个见鬼的好小子。有人说过你是个好小子吗？"

"我可不是什么好小子。"

"听着。你是个了不得的好小子，这个世界上，我最喜欢的就是你，谁都比不上。在纽约我可没法跟你说这话。会让人觉得我是个同性恋。内战就是这么打起来的。亚伯拉罕·林肯是个同性恋。他爱上了格兰特将军。杰佛逊·戴维斯也一样。解放黑奴只是林肯打的一个赌。斯科特案是反酒吧联盟的阴谋。所有这些都是因为性。上校夫人和朱蒂·奥格莱迪骨子里都是同性恋。"[1]

他停下来。

"还想听吗？"

"继续。"我说。

"我想不出了。午饭时再跟你说。"

"哦，老比尔。"我说。

"你这个流浪汉！"

我们打包了午饭和两瓶酒，放在背包里。比尔背起包。我扛着鱼竿，背着抄网。我们先是跟着大路走，然

---

1. 这是比尔信口说出的一连串"俏皮话"。其中，格兰特将军（General Grand）是美国南北战争中林肯总统麾下的全军统帅；杰佛逊·戴维斯（Jefferson Davis）是当时南部诸州宣布成立的美利坚邦联的总统。斯科特案（Dred Scott case）又称蓄奴案，是引发南北战争的重要导火索之一。1857年，一位名叫德雷德·斯科特的黑人奴隶提起诉讼，要求得到自由，当时的最高法院认为"一个祖辈被带到美国并被作为奴隶卖掉的黑人"不算美国公民，不可适用美国法律，也无权在联邦法院提起诉讼，并据此驳回起诉。反酒吧联盟（Anti-Saloon League）主要活跃于20世纪初，积极鼓吹禁酒运动，在很大程度上促成了美国禁酒法案的出台。"上校夫人和朱蒂·奥格莱迪骨子里都是同性恋"化用了英国作家鲁德亚德·吉卜林《女士们》一诗中的最后两句，"因为上校夫人和朱蒂·奥格莱迪/骨子里都是姐妹"。这首诗以一名年轻士兵的口吻讲述了他从军期间与不同女人之间发生的故事以及由此带来的感悟。

后穿过一片草地，找到穿越田野的小路，往第一座山坡上的树林子里走。我们走在田野里的沙路上。土地绵延起伏，长满了草，只是被羊啃得只剩下短短一截。牛群在山上。牛铃声不时从林子里传出来。

小路连着独木桥，越过一条溪。树干表面被刨平了，一棵小树弯下来充当了扶手。溪边的浅水池塘里，蝌蚪点缀在细沙塘底上。我们爬上陡岸，走过起伏的田野。回头还能看到布尔格特，白房红顶，白色道路上，一辆卡车开过，尘土飞扬。

走出田野，我们过了另一条急流小溪。有条沙路从浅滩通往树林。过河的小路在浅滩下游，我们走另一座独木桥，转上沙路，进了树林。

这是片山毛榉林，都是老树。树根在地面隆起，枝干虬结交缠。我们沿着道路前进，穿行在老山毛榉粗大的树干间，阳光透过树叶洒到草地上，斑驳黯淡。树都很大，枝叶繁茂，却不阴森。林子里没有灌木，只有平整的草，非常绿，充满生气，高大的灰色树木排列整齐，像公园一样。

"这才是山野啊。"比尔说。

道路伸向山头，我们走进密林，还在往上爬。偶尔下个小坡，立刻又陡直向上。我们一直能听到林子里牛群的声音。最后，道路攀上山顶，豁然开朗。我们来到高地顶上——从布尔格特遥望这片林木茂密的山丘，能看到的最高点。向阳坡的小块林间空地上长着野草莓。

再往前，小路出了森林，沿着山脊侧面延伸。前面的山头上没有树林，倒是开满了大片漂亮的黄色金雀花。能看得到远处的峭壁，灰色岩石夹杂在深色树林间，标出了伊拉蒂河的河道。

"我们得跟着这条路，沿着山脊走，翻过那些山头，穿过远处山上的树林，然后下到伊拉蒂河谷里去。"我指给比尔看。

"还真是段要命的长途跋涉。"

"路太远了，当天往返不可能轻松，更别说还要钓鱼。"

"轻松。说得真好。一来一回，我们肯定得拼了老命地赶路，怎么说也还要钓钓鱼。"

这是一段漫长的路程，山野景色非常美，不过，等终于走过那条穿林翻山的陡峭山路，下到法布里卡河谷里时，我们都累得够呛。

道路钻出林荫，暴露在火热的阳光下。前面就是河谷。对岸是另一座陡峭的山。山上有一片荞麦地。山坡上，几棵树下立着一座白色房子。天气很热，我们在树下歇脚，旁边就是拦河水坝。

比尔把背包靠在树边，我们接好钓竿，装上卷轮，系上脑线[1]，准备要钓鱼了。

1.脑线是连接主线和鱼钩的短渔线，通常较细。

"你确定这河里有鳟鱼？"比尔问。

"满河里都是。"

"我要玩飞钓。你有麦金蒂鱼钩吗？"[1]

"有几个。"

"你用蚯蚓钓？"

"是的。我就在水坝这儿钓。"

"好，那我就把假蝇匣子拿走了。"他挂上一个飞钓钩，"我去哪里好？上游还是下游？"

"最好是下游。上游鱼也不少。"

比尔沿着河岸往下游走去。

"带上一罐蚯蚓。"

"不用了，我不要。要是它们不咬钩，我就多试几个地方。"

比尔走到下游，望着河水。

"你说，"他喊道，盖过了水坝的声音，"把酒放到路边的泉水里怎么样？"

"好啊。"我叫道。比尔挥挥手，开始下水。我从包里翻出那两瓶酒，拿上，回到路边。那里有一眼泉水，用铁管引出来的，泉眼上盖着块木板。我掀起板子，用力紧了

1.飞钓即飞蝇钓鱼，和传统钓鱼法不同。钓鱼者站在水中，利用鱼线的重量将羽毛等制成的假蝇钓饵来回甩动，模仿水面飞行的飞虫落水的情形，吸引溪流湖泊中的凶猛掠食性鱼类吞食。通常，飞蝇钓的目的不在于渔获多少，而更注重飞钓的技术、过程和休闲性。麦金蒂鱼钩是一款经典的飞钓鱼钩。

紧瓶塞，把酒瓶放进水里。水很冰，我从指尖到手腕都被冻麻了。接着，我把木板盖回去，但愿没人发现这些酒。

回到河边，拿起靠在树上的鱼竿，抓上蚯蚓罐和抄网，我走上水坝。修这水坝是为了形成水流落差来运木材。水闸是拉起的，我坐在一根方木上，注视着面前平静光滑的水面，再往下，河流就会跌落成一挂瀑布。河坝跟前水很深，翻卷起白浪。我正在挂饵，一条鳟鱼从水浪中跃起，跳进瀑布，被带向下游。还没等我挂好，另一条鳟鱼又跳向瀑布，划出同样美丽的弧线，消失在轰鸣的水流中。我找了个大铅坠挂上，在靠近水坝木头边缘的急流里下钩。

第一条鳟鱼咬钩时我完全没有察觉。直到提起渔线，才发现已经钓到了一条。我把它从瀑布脚下翻卷的水浪中拽出来，拎到水坝上，这鱼一直在拼命挣扎，几乎把鱼竿拉了个对折。是条好鱼。我抓起来把鱼头往木头上一摔，它抖了抖，僵挺着不动了。我把它顺进袋子里。

就在对付它的这会儿工夫里，又有好几条鳟鱼跳进了水瀑。重新挂好饵，刚下钩，就又钓上来一条，我依样处理。不大会儿，我就钓到了六条鳟鱼。全都差不多大小。我把它们拿出来，排开，一条挨着一条，头朝一个方向，细细端详着。多亏了这冰冷的河水，每条鱼都拥有漂亮的色泽和紧实的身体。天气这么热，我把它们统统开膛破肚，拽掉内脏、腮和其他零碎，扔到河对岸。带着鱼上了岸，在水坝上方冰凉、平静的深水里清洗过，我又摘下些蕨草，和鱼一起放进背包。铺一层蕨草，放三条鳟鱼，再铺一层，放上另外三条，最后用蕨草盖在上面。鱼躺在蕨草里，看起来很不错。现在，背包被撑得鼓起来了，我把它放到树荫下。

水坝上太热了，所以我把蚯蚓罐也拿到树荫下，和袋子放在一起。然后从背包里掏出一本书，坐在树下专心读起来，只等比尔上来，就可以吃午饭了。

现在刚过正午，树荫不多，不过我找到两棵紧挨着生长的树，可以靠在树干上看书。这是本A.E.W.梅森[1]的小说，我正读到一个精彩的故事，说有个男人在阿尔卑斯山上冻僵了，掉进一条冰河，没了踪影，他的新娘得等上足足二十四年，才能等到他的尸体出现在冰碛石上，与此同时，她的真爱也在等她。比尔上来时，他们还都等着呢。

"钓到了吗？"他问。他单手抓着鱼竿、袋子和抄网，浑身大汗淋漓。水坝瀑布声音太大，我完全没听到他过来。

"六条。你呢？"

比尔坐下来，打开他的袋子，草上卧着一条大鳟鱼。

---

1. A. E. W. 梅森（Alfred Edward Woodley Mason, 1865—1948），英国作家、政治家。代表作是《四根羽毛》和哈纳德探长系列，前者是一部创作于1902年的探险小说，讲述战争背景下有关勇气与怯懦的故事；后者是古典推理小说的重要作品，阿加莎·克里斯蒂笔下的波罗也曾受到哈纳德探长的影响。

他又拿出三条，每条都比前一条更大一点儿。他把它们整整齐齐排在树荫下。满脸汗水，却高兴得很。

"你的怎么样？"

"小一些。"

"拿出来看看。"

"都装好了。"

"到底有多大？"

"都和你最小的那条差不多。"

"你不是在哄我吧？"

"真希望我是。"

"都是用蚯蚓钓上来的？"

"是啊。"

"你这懒鬼。"

比尔把鳟鱼放进袋子里，敞开袋口，晃荡着朝河边走去。他从腰往下全湿了，看得出，一定是下河蹚了水的。

我站起来，去路边拿那两瓶酒。酒很凉。回到树下时，瓶身上已经结起了水珠。我摊开一张报纸，放上午餐，打开一瓶酒，把另一瓶靠在树下。比尔边走边擦着手，袋子被蕨草撑得鼓鼓囊囊的。

"咱们来试试这瓶。"他说着，拔开瓶塞，举起瓶子喝了一口，"啊哟！我眼泪都快呛出来了。"

"我尝尝。"

酒很冰，带着点儿铁锈味。

"这酒还不算太差。"比尔说。

"幸亏冰过了。"我说。

我们打开几个小餐包。

"鸡肉。"

"还有白煮蛋。"

"有盐吗?"

"先有蛋,"比尔说,"后有鸡。就连布莱恩[1]都知道。"

"他死了。昨天报纸上说的。"

"噢。真的死了?"

"真的。布莱恩死了。"

比尔放下手里已经开始剥的鸡蛋。

"先生们,"他一边说,一边打开包鸡腿的报纸,"我要换个顺序。为了布莱恩。向伟大的平民致敬。先吃鸡,后吃蛋。"

"知道上帝是第几天造出鸡的吗?"

"噢,"比尔呶着鸡腿,说,"我们怎么知道?我们不该提问。归根结底,我们也活不了多久。来吧,让我们欢欣鼓舞,虔诚笃信,感怀圣恩。"

"吃个蛋。"

———————————

1. 这里指的是美国政治家威廉·詹宁斯·布莱恩(William Jennings Bryan, 1860—1925),三次作为民主党候选人参选美国总统,伍罗德·威尔逊任总统期间曾出任国务卿。因为反对高关税、领导"自由铸造银币运动"、支持农民等一系列主张而被称为"伟大的平民"(Great Commoner)。他本人是虔诚的基督教徒,反对进化论。

比尔一手抓着鸡腿晃了晃，另一手拿着酒瓶。

"让我们祈祷圣恩，满怀喜乐。让我们享用空中的飞鸟。让我们享用葡萄佳酿。你要享用一点儿吗，兄弟？"

"你先请，兄弟。"

比尔喝了一大口。

"享用一点儿，兄弟。"他把酒瓶递给我，"不要犹疑，兄弟。不要窥探神圣之秘，不要把类人猿的指爪伸进鸡笼。让我们全盘接受，虔诚地说——我想要你和我一起说——我们该说什么，兄弟？"他用鸡腿指着我，继续道，"让我来告诉你。我们要说，就我而言，我要骄傲地说——嘿，我想要你和我一起说，跪下来，兄弟。在这伟大的大自然中跪下，没有人应该感到羞愧。记住，树林是上帝的第一座神殿。让我们跪下，说：'别吃那个，女士——那是门肯。'"

"好了，"我说，"享用点儿这个。"

我们把另一瓶酒也打开。

"怎么了？"我说，"你不喜欢布莱恩？"

"我爱布莱恩，"比尔说，"我们像兄弟一样。"

"你怎么认识他的？"

"他、门肯和我都在圣十字学院[1]上过学。"

---

1. 圣十字学院（Holy Cross）以及下文中提到的福坦莫大学（Fordham University）、洛约拉大学（Loyola）、圣母大学（Notre Dame）等，均为拥有教会背景或教会传统的美国高校。

"还有弗兰克·弗里希[1]。"

"那是骗人的。弗兰克·弗里希上的是福坦莫。"

"这样啊，"我说，"我和曼宁主教一个学校，洛约拉。"

"胡说，"比尔说，"是我和曼宁主教一起上的洛约拉。"

"你迷糊了。"我说。

"喝迷糊了？"

"不然呢？"

"是这些湿气。"比尔说，"他们该把这见鬼的湿气除掉。"

"再喝一口。"

"我们就带了这么点儿酒？"

"就两瓶。"

"知道你是什么吗？"比尔恋恋不舍地盯着酒瓶。

"不知道。"我说。

"你是反酒吧联盟的人。"

"我和韦恩·惠勒一起上的圣母大学。"

"骗人。"比尔说，"我和韦恩·惠勒一起上的奥斯汀商学院。他是班长。"

"好吧，"我说，"酒吧必须消失。"

---

1. 弗兰克·弗里希（Frankie Frisch, 1898—1973）是当时风头正盛的美国棒球明星。曼宁主教全名威廉·托马斯·曼宁（William Thomas Manning, 1866—1949），1921—1949年间出任纽约主教。这里是杰克在开玩笑，曼宁主教实际毕业于西沃恩南方大学。而韦恩·惠勒（Wayne B. Wheeler, 1869—1927）则是积极推动禁酒令，参与反酒吧联盟的中坚人物。

"说得对，老同学。"比尔说，"酒吧必须消失，我带一个走。"

"你真是迷糊了。"

"喝迷糊了？"

"喝迷糊了。"

"好吧，也许是。"

"要睡会儿吗？"

"也好。"

我们躺下来，脑袋藏在树荫下，看着树冠的枝叶。

"睡着了？"

"没有，"比尔说，"我在思考。"

我闭上眼睛。躺在地上感觉很好。

"你说，"比尔说，"布蕾特这事儿，到底是怎么回事？"

"什么怎么回事？"

"你爱过她吗？"

"爱过。"

"有多久？"

"很久了，断断续续的。"

"噢，该死！"比尔说，"很抱歉，伙计。"

"没什么。"我说，"我已经不在乎了。"

"真的？"

"真的。不过我他妈最好还是别聊这事儿。"

"我这么问，你不会生气吧？"

"我他妈为什么要生气？"

"我要睡觉了。"比尔说。他用一张报纸盖在脸上。

"嘿，杰克，"他说，"你真的是天主教徒？"

"技术上说，是的。"

"什么意思？"

"我也不知道。"

"好吧，我现在要睡了。"他说，"别跟我说话，免得我睡不着。"

我也睡着了。醒来时，比尔正在收拾背包。已经挺晚了，树影拉得很长，一直拖到水坝上。在地上睡了一觉，我浑身都僵了。

"你干吗？要起床？"比尔问，"怎么不在这里过夜啊？"我伸个懒腰，揉揉眼睛。

"我做了个好梦，"比尔说，"不记得具体内容了，不过是个好梦。"

"我好像没做梦。"

"你应该做做梦。"比尔说，"所有大商人都是梦想家。看看福特。看看柯立芝总统。看看洛克菲勒。看看裘·戴维森。"

我拆开我俩的鱼竿，收进鱼竿袋，把卷轮放进工具包。比尔已经收拾好了背包。一袋鱼放在背包里，一袋我拎着。

"好了，"比尔说，"都收拾好了？"

"蚯蚓。"

"你的蚯蚓。放包里吧。"

他已经背起了背包，我把蚯蚓罐塞进一个外侧袋里。

"现在，东西都拿齐了？"

我环顾了一圈榆树脚下的草地。

"都拿了。"

我们沿着山路开始向林中进发。回布尔格特又是一段长途跋涉，等我们穿越田野回到大路上时，天已经黑了。进了小镇，往旅馆走的一路上，两边房子的窗口都亮起了灯光。

我们在布尔格特待了五天，痛痛快快地钓了个够。这儿夜里很冷，白天却很热，但就算最热的时候，也总有风。天气这么热，以至于蹚进冰冷的河里感觉很舒服，等你回到岸上坐下，太阳很快就能把衣服晒干。我们找到一条带池塘的河，水很深，完全可以在里面游泳。傍晚，我们就和一个英国人打三人桥牌，他叫哈里斯，从圣让－皮耶德波尔[1]徒步来钓鱼的，也住在旅馆里。他非常讨人喜欢，和我们一起去了两次伊拉蒂河。至于罗伯特·科恩，还有布蕾特和迈克，统统没有消息。

---

1. 圣让-皮耶德波尔（Saint Jean Pied de Port），法国西南部小镇，位于比利牛斯山脚, 距西班牙边界仅八公里。

第十三章

　　一天早上，我下楼吃早餐。那英国人，哈里斯，已经坐在桌边了，正戴着眼镜读报纸。他抬起头来，面带笑容。

　　"早上好。"他说，"有你的信。我顺便去了趟邮局拿信，他们一起给了我。"

　　信在桌上，就放在我的位子跟前，斜靠着一个咖啡杯。哈里斯又埋头读报去了。我打开来，是从潘普洛纳转寄过来的。下款是"圣塞瓦斯蒂安，星期日"：

　　亲爱的杰克：

　　我们已于周五到达。布蕾特在火车上晕过去了，所以让她休息了三天，会会老朋友。我们计划星期二抵达潘普洛纳的蒙托亚酒店，具体时间还不清楚。盼你能让长途班车带个信来，告诉我们，星期三怎么和你

159

们会合。

衷心致意，另，很抱歉迟到了。布蕾特实在是累坏了，到星期二就能缓过来，事实上，现在已经有所好转。我很了解她，想好好照顾她，可这不容易。问大家好。

迈克尔

"今天星期几？"我问哈里斯。

"我想是星期三。是的，没错。星期三。人待在这山里竟然会连时间都忘了，多奇妙啊。"

"是啊。我们都待在这里将近一个礼拜了。"

"你不是打算要走吧？"

"是啊。恐怕我们今天下午就要坐大巴离开。"

"糟糕。我还想着咱们可以一起再去一次伊拉蒂河呢。"

"我们得去潘普洛纳了。约了人在那里碰头。"

"我真是没运气。咱们在布尔格特这里过得多快活啊。"

"到潘普洛纳来吧。我们可以在那里打打桥牌，而且狂欢节就要开始了，也非常棒。"

"我很想去。你人真是太好了，能邀请我一起去。不过我还是待在这里吧。我没多少机会可以钓鱼。"

"你是记挂着伊拉蒂河里那些大家伙吧。"

"我得承认,的确,你明白的。那些鳟鱼真是够大。"

"我也想再去钓一次。"

"那就去啊。再待一天。就这么说定了?"

"我们真的得回城去了。"我说。

"太可惜了。"

吃过早餐,比尔和我坐在旅馆前的长椅上商量这事,太阳晒得身上暖融融的。我看见一个女孩从镇中心沿着街道走过来。她在我们面前停下,从挂在裙子前的皮夹里拿出一封电报。

"Para ustedes(是你们的吗)?"

我看了看。地址写的是"巴恩斯,布尔格特"。

"是的,是我们的。"

她拿出一本册子让我签字,我给了她两个铜板。电报是用西班牙语写的:

VENGO JUEVES COHN(我周四到,科恩)

我把电报递给比尔。

"'Cohn(科恩)'这词是什么意思?"他问。

"真是封讨人厌的电报!"我说,"花一样的钱,他满可以写十个字。'我周四到'。信息真丰富呀,不是吗?"

"科恩有兴趣的全都写在这里了。"

"不管怎么说，我们要回去了。"我说，"要劝布蕾特和迈克赶过来肯定是白费劲，何况还得赶在狂欢节之前回去。你说要回个信吗？"

　　"还是回一个吧。"比尔说，"咱们没必要摆出傲慢的样子。"

　　我们走路到邮局，要了一张电报纸。

　　"说什么呢？"比尔问。

　　"'今晚到'，这就行了。"

　　付了电报费，回到旅馆。哈里斯还在。我们三人一起走到龙塞斯瓦列斯，把修道院里里外外逛了一圈。

　　"是个了不起的地方。"出来时，哈里斯说，"只不过，你知道，我对这类地方兴趣不大。"

　　"我也是。"比尔说。

　　"不管怎么说，这到底是个了不起的地方。"哈里斯说，"不看看总是不甘心。我天天都琢磨着要来。"

　　"但这和钓鱼不一样，对吧？"比尔问。他喜欢哈里斯。

　　"要我说，是不一样。"

　　这会儿我们正站在修道院古老的小礼拜堂跟前。

　　"那头是个小酒馆吗？"哈里斯问，"还是说，我的眼睛欺骗了我？"

　　"是个酒馆的样子。"比尔说。

　　"我看着也像。"我说。

"我说，"哈里斯说，"咱们去享用一下吧。"他跟着比尔学会了"享用"这个词儿。

我们一人要了一瓶酒。哈里斯不让我们付钱。

他的西班牙语说得相当好，酒馆老板不肯收我们的钱。

"嘿，你们不知道，在这里遇到你们两个伙计，对我来说意味着什么。"

"我们在一起过得棒极了，哈里斯。"

哈里斯有点儿醉了。

"哪，你们真的不知道，这对我有多重要。战争之后，我就没有过什么开心事儿。"

"我们会再一起去钓鱼的，找个时间。记着，别忘了，哈里斯。"

"一定要。我们过了这么快活的一段时间。"

"再来一轮怎么样？"

"好主意！"哈里斯说。

"这轮我买。"比尔说，"要不咱们就别喝了。"

"拜托你，让我来。这样我高兴，真的，你知道。"

"那这次该让我高兴高兴了。"比尔说。

老板拿来第四瓶酒。我们还用原来的杯子。哈里斯端起他的。

"我说。你们知道，这酒享用起来真是不错。"

比尔拍拍他的背。

"老哈里斯，好伙计。"

"我说，你们其实知道的吧，我不姓哈里斯。威尔逊－哈里斯。双姓，连在一起的。中间有个连字符，你们知道。"

"老威尔逊－哈里斯，好伙计。"比尔说，"我们叫你哈里斯，是因为我们太喜欢你了。"

"我说，巴恩斯。你不知道，这一切对我意味着什么。"

"来吧，再享用一杯。"我说。

"巴恩斯。真的，巴恩斯，你不会懂。就是这样。"

"干了，哈里斯。"

沿着马路，我们从龙塞斯瓦列斯往回走，把哈里斯夹在中间。午饭是在旅馆吃的。之后哈里斯陪我们一起去坐车。他留了名片给我们，上面有他在伦敦的住址、他的俱乐部，还有办公地址。我们上车时，他递给我们一人一个信封。我打开我那封，里面是一打飞蝇钓饵。哈里斯自己做的。他的飞蝇钓饵都是自己做的。

"喂，哈里斯——"我开口说。

"别，别！"他边说边往车下走，"这些根本就算不上什么好钓饵。我只是想着，要是你什么时候用它们来钓鱼，兴许还能想起我们在一起的这几天好日子。"

巴士启动了。哈里斯站在邮局门前，挥着手。车开出去时，他转身朝旅馆走去。

"嘿，哈里斯真不错，是吧？"比尔说。

"我想，这几天他大概是真的很开心。"

"哈里斯？我敢打赌，是这样。"

"真希望他能到潘普洛纳来。"

"他想钓鱼。"

"是的。再说了，你也没法弄明白英国人都是怎么和别人相处的。"

"我看也是。"

我们临近傍晚才进入潘普洛纳，巴士停在蒙托亚酒店门前。露天广场上，有人正在挂彩灯，好在狂欢节上给广场照亮。车一停，几个小孩就跑上前来，一个本城的税务官让所有人都下车，在路边打开行李。我们走进酒店，在楼梯上遇到了蒙托亚。他过来握手，笑得很腼腆，跟往常一样。

"你的朋友们都来了。"他说。

"是坎贝尔先生？"

"是的。科恩先生、坎贝尔先生和阿什利夫人。"

他笑得好像我应该听说了什么似的。

"他们什么时候到的？"

"昨天。我帮你们保留了之前的房间。"

"那太好了。坎贝尔先生的房间也是朝着广场的吗？"

"是的。都是之前我们选好的房间。"

"我们的朋友现在在哪里？"

"我想他们是去打回力球了。"

"公牛怎么样了？"

蒙托亚笑了起来。"今天晚上。"他说，"今晚七点，他们把维拉尔的公牛放进去，明天放米乌拉[1]的。你们都想看吗？"

"噢，是的。他们还从没见过desencajonada（放牛进栏）呢。"

蒙托亚一手按在我肩上。

"到时候见。"

他又笑了笑。他总笑成这副模样，好像斗牛是我俩之间一个很特别的秘密，一个只有我们俩知道的惊天大秘密。笑得好像这秘密有什么不可告人之处，只有我俩心照不宣一样。这秘密绝不会袒露给不知情的人。

"你的朋友，他也是个aficionado（斗牛迷）？"他对着比尔微笑。

"是的。他千方百计从纽约赶来，就是为了参加圣费尔明节[2]。"

"是吗？"蒙托亚客气地表示怀疑，"但他不像你那

1．维拉尔（Villar）和米乌拉（Miura）都是培育斗牛的牧场名称。

2．圣费尔明节（San Fermine）即潘普洛纳的奔牛狂欢节，每年7月6—14日举行。它由三大活动合并发展而成，分别为10月10日纪念圣徒费尔明的宗教活动、14世纪即兴起的夏初民间集市，以及由斗牛迷们推动的斗牛活动。费尔明是潘普洛纳第一任主教，公元303年在一次传教旅行中于法国亚眠遭斩首身亡。公元12世纪时被奉为圣徒，如今是纳瓦拉的两大守护圣徒之一。潘普洛纳本地传言称，圣费尔明死前被拖过本市街道，当时便有发狂的公牛追逐其后，因此，这也是奔牛节的来源之一。

么着迷。"

他又伸出手，腼腆地拍拍我的肩膀。

"不。"我说，"他是个地道的斗牛迷。"

"但还是赶不上你。"

"Afición"的意思是"热情"。一个"aificionado"应当是个对斗牛充满热情的人。出色的斗牛士都住在蒙托亚酒店，也就是说，真正满怀热情的斗牛士都在这儿。纯商业的斗牛士或许会来住上一次，但不会再回来。好斗牛士每年都来。蒙托亚酒店的每间客房里都挂着他们的照片。每张照片都是献给胡安尼托·蒙托亚，或他姐姐的。对于真正推崇的斗牛士，蒙托亚都会给他们的照片装上相框，挂好。至于那些没有afición的斗牛士的照片，蒙托亚都压在他的书桌抽屉里。那些照片上写的话多半是些阿谀奉承，没有任何意义。说不定哪天，蒙托亚就把它们统统拿出来，扔进废纸篓。他才懒得保留。

我在蒙托亚酒店落脚也有好几个年头了。我们常常聊起斗牛和斗牛士，每次都不聊太多，纯粹就是喜欢分享一下彼此的感受。人们大老远赶来，住在蒙托亚酒店，时不时和蒙托亚聊上几句有关公牛的事，直到离开潘普洛纳。这些人是斗牛迷。就算酒店客满，真正的斗牛迷总能在这里找到房间。蒙托亚介绍我认识了其中一些人。他们刚开始总是客客气气的，一听说我是美国人，就觉得很可乐。也不知道怎么回事，人们总是想当然地认为，美国人是不会有afición的。一个美国人，可能假装有热情，要么就是一时冲动，总之，不可能是真着迷。等看到我竟真的怀有afición，他们完全摸不着头绪了，没有设定的问卷，没有解题的密码，也没有某种口头上的心理测试帮他们找到答案，教他们提出些模模糊糊、带点儿自我防卫的问题。他们只好带着些局促腼腆，伸出一只手，用力拍一拍我的肩，有时再说上一句，"Buen hombre（好小子）"。基本上都会有一些肢体接触。就像是，得通过触摸来确认什么。

对于胸怀afición的斗牛士，无论做什么，蒙托亚都能够原谅。他能原谅一切失误，原谅突如其来的紧张、惊恐，乃至于莫名的糟糕表现。对于有热情的人，他什么都能体谅。他立刻原谅了我的朋友们这档子事。他没再说什么，就这样，他们只是我俩之间的一桩小事，就像斗牛场上被挑破肚皮的马，羞于提起。

比尔一进大门就直接上楼了。我上去时，他正在自己房间里洗漱，换衣服。

"来啦。"他说，"西班牙语说痛快了？"

"他是告诉我，今晚公牛要入栏了。"

"那咱们去找找那帮家伙，一起过去。"

"好。他们大概是在咖啡馆。"

"你拿到票了？"

"拿到了，放牛入栏的票，都拿到了。"

"那是什么样的？"他伸长脖子，凑到镜子跟前，检查下巴上是不是都刮干净了。

"非常棒。"我说，"他们把公牛从笼子里全都放出来，引进牛栏，牛栏里事先就放进了犍牛[1]，免得公牛之间打起来。公牛会追过去攻击犍牛，犍牛满场子逃跑，还会像老妈子一样，努力安抚公牛，让它们冷静下来。"

"公牛会刺伤犍牛吗？"

"也会。有时候它们紧紧追着犍牛，赶上去把它们刺死。"

"犍牛不抵抗的吗？"

"不抵抗。它们只想尽量跟公牛交朋友。"

"那为什么要把犍牛放进牛栏里？"

"犍牛能让公牛平静下来，免得它们在石墙上撞断了角，或是相互刺伤。"

"当头犍牛肯定很了不起。"

我们下楼出门，穿过广场去伊露尼亚咖啡馆。光秃秃的广场上立着两个售票亭。有三个窗口，分别标着SOL（向阳）、SOL Y SOMBRA（交界）、SOMBRA（背阴）[2]，全都关着。要到狂欢节前一天才开门。

---

1. 即阉割过的公牛。犍牛通常性情温驯，容易驾驭。

2. 西班牙斗牛表演票的座位根据方位划分为这三种类型，向阳面的座位会一直晒太阳，票价最便宜，而荫凉处的背阴位票价更高。

广场对面，伊露尼亚的白色柳条桌椅一直摆到了拱廊外，紧贴着街边。我在桌子间寻找布蕾特和迈克。他们在那里。布蕾特、迈克和罗伯特·科恩。布蕾特戴着一顶巴斯克贝雷帽。迈克也是。罗伯特·科恩光着头，戴着他的眼镜。布蕾特看到我们，挥起手来。我们到桌边时，她笑得两个眼角都皱了起来。

"你们好呀，伙计们！"她叫道。

布蕾特很开心。迈克有种本事，能通过握手传达强烈的感情。至于罗伯特·科恩，纯粹因为我们回来了，才跟我们握握手。

"你们见鬼的到底去哪儿了？"我问。

"我把他们带来了。"科恩说。

"胡扯。"布蕾特说，"要不是你，我们还能到得早一些。"

"那你们压根儿就不会来了。"

"胡说！你们两个家伙都晒黑了。瞧瞧比尔。"

"钓鱼怎么样，玩得痛快吗？"迈克问，"我们还想去找你们呢。"

"还不赖。我们也一直惦记着你们。"

"我想来的。"科恩说，"不过还是觉得该去把他们带来。"

"你带我们来。真是胡说八道。"

"真的很好吗？"迈克问，"你们钓到了很多鱼？"

"有那么几天，我们每人每天都能钓十几条。还有个英国人和我们一起。"

"叫哈里斯。"比尔说，"你认识吗，迈克？他也上过战场。"

"幸运的家伙。"迈克说，"那是段什么日子啊。真希望那些珍贵的日子能再来一次。"

"别说傻话了。"

"你打过仗，迈克？"科恩问。

"那还用说。"

"他可是了不起的战士。"布蕾特说，"跟他们说说那事，就是你的马在皮卡迪利大街[1]上脱缰狂奔的那次。"

"不说了。我都说过四次了。"

"你从没跟我说过。"罗伯特·科恩说。

"我再也不会说了。又不是什么光彩的事。"

"那跟他们说说你的勋章。"

"不。那事儿更丢脸。"

"到底是怎么回事？"

"布蕾特会告诉你们的。她会把我那些丢脸的事儿统统告诉你们的。"

"来来，说说看，布蕾特。"

"我能说吗？"

---

1. 皮卡迪利大街（Piccadilly），伦敦市内著名的繁华街道。

"还是我自己来吧。"

"你得的什么勋章啊，迈克？"

"哪有什么勋章。"

"肯定有。"

"大概那些普通勋章还是能得着的。不过我从来没去申请过。其实是这样。有一次，我要参加一个大型晚宴，威尔士亲王也会出席，请柬上注明了，要求佩戴勋章出席。当然，我是没有勋章的。正好我顺道去找我的裁缝，他看到请柬很吃惊。我一想，这也算是笔好生意啊，就对他说：'你得帮我弄几枚勋章。'他说：'要什么勋章，先生？'我说：'嗯，随便什么。给我弄几个就是了。'然后他说：'您应该用哪种勋章，先生？'我说：'我哪儿知道啊。'难道他觉得我会整天关注那些血淋淋的政府公报？'帮我多找几个好了。你看着办。'最后他给我找来了好几个勋章，你们知道，就是那种袖珍型的，装在一个盒子里。我随手塞进口袋，然后就忘了。后来，我去参加了那场晚宴。结果亨利·威尔逊[1]正好在那天晚上遭到枪杀。王子没出现，国王也没来，自然也就没人戴什么勋章了。那些家伙个个都忙着把勋章往下摘，我的干脆就一直放在

---

1. 亨利·威尔逊（Henry Hughes Wilson, 1864—1922），英国坎伯利陆军参谋学院院长，一战期间相继出任英国陆军部军事行动指挥官和总参谋长。因有关爱尔兰的政见问题，于1922年6月22日下午遭两名爱尔兰共和军志愿者射杀在其伦敦住所门口。

口袋里没拿出来。"

他停下来，等我们发笑。

"讲完了？"

"讲完了。可能我讲得不好。"

"是没讲好。"布蕾特说，"不过不要紧。"

我们都笑了。

"哦，是啊。"迈克说，"行了，我知道了。要说，那场晚宴真是无聊透顶，我根本待不下去，中途就溜了。直到当天夜里晚些时候，我才从口袋里摸出那个盒子。这是什么？我心想。勋章？沾满鲜血的军功章？好吧，我把它们统统剪下来——你们知道的，那些勋章都别在绶带上——到处送人。每个姑娘送一个。当个纪念。他们还以为我是多么了不得的战士呢。在夜总会里分发勋章。真够劲儿。"

"后面还有。"布蕾特说。

"你们不觉得这很好玩吗？"迈克问。我们全都哈哈大笑。"是的。我敢说，这非常好玩。后来，我的裁缝写信给我，想把那些勋章要回去。还派了个人来，连着给我写了好几个月的信。看起来，多半是哪个家伙把那些勋章交给他清洗了。一个身经百战的老兵。把勋章当成命根子。"迈克顿了顿，"那裁缝真是倒了大霉。"他说。

"你可不是这么想的。"比尔说，"我倒觉得，那裁缝是交了好运了。"

"非常好的裁缝。绝对想不到我会落到现在这个地步。"迈克说，"过去，我每年付给他一百英镑，就为图个清静，这样他就不会给我寄账单了。我一破产，可算是让他大受打击。就在勋章那事儿之后。那阵子，他就连写信都苦兮兮的。"

"你怎么会破产的？"比尔问。

"祸不单行。"迈克说，"日积月累，然后一下子爆发了。"

"怎么搞的？"

"那些朋友咯。"迈克说，"我有很多朋友。狐朋狗友。后来，我自己也背上了债。说不定整个英格兰都找不出一个人，比我的债主更多。"

"跟他们说说法庭上的事儿。"布蕾特说。

"我不记得了。"迈克说，"那时候刚好有点儿醉。"

"有点儿醉！"布蕾特叫道，"你那是烂醉。"

"那是特殊情况。"迈克说，"头天遇到了我以前的合伙人。他说要请我喝酒。"

"还有你那个博学多才的法律顾问。"布蕾特说。

"那就别提了。"迈克说，"我的顾问也醉得一塌糊涂。我说，这个话题没什么意思。我们还要不要去看公牛入栏？"

"走吧，咱们下去。"

我们叫来服务生，买了单，一起步行穿过城市。一开始，布蕾特和我走在一起，但罗伯特·科恩赶了上来，跟在她另一侧。我们三个并肩走着，路上经过Ayuntamiento（市政厅），大楼阳台上挂着些横幅。然后穿过市场，街道挺陡，一直通到亚尔加河上的桥头。路上还有不少行人，都是赶着去看公牛的。也有马车下山过桥，车夫、马匹和挥动的鞭子从众人头顶上掠过。过了桥，我们折上通往畜栏的路。路边一家葡萄酒馆的窗户上写着：好酒，每升三十生丁。

"等我们没钱了，就该到这里来了。"布蕾特说。

一个女人站在葡萄酒馆门里，看着我们走过去。她对屋里什么人招呼了一下，三个女孩跑到窗口来往外张望。她们在看布蕾特。

畜栏门口有两个男人把门，负责检票。我们从大门进去。里面种着树，有一间低矮的石屋。远处便是畜栏的石墙，墙上有枪洞模样的窥孔，从孔里可以看到所有畜栏的正面。一架梯子斜靠着墙顶，人们一个接着一个往上爬，爬到墙顶便散开来，站在两个畜栏之间的隔墙上。我们穿过树下的草地往梯子走，半路上经过一些灰色笼子，很大，公牛就在里面。每个运牛笼里都有一头牛。它们从卡斯提尔的公牛养殖场出发，被送上火车，运到这里，再装上平板车拉过来，现在就等着笼门一开，被赶进牛栏里了。每个笼子上都刻着养牛场的名字和标志。

我们爬上墙头，找了个能看清牛栏里面的位置。牛栏的石墙都刷得雪白，地上铺着稻草，木头食槽和水槽靠墙放着。

"看那边。"我说。

河对岸地势高起，那里是城市。老城墙的壁垒上也站满了人。三道工事，三堵人墙。城墙里面，楼房高处的窗口也全是人头。再远一些，在高地另一侧，男孩们爬到了树梢上。

"他们一定是以为出什么事了。"布蕾特说。

"他们是想看公牛。"

迈克和比尔站在畜栏对面的墙头上，正朝我们挥手。晚到的人站在我们背后，一被后面的人挤到，就来推我们。

"怎么还不开始？"罗伯特·科恩问。

一只运牛笼前面套上了一头骡子，被拖着朝畜栏大门走来。大门嵌在石头墙上。门前，几个人手拿撬棒，把笼子撬起来，对准大门。门上方还站着几个人，已经做好了准备。他们会先拉起畜栏门，再打开笼门。对面，畜栏的另一扇门打开了，两头犍牛小跑进来，脑袋左右摇摆着，侧腹低垂着，来回晃荡。它们并肩站在那一头，面对公牛即将进入的门。

"它们看着可不大高兴。"布蕾特说。

墙头上，那几个男人身子后仰，拉起畜栏门。然后，又拉起笼门。

我探过身去，想看看笼子里的情形。里面很黑。有人用铁棍敲笼子。突然，像是有什么炸开了一样。那是公牛，正用角在笼子里左冲右撞，发出巨大的声响。紧接着，我瞥见了黑色的口套，还有牛角的影子。随着笼壁木头上一阵喀喇声响过，公牛冲了出来，直冲进畜栏，滑了一段才刹住脚，前足陷在稻草里。它仰起头，脖子上隆起大块肌肉，兴奋地绷紧。它看向石墙上的人群，身体肌肉微微颤动。两头犍牛往后退去，抵住墙，低下头，眼睛紧盯着公牛。

公牛发现了它们，开始发起攻击。就在这时，有个男人在护栏后大叫一声，用帽子猛拍板壁。正跑到一半的公牛丢开犍牛，掉转头来，蓄足了力气，冲到男人之前站的位置，飞快地用右角在板壁上撞了五六次，想要找出那人，攻击他。

"上帝啊，它真漂亮，不是吗？"布蕾特说。我们刚好在公牛正上方，低头看着它。

"看它多会用它的角。"我说，"左边一下，右边一下，像个拳击手一样。"

"真的假的？"

"你看呀。"

"可是太快了。"

"等会儿。另一头马上就来了。"

他们已经把另一个笼子运到了入口。远处的角落里，一个男人躲在一块木挡板背后，逗引着场内那头公牛，它刚一转过头去，门就被拉开，第二头牛进场了。

它笔直对着犍牛冲过去，两个男人在挡板后面奔跑呼叫，想引开它。可它理也不理。男人一边大叫"哈！哈！公牛"一边挥舞胳膊。两头犍牛侧过身子来扛这一击，公牛的角刺进了其中一头的身体里。

"别看。"我对布蕾特说。可她却正看得入迷。

"好吧。"我说，"只要你没有觉得不舒服，那就看吧。"

"我看见了。"她说，"我看见它先是用左角，然后一下子换到右角刺进去。"

"真厉害。"

那头犍牛倒在地上，脖子向前伸着，头偏在一边，保持着它倒下的模样。突然，那公牛跳开，冲向另一头犍牛。那头犍牛原本站在另一边，晃着脑袋，看着这一切。它笨拙地逃开了，公牛赶上去，轻轻顶过它的腹侧，又转开，抬起头来看墙上的人群，肩峰上肌肉隆起。那头犍牛靠近它，像是想伸出鼻子嗅嗅它，公牛敷衍了事地顶了它一下。第二次时，它闻了闻犍牛，接着就两头一起朝另一头公牛小跑过去。

当下一头公牛进来时，之前的三头牛——两头公牛和一头犍牛——站在一起，头靠着头，牛角对准新来者。很快，犍牛收服了新来的公牛，安抚它平静下来，引它入群。等到最后两头公牛入场，整个牛群都聚在了一起。

受伤的犍牛现在爬了起来，靠墙站着。没有公牛靠近它，它也不打算加入牛群。

我们随着人群爬下墙头，透过畜栏墙上的窥孔，最后再看一眼公牛群。它们都平静下来，低着头。我们出门找了辆马车，慢慢上山，往咖啡馆去。迈克和比尔晚了半个小时才到。他们中途跑去喝了几杯酒。

我们都坐在咖啡馆里。

"这真是不一般。"布蕾特说。

"后来的那些和第一头一样凶猛吗？"罗伯特·科恩问，"怎么觉得，它们平静得也太快了。"

"它们相互都认识。"我说，"只有单独一头或者两三头时，才会有危险。"

"你说什么，危险？"比尔说，"要我说，它们看着都够危险的。"

"除非落了单，否则它们是不会伤人的。当然了，要是你跑进去，多半能从里面引出一头来，那时它就会变得危险了。"

"太复杂了。"比尔说，"你可千万别把我从这伙里引出去啊，迈克。"

"我说，"迈克说，"它们全都是好牛，对吧？你们看到它们的角了吗？"

"怎么会看不到。"布蕾特说，"我以前都不知道牛角是什么样子的。"

"看见抵伤犍牛的那头了吗？"迈克问，"真是精彩。"

"当头犍牛还真是惨。"罗伯特·科恩说。

"你这么觉得？"迈克说，"我还以为你会喜欢当犍牛呢，罗伯特。"

"你什么意思，迈克？"

"它们生活平静。从来不说什么，只会围着别人打转。"

我们都很尴尬。比尔大声笑了一下。罗伯特·科恩生气了。迈克还在说。

"我琢磨着，你应该喜欢这样。你从来都用不着说什么。来吧，罗伯特，说点儿什么，别干坐着。"

"我说过了，迈克。你忘了吗？关于那些犍牛的。"

"噢，再多说点儿。说点儿什么有意思的。我们在这里都快活得很，你没发现吗？"

"行了，迈克尔。你醉了。"布蕾特说。

"我没醉。我很认真。罗伯特·科恩不就是整天围着布蕾特打转吗，像头犍牛一样？"

"闭嘴，迈克尔。拿出点儿教养来吧。"

"去他妈的教养。说到底，除了那些公牛，谁是有教有养的？那些公牛很可爱，对吧？你不喜欢它们吗，比尔？你为什么不说点儿什么呢，罗伯特？别像个死人似的坐在那里。就算布蕾特跟你睡过又怎样？她睡过的人多了，都比你强。"

"闭嘴。"科恩说，他站起来，"闭嘴，迈克。"

"噢，别站起来，搞得好像你要打我一样。我可不在乎。跟我说说，罗伯特。你为什么整天跟在布蕾特后面，像头可怜巴巴的犍牛？压根儿没人欢迎你，你不知道吗？要是没人欢迎我，我就会有自知之明。你怎么会不知道你不受欢迎？你跑来圣塞瓦斯蒂安，这地方压根儿不欢迎你，可你围着布蕾特打转，就像头可怜巴巴的犍牛。你说是不是？"

"闭嘴。你醉了。"

"我也许醉了。可你为什么不醉？你为什么从来都不醉，罗伯特？你知道，你在圣塞瓦斯蒂安过得不好，因为我们的朋友没人邀请你参加聚会，一场都没有。你也不能太责怪他们。对吧？是我请他们这么干的。他们不会请你。你怪不了他们。哪，你行吗？回答我，就现在。你能怪他们吗？"

"去死吧，迈克。"

"我不能怪他们。你能怪他们吗？你为什么一直跟着布蕾特？你有过哪怕一丁点儿礼貌吗？你觉得我会是什么感受？"

"要谈礼貌，你还真是有发言权。"布蕾特说，"你可太有礼貌了。"

"走吧，罗伯特。"比尔说。

"你跟着她想干吗？"

比尔站起来，抓住科恩。

"别走啊，"迈克说，"罗伯特·科恩该去买酒了。"

比尔把科恩拉走了。科恩的脸色很难看。迈克还在说个不停。我继续坐着，听了一会儿。布蕾特满脸不耐烦。

"喂，迈克尔，你大可不必这么混蛋。"她插嘴说。"我不是说他不对，你明白的。"她转头对我说。

迈克的声音渐渐平静下来。我们又是一团和气。

"我醉得没那么厉害，起码不像听起来那样。"他说。

"我知道你没有。"布蕾特说。

"我们大家都不太清醒。"我说。

"我说的全都是真心话。"

"但你搞得也太难看了。"布蕾特大笑道。

"总之，他就是个混蛋。他跑到圣塞瓦斯蒂安来，那地方他妈的根本没人想见他。他就那么围着布蕾特晃来晃去，死盯着她。真他妈让我恶心。"

"他这事儿干得的确差劲。"布蕾特说。

"告诉你吧。布蕾特跟不少男人交往过。她什么都不瞒我，还把科恩这家伙的信给我看。我才不会看呢。"

"你多么高贵啊。"

"不，听着，杰克。布蕾特交往过不少男人。可没一个是犹太人。也从没有哪一个过后还跑来，纠缠个没完。"

"那都是些很不错的家伙。"布蕾特说，"说这些就太没意思了。迈克尔和我互相知根知底。"

"她把罗伯特·科恩的信给我。我才不看呢。"

"你什么信都不看，亲爱的。连我写的都不看。"

"我读不了信。"迈克说，"很有趣，是吧？"

"你什么都读不了。"

"不。这你就错了。我读很多东西。在家时我一直读书。"

"接下来你就要开始写作啦。"布蕾特说，"来吧，迈克尔。打起精神。你还得忍一忍。他已经在这里了。别把狂欢节毁了。"

"哦，那就让他规矩点儿。"

"他会的。我去跟他说。"

"你去跟他说，杰克。告诉他，要么规矩点儿，要么滚蛋。"

"好的。"我说，"我去跟他说，也许更合适些。"

"瞧，布蕾特。告诉杰克，罗伯特是怎么叫你的。真是太精彩了，你知道吗。"

"哦，不。我说不出口。"

"来吧。这里都是朋友。我们是朋友吧，杰克？"

"我对着他可说不出口。那太滑稽了。"

"我来说。"

"你也不许说，迈克尔。别冒傻气。"

"他管她叫喀耳刻[1]。"迈克说，"他说她能把男人变成猪。真他妈精彩。真希望我也是这种舞文弄墨的家伙。"

"他会是个好作家，你知道的。"布蕾特说，"他的信写得很漂亮。"

"我知道。"我说，"他从圣塞瓦斯蒂安给我写过信。"

"那还不算什么。"布蕾特说，"他能写出非常美妙的信。"

"她还要我也写，就像是她生了重病那样。"

"可恶，我是病了嘛。"

"来吧，"我说，"我们该进去吃点儿东西了。"

"见到科恩我该怎么办？"迈克说。

"就假装什么都没发生过。"

"我倒是一点儿问题也没有，"迈克说，"我可没什么好尴尬的。"

"要是他说什么，你就说你醉了。"

"没错。有趣的是，我真觉得我醉了。"

"走吧。"布蕾特说，"这些毒汤都付过账了没？吃晚饭前我得先洗个澡。"

天已经黑了，广场四周的拱廊下，咖啡馆里都透出光来。我们横穿广场，踏过树下的碎石地，向酒店走去。

---

1. 喀耳刻（Circe），希腊神话中的女神，古太阳神赫利俄斯的女儿，善用魔药，隐居于艾尤岛，曾扣留途经岛上的奥德修斯团队，将其部属变成了猪，后来爱上奥德修斯，帮助他返回家乡。她是女巫、女妖等的代名词。

他们直接上楼，我停下来和蒙托亚聊了几句。

"嘿，你觉得那些公牛怎么样？"他问。

"不错。都是些好牛。"

"是还不错。"蒙托亚摇着头，"但算不得太好。"

"你不喜欢它们？为什么？"

"说不好。就是有这种感觉，它们不算最好的。"

"我明白你的意思。"

"只是还不错而已。"

"是的。都还不错。"

"你那些朋友喜欢它们吗？"

"还好。"

"那就好。"蒙托亚说。

我回到楼上。比尔在他的房间里，站在阳台上望着广场。我走进去。

"科恩呢？"

"楼上，他自己屋里。"

"他还好吧？"

"当然是糟透了。迈克也真做得出来。他醉了还真是吓人。"

"他没那么醉。"

"见他的鬼吧。没那么醉。我俩到咖啡馆之前喝了多少，我可清楚得很。"

"他过后就清醒了。"

"那太好了。他真可怕。上帝知道，我不喜欢科恩，我也觉得他跑到圣塞瓦斯蒂安这把戏耍得够蠢，但是谁都没有权利那样说他，哪怕是迈克。"

"你喜欢那些公牛吗？"

"棒极了。他们放牛进栏的方法真是棒极了。"

"明天是米乌拉公牛。"

"狂欢节什么时候开始？"

"后天。"

"我们得小心点儿，不能让迈克再喝醉了。那些话太可怕了。"

"收拾一下吧，一会儿下去吃晚饭。"

"嗯。肯定会是一顿愉快的晚饭。"

"可不是！"

事实上，晚饭吃得的确愉快。布蕾特穿了件黑色无袖晚装，看起来实在漂亮。迈克假装什么事都没发生过。我不得不上楼去把罗伯特·科恩拽下来。他闷闷的，很是拘谨，绷着脸，脸色也不好看，不过最后还是兴奋了起来。他不停地瞄布蕾特，完全忍不住，似乎这就是最快乐的事。看见布蕾特如此迷人，想着他曾经和她单独出游，而且人人都知道这事，对他来说，这必定愉快得很。大家都拿他没辙。比尔很高兴。迈克尔也是。他俩倒是很投缘。

这顿晚饭和我记忆中的几次有些像，那还是在打仗的时候。大量的酒，刻意忽略的紧张，明知某些事情即将发生却无能为力的感觉。喝过酒，恶心的感觉没了，我也高兴起来。看上去，人人都是大好人。

第十四章

　　我不知道自己是几点上床的。就记得脱掉衣服，披上浴袍，在阳台上站了站。我知道自己醉得不轻，回屋后还打开床头灯看了会儿书。我正在读屠格涅夫的一本书。大概是把同一页反复读了好几遍。那是《猎人笔记》中的一个故事。以前看过，这时候再看还是觉得很新鲜。那田园风光像是就在眼前，连头疼都似乎减轻了。我醉得太厉害，不敢闭上眼睛，否则屋子就会一直转啊转。看看书，这感觉早晚会过去。

　　我听见布蕾特和罗伯特·科恩上楼来了。科恩在门外道晚安，然后继续上楼，回他的房间。我听见布蕾特走进隔壁房间。迈克已经入睡。他一个小时前就和我一起上来了。她进门的动静把他吵醒了，他们说了些什么。能听见他们在笑。我关了灯，努力入睡。现在用不着看书了，闭上眼也不再眩晕。可我睡不着。黑暗中，许多东西看起来都和光亮时不一样，这真是没道理。该死的，没有道理！

我曾经认真琢磨过一次，后来足有六个月的时间，我关上灯就没法睡。这又是一个亮堂堂的想法。总之，见鬼去吧，女人。见鬼去吧，你，布蕾特·阿什利。

女人能成为那种最好的朋友。好得离谱。首先，你得爱上一个女人，这是发展友谊的基础。我把布蕾特当成朋友。从不考虑她的立场。我得到了些东西，却从没付出。可这只不过是把账单积压下来了而已。账单早晚会来的。在那些可以预期的"好事"中，这就算得上一桩。

我以为我的账已经结清了。不像女人那样，付账、付账，付个没完。全没想过报应或惩罚之类的。只不过是等价交换。你拿出些东西，然后得到些东西。要不就是你付出劳力，换取点儿什么。任何有丁点儿好处的东西，你都得为之付出代价。我按照自己的方式，为喜欢的东西付账，所以日子过得还不错。你付得起的代价，无非是学来的知识、得到的机会，要不就是经验和金钱。享受生活，就是学会把钱花对地方，并且享受花对地方的乐趣。你能让你的钱物有所值。这世界是个顶呱呱的大卖场。听起来是个不错的道理。五年过后，我想，它就会显得可笑了，和我其他那些人生大道理一样。

不过，也可能不对。一路走来，说不定你真能学到点儿东西。可我根本不在乎那是什么。我只想知道怎样在其中生存。也许，等你找出生存之道时，就能从中了解到，它们究竟是什么。

不管怎么说，我还是宁愿迈克没有对科恩做出那样可怕的事。迈克酒品不好。布蕾特酒品好。比尔酒品也好。科恩从来不醉。迈克一醉过头就有点儿惹人烦。看到他伤害科恩，我也暗暗高兴。但我宁愿他没那么干。因为过后倒让我觉得自己恶心。那就是道德：事情过后，你就会觉得恶心。不，那一定是不道德的。还真是长篇大论啊。有那么多废话可以让我在夜里琢磨。胡说八道。我能听见布蕾特这么说。胡说八道！当你说英语时，就会用英语表达的习惯来思考。英语口语——至少上流社会那种——的词汇量一定比爱斯基摩语还少。当然，我完全不懂爱斯基摩语。也许爱斯基摩语是种很好的语言。试试切罗基语[1]。我也不懂切罗基语。英国人能把一个短语说出各种语调。一个短语就能把什么都说了。不过我喜欢他们。我喜欢他们说话的方式。瞧瞧哈里斯。不过哈里斯也还算不上上流社会的人。

　　我重新打开灯，开始读书。我读屠格涅夫。喝了太多白兰地，这会儿正是多愁善感的时候，我知道，这有助于记住读的东西，而且将来再想起来，会觉得好像亲身经历过一样。我能一直拥有它。这是你付出代价得来的另一样好东西，而且过后还能留得住。快天亮时，我睡着了。

---

　　1. 切罗基（Cherokee），美洲原住民部族，现多居于美国东南部，有自己的语言，也就是切罗基语，属于北美原住民语系易洛魁语中的一支。

接下来，在潘普洛纳的两天都很平静，再没发生什么冲突。整个城市都为狂欢节做好了准备。工人在岔路口立起桩子封堵侧街，确保在清早的奔牛活动中，公牛能从牛栏一路跑进斗牛场。工人们打好洞，把桩子插进去，每根桩子都按照位置编了号。城外，远处高地上，斗牛场的人正在训练斗牛士的马，就在斗牛场后面干硬的土地上，顶着大太阳，驱赶着它们跑来跑去，活动僵硬的腿脚。斗牛场大门敞开着，有人正在里面清扫圆形剧场。场地都碾压平整过了，洒了水。木匠找出栅栏上腐朽破裂的挡板，一一换掉。站在平整的沙地边上，你能看见空荡荡的看台，还有正在打扫包厢的老妇人。

场外，栅栏已经安装好，围成了两道长长的围栏，从出城的街道上一直排到斗牛场的入口。等到首场斗牛表演的那天上午，人群就会顺着这条通道跑过，背后是紧紧追赶的公牛。牛马市开在一块平地上，吉卜赛人已经在对面树下扎起了帐篷。葡萄酒和烧酒贩子的摊子都支了起来。有一个摊子打出招牌：ANIS DEL TORO（公牛茴香酒[1]）。布招牌挂在挡板上，日头火辣辣地照着。城中心的大广场

---

1. 公牛茴香酒是海明威开的一个小玩笑，套用了西班牙著名茴香酒品牌 ANIS DEL MONO（猴子茴香酒）的名称。该品牌的酒出产于巴塞罗那附近的海港城市巴达罗纳，自1902年起，便以猴子模样的达尔文像作为标志。毕加索和胡安·格里斯曾分别在各自的画作《Bottle of Anis del Mono, Wineglass and Playing Card》（1915）和《Anis del Mono》（1914）中向其致敬。

上倒是完全没有变化。我们待在咖啡馆露台上，窝在白色柳条椅里，看着一辆辆公共汽车开进城来，放下从乡下来赶集的农民，再上满人，载着整车的农民出城，他们坐在自己鼓鼓囊囊的褡裢上，里面全是在城里买的东西。除了鸽子和在碎石广场上洒水、清洗街道的人，这些瘦高的灰色巴士是广场上仅有的活物。

傍晚是散步时间。晚饭过后一个小时，所有人——所有漂亮的姑娘、驻防的军官、城里的时髦人士——都走上了广场一侧的街头，与此同时，咖啡馆的桌边也照样坐满了吃过晚餐的人。

上午，我通常在咖啡馆里读读马德里的报纸。之后，要么在城里逛一圈，要么出城去郊外。比尔有时候和我一起，有时候闷在屋里写东西。罗伯特·科恩上午忙着学西班牙语，要不就是往理发店跑，去看看能不能刮个脸。布蕾特和迈克不到中午不起床。我们都喜欢到咖啡馆喝上一杯苦艾酒。生活很平静，没人喝醉。我去过两三次教堂，有一次和布蕾特一起。她说想听我告解。我告诉她，这事儿不但不可能办到，而且也不像听上去那么有趣，更何况，告解用的语言她根本就听不懂。离开教堂时，我们遇到了科恩，很明显，他是跟着我们来的。但他很友好，惹人喜欢，于是我们三个一起散步出城，去了吉卜赛人的营地，布蕾特还找人算了个命。

这是个美好的早晨，白云高高飘在山峰上空。夜里下过一点儿小雨，高地上的空气清新凉爽，景色美极了。我们心情都很好，精神饱满，我对科恩也格外友善。在这种日子里，没什么值得你烦恼。

那是狂欢节前的最后一天。

第十五章

七月六日，星期六，正午，狂欢节"爆"了。除此之外，再没什么词能形容那景象。整整一天，人们从四里八乡涌来，飞快融进城里，你根本分辨不出他们。烈日下的广场还和平时一样安静。农民都挤在城市外围的酒馆里喝酒，准备参加狂欢节。他们刚刚才从山头田间进来，得花上些时间，才能适应城里的物价。一开始，他们还接受不了咖啡馆的消费，觉得酒馆更合算。钱还有确切的价值，能折算成若干小时的劳作，或几蒲式耳[1]的粮食。等狂欢节进行到晚些时候，花多少钱，在哪里花，就全都无所谓了。

现在是圣费尔明节的第一天，从大清早开始，他们就进了城，钻到小街窄巷中的酒馆里。上午我到教堂望

1. 蒲式耳（bushel，缩写BU），计量单位，原是一种定量的容器，英式蒲式耳和美式蒲式耳稍有差别，前者相当于36.268升，后者约为35.238升。其与公斤等重量单位的转换，因国别、具体农作物的不同而有所不同。

弥撒，路过酒馆敞开的大门，听到他们在唱歌，歌声一直飘到街上。他们开始兴奋起来了。十一点的弥撒人非常多。说到底，圣费尔明节也还是个宗教节日。

出了教堂，我步行下山，沿着街道走向广场上的咖啡馆。马上就到正午。罗伯特·科恩和比尔都在。大理石台面的桌子和白色柳条椅不见了，换上铸铁桌和朴素的折叠椅。咖啡馆就像一艘蓄势待发的战舰。今天，服务生可不会任你坐一上午，也不来问问你要不要点单。我刚落座，一名服务生就来了。

"你们喝的什么？"我问比尔和罗伯特。

"雪利酒。"科恩说。

"Jerez（雪利酒）."我对服务生说。

没等服务生把雪利酒送来，广场上的焰火便冲天而起，宣告狂欢节开始。焰火炸开，在广场对面腾起一团灰色的烟雾。烟团高悬在加亚雷剧院上空，颇有几分榴弹爆炸的声势。另一枚焰火紧跟着升起，在明晃晃的日光下拖出一道青烟，炸开，放出炫目的闪光，又一团烟云诞生了。当第二枚焰火炸响的时候，一分钟前还空荡荡的拱廊下已经人山人海，服务生不得不高举起酒瓶，艰难地挤过人群，朝我们挪过来。人们从四面八方涌上广场，街上的铜管、横笛和鼓乐声也越来越近。他们演奏的是"里奥－

里奥"曲[1]，铜管尖锐，鼓声沉厚，手舞足蹈的男人和男孩们紧跟在乐队的后面。笛声一停，人们就一齐在街道中间蹲下。等到簧管和横笛再次吹响，低沉、单调、浑厚的鼓点再次响起，他们便一跃而起，继续跳舞。人群涌动，你只能看到舞者的头和肩起起落落。

广场上，一个男人躬着身子，正在吹芦笛，一群孩子吵吵嚷嚷地跟着他，拽他的衣服。他就那么出现在广场上，身后跟着孩子们，吹着笛子，走过咖啡馆，转进一条小巷。经过我们身边时，那满脸的麻子都能看得清清楚楚。他面无表情，边走边吹，孩子们紧跟在后面，高声叫嚷，拉扯着他。

"这一定就是所谓的'乡村傻子'[2]吧。"比尔说，"我的天！看那个！"

舞蹈队伍顺着街道过来了。整条街道都被他们占据，

---

1. 里奥 - 里奥（Riau-Riau）在1914—1991年之间一直是圣费尔明节中的官方游行活动，每年7月6日下午四点半，在铜管乐队的伴奏下，市政厅参议员们列队由市政厅向圣费尔明礼拜堂所在的教堂行进，全程约500米，但由于人多拥挤，通常需花费数小时方可完成。伴奏曲调为华尔兹，被称为"里奥 - 里奥曲"（Riau-Riau music），旋律简单，节奏缓慢，在行进过程中反复演奏，最高纪录是在1980年的游行中创下的，当时乐曲被连续重复演奏了181次。然而，由于太过拥挤，该活动多次发生事故，严重时甚至无法完成。1991年一次严重事故后，游行活动被取消。此后不断有人试图争取恢复其官方地位，民间也有人自发延续该项活动，但2012年再次发生的严重事故令其恢复进程被无限期延迟。

2. 这里指的是"小丑"。"乡村傻子"最初仅为字面意思，在欧洲中世纪和文艺复兴时期引申出"小丑"的含义，特指为贵族家庭宴饮取乐或在民间市集上表演逗乐的人。

全是男人。他们跟在自己的吹笛人和鼓手身后，踩着乐点起舞。这是个什么俱乐部的，每个人都身穿蓝色工装套衫，脖子上围着红色手帕，有人举着两根竿子，拉开巨大的横幅。他们多数时候淹没在人群中，只能看见横幅随着人的舞蹈，一会儿升起，一会儿落下。

横幅上写着："葡萄酒万岁！外国人万岁！"

"哪来的外国人？"罗伯特·科恩问。

"我们就是外国人。"比尔说。

焰火一直没停。这会儿，所有咖啡馆都满座了。广场上空空荡荡，人们都挤进了咖啡馆。

"布蕾特和迈克在哪里？"比尔问。

"我去找他们。"科恩说。

"带他们过来。"

狂欢节正式开始了。它会持续整整七天七夜，不眠不休。一直跳舞，一直喝酒，一直热闹着。一切专属于狂欢节的事情，统统都会发生。到最后，每件事都变得那样不真实，好像无论做什么都不必承担后果。似乎，在狂欢节上，考虑后果什么的完全不合时宜。整个狂欢节期间，哪怕是安静时，你都会觉得，必须大声叫嚷才能让别人听到你的话。人们也是这么干的。这是个狂欢节，要持续整整七天。

当天下午是盛大的宗教游行。圣费尔明像被抬出来，从一个教堂转移到另一个。游行队伍里有高僧显贵，也有平民和信徒。人太多了，我们根本看不见正式的游行队伍。前前后后，都有人在跳里奥－里奥舞。一群黄衫人在人群里起起落落。人们摩肩接踵，连小巷和路边都被挤得水泄不通。至于游行队伍，我们唯一能看到的就是那些巨人：雪茄店的那种印第安人像，足有三十五英尺高；几座摩尔人像，外加一对国王与王后。它们全都跟着里奥－里奥的旋律，一本正经地旋转，跳着华尔兹。

队伍在供奉圣费尔明像的教堂外面停下。教士和显贵们已经进去了，留下士兵在门外把守。巨人的抬架搁在地上，人偶里的舞者就站在抬架旁边，侏儒带着他们巨大的玩具气球在人群里钻来钻去。我们也跟着人流往教堂里走，空气里有香火味。可布蕾特一进门就被拦住，她没戴帽子。我们只好都退出来，回头往城里走。街道两边全是人，他们守在路边，等着看游行队伍返程。几个舞者在布蕾特身边围了个圈，开始跳舞。他们脖子上挂着白色大蒜花环。有人拽着比尔和我的胳膊，把我们也拉进圈里。比尔跟着跳起来。他们齐声唱歌。布蕾特也想跳，可他们不让。他们只需要她扮演一尊像，供人围着舞蹈。等到高亢的《里奥－里奥！》一曲终了，他们把我们拥进了一家小酒馆。

我们站在柜台前。他们让布蕾特坐在一个酒桶上。酒馆里很暗，充斥着男人们的歌声，沙哑，粗嘎。柜台后，人们从酒桶里倒酒。我放下酒钱，一个男人拿起来，塞回我的口袋里。

"我想要个皮酒囊。"比尔说。

"街头有家店里有。"我说,"我去弄两个来。"

那帮跳舞的家伙不肯放我出去。他们中的三个坐在高高的酒桶上,挨着布蕾特,教她怎么从酒囊里喝酒。他们把一个大蒜花环挂在她脖子上。有人坚持要给她一个玻璃杯。还有人在教比尔唱歌。贴着他的耳朵吟唱,在他背上打拍子。

我跟他们解释,说很快就回来。好不容易出了门,我沿街去找那家做皮酒囊的店铺。小巷里塞满了人,许多商店门窗紧闭,根本找不到。我一路留意街道两边的店铺,直到走回了教堂。最后,只好找人打听。那人拉着我的胳膊,把我带了过去。这家店的窗户关上了,但门还开着。

店里有一股新鲜鞣制的皮革和热焦油味。一个男人正往做好的皮酒囊上压花。酒囊成串吊在天花板下。带路的男人取下一个,吹胀起来,拧紧塞子,跳上去蹦了蹦。

"瞧!一丝气也不漏。"

"我还要一个。要大的。"

他拿下一个大的,足够装一加仑酒,也许还不止。他努力吹气,脸颊鼓起,贴着酒囊。然后扶着一把椅子站上去。

"你要干什么?贩酒到巴约讷去卖?"

"不。我要把它们全部干掉。"

他猛拍我的背。

"好小子。八比塞塔两个。最低价了。"

忙着压花的男人把手里刚做好的一个扔到酒囊堆上，停下来。

"这是实话。"他说，"八比塞塔很便宜了。"

我付了钱，出门原路回到酒馆。里面比刚才还暗，挤得不行。我没看到布蕾特和比尔，有人说他们在里屋。柜台上的姑娘帮我把两个酒囊都灌满。一个装了两升，一个装了五升。一共花掉了三比塞塔六十分。柜台边有个家伙想帮我付账，我从没见过他，到底还是自己付了。那家伙，就是想帮我付账的那个，后来买了杯酒请我喝。他不让我回请他，却说很乐意从新酒囊里喝第一口酒。他提起那个五升的酒囊，一捏，酒便射进了他的喉咙。

"不错。"他说，把酒囊递还给我。

里屋中，布蕾特和比尔都坐在酒桶上，身边围着一圈舞者。他们相互搭着肩，人人都在唱歌。迈克和好几个穿衬衣的男人围坐在桌边，吃一碗洋葱片醋渍金枪鱼。他们一边喝酒，一边用面包片蘸油醋汁吃。

"嗨，杰克。嗨！"迈克叫道，"来这边。给你介绍几个朋友。我们在吃hors d'œuvre（冷餐拼盘）。"

我被介绍给桌边的几个人。他们轮流向迈克报上名字，又叫人给我拿叉子。

"别把人家的晚餐都吃了，迈克尔。"布蕾特坐在酒

200

桶上喊。

"我可不想把你们的晚餐都吃了。"叉子递过来时，我说。

"吃。"他说，"你以为东西摆在这里是干吗的？"

我拿起大酒囊，拧开塞子，传出去。每个人都伸长胳膊，把酒囊举得远远的，喝了一口。

外面，歌声被盖住了，管乐声传来，游行队伍回来了。

"那是游行吗？"迈克问。

"没什么。"有个家伙说，"那没什么要紧。干了。把瓶子举起来。"

"他们在哪里找到你的？"我问迈克。

"有人带我过来的。"迈克说，"他们说，你们在这里。"

"科恩呢？"

"他醉倒了。"布蕾特大声说，"他们把他扔到别处去了。"

"那他在哪里？"

"我不知道。"

"我们怎么知道。"比尔说，"说不定死了。"

"他没死。"迈克说，"我知道他没死。他只是被Anís del Mono（猴子茴香酒）灌趴下了。"

他说猴子茴香酒时，桌边一个男人抬起头来，从外套内袋掏出一个瓶子，递给我。

“不。”我说，“不用，谢谢！”

“喝。喝。Arriba（举起来）！把瓶子举起来！”

我喝了一口。味道有点儿像甘草汁，从喉头一路烧下去。我觉得整个胃都热了起来。

“该死的，科恩在哪里？”

“我不知道。”迈克说，“我问问。那个喝醉的伙伴在哪里？”他用西班牙语问。

“你们想去看他？”

“是的。”我说。

“不是我，”迈克说，“是这位先生。”

分享猴子茴香酒的男人一抹嘴，站起来。

“来。”

一间内室里，罗伯特·科恩安静地睡在几个酒桶上。光线很暗，几乎看不见他的脸。他们给他盖了件外套，脑袋下枕着另一件叠起的外套。一个大大的大蒜花环套在他的脖子上，搭在胸前。

“让他睡吧，”那男人轻声说，“他没事。”

两个小时以后，科恩出现了。他来到前厅，脖子上还挂着大蒜花环。看到他进来，那些西班牙人都叫嚷起来，他揉揉眼睛，咧开嘴笑着。

“我一定是睡着了。”他说。

“噢，才不是。”布蕾特说。

“你只是醉死过去了。”比尔说。

"我们要去吃点儿晚餐吗？"科恩问。

"你想吃吗？"

"是啊。为什么不？我饿了。"

"那就吃这些大蒜呗，罗伯特。"迈克说，"喏，把这些大蒜吃了。"

科恩站在那里。睡了一觉，他已经全好了。

"走吧，我们去吃东西。"布蕾特说，"我得洗个澡。"

"来吧。"比尔说，"我们送布蕾特回酒店。"

我们跟一大堆人说再见，和一大堆人握手，然后才出门。天已经黑了。

"呀，现在是什么时间了？"科恩问。

"已经是第二天啦。"迈克说，"你睡了两天。"

"不是吧。"科恩说，"究竟几点了？"

"十点。"

"我们醉得可够厉害的。"

"什么叫我们醉得厉害。是你醉倒了。"

我们沿着黑乎乎的街道往酒店走，一路都能看见广场上的焰火。穿小路插回广场时，才发现广场上全是人，正中心还有人在跳舞。

酒店供应了一顿丰盛大餐。这是狂欢节的第一顿饭，价格翻了一倍，也多了好几道新菜。吃过饭，我们离开酒店，在城里散散步。我只记得，一开始还下决心要守个通宵，等着看早上六点公牛跑过街道，可后来太困，熬到四点左右，我还是上床睡觉了。其他人还守着。

我自己的房门锁上了，找不到钥匙。所以我去了楼上，在科恩房间找了张床睡下。夜里，外面的狂欢还在继续，但我太困了，实在撑不住。惊醒我的，是焰火炸开的声音，那宣告着公牛从城外的牛栏里放出来了。它们即将冲过街道，奔向斗牛场。我睡得很沉，一睁眼还以为晚了。抓了件科恩的外套披上，我急忙奔上阳台。脚下的小街还空荡荡的。所有阳台上都挤满了人。突然，一群人出现在街头。每个人都在狂奔，一个贴着一个。他们沿街跑过，冲向斗牛场，后续部队的人更多，跑得更快，再后面，是几个拼命往前赶的掉队者，之后有一小段空当，紧跟着，便是疾驰而来的公牛群，它们上下甩动着头颅，瞬间就转过街角，什么都看不见了。有个家伙跌倒了，滚进排水渠里，静静躺着。公牛群就从他身边经过，全都簇拥在一起，完全没注意到他。

所有身影都消失之后，斗牛场方向传来一阵疯狂的喧闹声。叫声持续了好一阵。直到最后，焰火砰然炸响，宣布公牛已经越过人群，全部入场，被关进了畜栏。我先前一直赤脚踩在阳台的石头地上，这会儿才赶紧转身，回屋钻进被窝里。我知道，那几个家伙肯定都跑到斗牛场去了。上了床，我接着补觉。

科恩回来时把我吵醒了。他正准备脱衣服，又走过房间去关窗户，因为对面阳台上的人正盯着我们看。

"去斗牛场看过了？"我问。

"是啊。我们都去了。"

"有人受伤吗？"

"一头公牛在场里冲进了人堆，刺伤了六个人，要么就是八个。"

"布蕾特觉得怎么样？"

"事情发生得太快了，谁都来不及反应。"

"真希望我也在。"

"我们都不知道你在哪里。去你的房间看过，但门锁着。"

"你们在哪儿过夜的？"

"在一个什么俱乐部里跳舞。"

"哦，我困了。"我说。

"老天爷！我才困呢。"科恩说，"这事儿有完没？"

"一个礼拜之内，没有。"

比尔推开门，探了个头进来。

"你跑哪儿去了，杰克？"

"我在阳台上看了奔牛。你感觉怎么样？"

"震撼。"

"那现在要干吗去？"

"去睡觉。"

直到中午，大家才陆续起床。我们找了个拱廊下的位子吃饭。城里到处都是人，不得不排队等位子。午饭过后，我们照旧去对面的伊露尼亚。那里也满座了，越临近斗牛表演开场，人就越多，桌子也摆得越发挤。接下来的每一天，斗牛表演开始之前，这里都会响起拥挤的嗡嗡声。其他任何时候，不管多拥挤，咖啡馆里都不会这么嘈杂。嗡嗡声一直回响着，我们身处其中，是嗡嗡声的一分子。

　　每场斗牛表演我都买了六张票。三张是头排座位，紧贴场边；三张是入口上方的看台位，有木头靠背，在圆形剧场的半腰处。迈克觉得，布蕾特是第一次看斗牛，最好还是从高处看。科恩想和他们坐在一起。比尔和我打算待在第一排。多出一张票，我让服务生拿去卖掉。比尔以前看过一季斗牛，正在跟科恩说一些注意事项，告诉他，怎么看才能不让注意力被马牵着跑。

　　"我倒不太担心自己受不受得了，只怕会觉得无聊。"科恩说。

　　"你这么想的？"

　　"要是公牛刺伤了马，别去管它们。"我对布蕾特说，"注意公牛的冲刺，看长矛手[1]怎么尽力避开公牛的进

---

1. 西班牙斗牛表演中的斗牛士分三种角色，分别是剑刺手（matador）、长矛手（picador）和花镖手（banderillero），统称为斗牛士（bullfighter）。其中，剑刺手是主斗牛士，他在场上通常配有五名助手，包括两名长矛骑手和三名花镖手。长矛手首先骑马出场，以长矛激怒公牛；随后花镖手徒步上场，尽力将双镖插入牛颈背部；最后才是被称为剑刺手的主斗牛士上场表演，并最终刺杀公牛。

攻。就算马受了伤，除非死掉，就用不着去看它们。"

"我有点儿紧张。"布蕾特说，"担心不能好好把整场表演看完。"

"你没问题的。除了马，没什么会让人不安，再说了，它们也只在每头牛刚上场时出现几分钟。要是情况不好，不看就行了。"

"她不会有事的。"迈克说，"我会照顾她。"

"我看你是不会无聊的。"比尔说。

"我回酒店一趟，去拿望远镜和酒囊。"我说，"回头就在这里见。别喝醉了。"

"我也去。"比尔说。布蕾特对我们笑笑。

我们顺着拱廊绕过去，躲开广场上的高温。

"那个科恩实在让人受不了。"比尔说，"那种犹太人的优越感，真是不得了！竟然觉得斗牛会让他无聊。"

"咱们回头瞧瞧，用望远镜看他。"我说。

"噢，见他的鬼去吧！"

"他在那边待了好一阵子。"

"他最好就待在那里。"

在酒店的楼梯上，我们遇到蒙托亚。

"快来。"蒙托亚说，"想见见佩德罗·罗梅罗吗？"

"好呀。"比尔说，"咱们去见见他。"

我们跟着蒙托亚上楼，沿着走廊往下走。

"他住八号房。"蒙托亚解释说，"在穿衣服，为上场表演做准备。"

蒙托亚敲了敲门，直接推开来。房间很暗，一扇窗户开向后街，透进来些许微光。屋里放着两张床，用修道院的那种屏风虚隔开。电灯开着。那男孩身穿斗牛服，站得笔直，脸上没有一丝笑容。他的短外套挂在椅背上。他们正在为他束腰带。灯光下，他一头黑发闪闪发亮。男孩穿着一件白色亚麻衬衫，持剑随从帮他整理好腰带，直起身退开。佩德罗·罗梅罗点点头，和我们握手时有一种拒人千里的高贵气派。蒙托亚介绍了几句，无非说我们是多么铁杆的斗牛迷，想来祝愿他好运，诸如此类。男孩转身面对我。我从没见过长得这么帅气的男孩。

"你要去看斗牛。"他用英语说。

"你会说英语。"我说，感觉自己像个白痴。

"不会。"他微笑着回答。

床上坐着三个人，其中一个上前来，问我们懂不懂法语。"需要我为你们翻译吗？你们有什么话想问佩德罗·罗梅罗的？"

我们谢过他。这种时候，你能问什么呢？那男孩不过十九岁，孤身一人，只有持剑随从和三个食客跟着，而且斗牛表演二十分钟后就要开始了。我们祝他"Mucha suerte（好运）"，随后便握手道别，转身离开。门合上时，他仍旧站在那里，挺拔、英俊，独个儿一人，有几个食客随从，却独自站在房中。

"他是个好小子。你说呢？"蒙托亚问。

"是个帅小伙。"我说。

"一看就是斗牛士。"蒙托亚说，"他有那个范儿。"

"他是个好小伙。"

"很快就能看到他在场上的表现了。"蒙托亚说。

大皮酒囊就靠在我房间里的墙边，我们拿上它，再带上望远镜，锁门下楼。

那是场相当不错的斗牛表演。比尔和我都为佩德罗·罗梅罗兴奋不已。蒙托亚坐在差不多十个位子开外。罗梅罗杀掉他的第一头公牛时，蒙托亚朝我望了一眼，点着头。这是一名真正的斗牛士。很久都没看到真正的斗牛士了。至于另外两个剑刺手，一个还不错，另一个就马马虎虎了。但都比不上罗梅罗，虽说他的公牛也不算太凶猛。

表演期间，我好几次举起望远镜打量迈克、布蕾特和科恩。他们看起来都很好。布蕾特也没露出紧张不安的模样。三个人都趴在他们面前的水泥围栏上。

"望远镜给我看看。"比尔说。

"科恩看着像是无聊的样子吗？"我问。

"那个犹太佬！"

斗牛表演结束后，围场外堵得水泄不通。我们走不出去，只好夹在人群里，跟着一点点往城里挪，慢得像冰川移动。看过斗牛表演以后，人难免会觉得有点儿混乱、不安。一场好的表演同时也能让人兴致高昂。如今我们两者兼而有之。狂欢节还在继续。鼓声咚咚，管乐激昂，到处都是人，到处都是成群的人在跳舞。舞蹈者混在人群里，你根本就看不见那些复杂的舞步。能看到的，就只有头和肩膀，上上下下，上上下下。最后，我们挤出人群，钻进咖啡馆。服务生为其他几个人也留出座位，我俩一人点了一杯苦艾酒，远远看着广场上的人群和舞蹈。

"你说那是什么舞？"比尔问。

"某种霍塔舞[1]吧。"

"他们跳的不是一种舞。"比尔说，"每首曲子的舞步都不一样。"

"跳得真好。"

我们面前，街上空出了一块，一伙男孩正在跳舞。他们的舞步极其复杂，每个人的表情都认真而专注，眼睛紧紧盯着脚下。他们的绳底帆布鞋在路面上踢踏敲打。脚尖叩一叩。脚跟磕一磕。拇指球碰一碰。然后，音乐戛然而止，舞步结束，他们沿着街道，转身离开。

"贵人们来了。"比尔说。

他们正在过马路。

"嗨，伙计们。"我说。

"嗨，先生们！"布蕾特说，"给我们留了位子？真

---

1. 霍塔（jota），一种西班牙民间音乐及舞蹈类型，节奏明快，舞步热烈，多用响板。很可能起源于阿拉贡地区，继而传到全国，根据区域不同而有许多不同的分类。

贴心。"

"哎呀，"迈克说，"那个叫罗梅罗的，真是个人物。我说得没错吧？"

"噢，他很迷人，不是吗？"布蕾特说，"还有那条绿色裤子。"

"布蕾特一直盯着那个看，眼珠都转不开了。"

"哈，我明天一定要借你的望远镜。"

"感觉怎么样？"

"棒极了！完美。噢，简直是奇观。"

"马呢，觉得怎么样？"

"我老忍不住要去看它们。"

"她的眼睛根本就离不开它们。"迈克说，"真是不一般的姑娘。"

"的确挺惨的。"布蕾特说，"可我还是忍不住想看。"

"感觉还好吗？"

"完全没有觉得不舒服。"

"罗伯特·科恩不太好。"迈克插嘴道，"你脸都绿了，罗伯特。"

"头一匹马的确让我有点儿难受。"科恩说。

"看来你不无聊了，对吧？"比尔问。

科恩大声笑了一下。

"不。我没觉得无聊。真希望你能原谅我之前那么说。"

"没关系。"比尔说，"只要你不觉得无聊就好。"

"他看起来一点儿也不无聊。"迈克说，"我觉得他差点儿就吐了。"

"没那么糟，绝对没有。就只有一会儿，我觉得不太舒服。"

"我觉得他快吐了。你不无聊，对吧，罗伯特？"

"换个话题吧，迈克。我说过了，很抱歉之前那么说。"

"他就是那样的，你知道。真是脸都绿了。"

"喔，别提了，迈克尔。"

"头一次看斗牛，怎么都不会无聊的，罗伯特。"迈克说，"可看的东西太多了。"

"哦，别说了，迈克尔。"布蕾特说。

"他说布蕾特是个虐待狂。"迈克说，"布蕾特才不是什么虐待狂。她是个健康又迷人的姑娘。"

"你是虐待狂吗，布蕾特？"我问。

"但愿不是。"

"只不过因为布蕾特有一副健康的好脾胃，他就说她是虐待狂。"

"也健康不了多久了。"

比尔拉着迈克聊起其他事，把话题从科恩身上引开。服务生送上了苦艾酒。

"你真喜欢看斗牛吗？"比尔问科恩。

"不。恐怕说不上喜欢。但我想，这是很棒的表演。"

"上帝呀，没错！多激动人心啊。"布蕾特说。

"要是没有马就好了。"科恩说。

"它们无关紧要。"比尔说,"再多看几场,你就不会在意那些倒胃口的地方了。"

"一上来就是这个,的确刺激了点儿。"布蕾特说,"要我说,公牛开始攻击马的那一刻,还挺可怕的。"

"公牛还不错。"科恩说。

"它们非常好。"迈克说。

"下一场,我想坐下面。"布蕾特端起杯子,喝了一口苦艾酒。

"她想靠近些,去看斗牛士。"迈克说。

"他们真厉害。"布蕾特说,"那个叫罗梅罗的小伙子还是个孩子。"

"那可真是个帅透了的小子。"我说,"走进他房间之前,我从来没见过这么帅的男孩。"

"你猜他多大了?"

"十九,要么二十。"

"想想看。真厉害。"

第二天的斗牛表演比第一天精彩许多。布蕾特换到了前排,我和迈克一左一右陪着她,比尔和科恩坐在上面。罗梅罗成了全场的风云人物。我猜布蕾特眼里就没有其他斗牛士。大家都一样,除了全副武装的工作人员。整个场子都是罗梅罗的。另外还有两名剑刺手出场,但都被盖过去了。我坐在布蕾特身边,为她解释整场表演。告诉她,公牛冲向长矛手时，只要看公牛，别管马，让她注意观察长矛手如何找准位置，端起长矛瞄准、刺入。只有这样，才能看出些门道，在命定的结局之外，发掘过程中的种种奥妙，而非恐怖莫名的刺激。我提醒她留意看罗梅罗怎样挥舞斗篷，将公牛从倒下的马匹身边引开，看他怎样用斗篷吸引公牛的注意力，引它转身，动作流畅、优雅，绝不浪费公牛的一丝体力。她看到了，罗梅罗是怎样避免一切突兀的动作，让他的公牛始终保持着良好状态，没有气喘吁吁，没有仓皇失措，只是慢慢耗尽体力，直到他选定的最后时刻。她也看到了，整场表演里，罗梅罗跟公牛贴得有多近。我告诉她其他斗牛士常用的小花招，那些只是让他们看起来好像站得很近。于是她明白了，为什么她单单喜欢罗梅罗挥舞斗篷的样子，却不喜欢其他人。

罗梅罗从不刻意扭来转去，动作永远干净利落、从容不迫。其他人总把自己拧成个螺丝起子，手肘抬得高高的，等牛角擦过以后才倾身倚近公牛侧腹，装出十分危险的模样。到后来，所有这些假东西都会变得越来越糟，让人看着难受。罗梅罗的斗牛表演里透着真正的激情，他的动作始终保持绝对的干净，每当牛角逼近，他总能沉稳冷静，让它们擦身掠过。他根本不必刻意展示那距离有多近。布蕾特发现了，那些贴近牛身时做起来很漂亮的动作，一旦离远就会有多滑稽可笑。我告诉她，自从小何塞[1]死后，所有斗牛士都研究出一种技能，专门模仿当时的危险情形，假装惊心动魄，事实上，那一刻他们安全得很。罗梅罗是正统的，通过最大限度地暴露在公牛面前，来保持动作线条的绝对简洁。整个过程里，他让公牛认识到，他是不可战胜的，并以此控制公牛，引导它做好准备，迎接致命一击。

"我没看到他有一丁点儿不恰当的动作。"布蕾特说。

"除非他被吓倒，否则是不会有的。"我说。

"他是一定不会被吓倒的。"迈克说，"他根本就专业得要命。"

"从一开始，一切就都在他的掌握中。他天生就懂，别人永远学不来。"

"还有，上帝啊，他多好看啊。"布蕾特说。

"知道吗，要说她已经爱上这个斗牛小子了，我绝对不会怀疑。"

"我也不会吃惊。"

"行行好吧，杰克。别再跟她说任何有关他的事了。要说就说他们怎么揍自己的老母亲。"

"还要跟我说，他们都是怎样的酒鬼。"

---

1 小何塞（Joselito，全名José Gómez Ortega，1895—1920），西班牙斗牛士，出身斗牛世家，被认为是神童，十七岁即获剑刺手称号，是赢得该称号年龄最小的斗牛士。他在1920年一场与姐夫同场竞技的斗牛赛中被公牛刺伤而身亡。

"噢，太可怕了。"迈克说，"从早醉到晚，一有空就去揍他们可怜的老母亲。"

"他像是那样的。"布蕾特说。

"是吗？"我说。

骡子已经套好，准备拖走公牛尸首。响鞭一甩，众人跑开，骡子向前猛拉，四蹄努力蹬地，很快跑了起来。至于公牛，一只角朝天，头歪在一旁，在沙地上留下一道平滑的痕迹，延伸到红色大门外。

"最后一头了。"

"未必。"布蕾特说。她向前趴在栅栏上。罗梅罗举手示意他的长矛手就位，跟着站定，斗篷垂在胸前，望向场地对面，公牛即将从那里冲出来。

表演结束后，我们起身退场，还是那么挤。

"看这些斗牛表演真是累人，"布蕾特说，"我整个人都发软了。"

"噢，你该去喝杯酒。"迈克说。

第二天，佩德罗·罗梅罗没有出场。上场的是米乌拉公牛，表演糟糕透顶。再后面一天，日程表上没安排斗牛表演。但狂欢节仍在继续，日夜不停。

第十六章

早上下了雨。雾气从海面飘到山上。山顶完全看不见了。高地上阴沉沉的，连树木和房屋都变了模样。海上的坏天气跑进山里来了。

广场的白色旗杆上，旗子耷拉着，湿漉漉的。横幅也湿了，贴在墙头，飘忽的毛毛雨绵绵不绝，间或一场骤雨泼下，把人们统统驱赶到拱廊下。广场上积起一个个小水坑。街上阴暗潮湿，空无一人。然而狂欢节还在继续，没有片刻停顿。只不过，场地移到了屋顶下而已。

斗牛场里有巴斯克和纳瓦拉的歌舞表演，但凡有遮挡的位子都被挤满，露天座的人统统躲了进来。随后，来自卡洛斯谷[1]的舞者走上街头。他们身着当地传统服饰，在雨

---

1. 卡洛斯谷（Val Carlos）是个巴斯克小镇，位于西班牙北部的纳瓦拉地区，贴近法国边界。传说，公元778年，罗兰骑士率部为查理大帝殿后，在这个山谷里被加斯科尼人打败，军队被迫掉头穿越比利牛斯，以至战力大减。人们认为，这是查理大帝在伊比利亚地区所遭受的唯一重大失败。

中起舞。鼓声听起来潮湿发闷，乐队首席们骑着高头大马走在前面，马匹步伐沉重，乐手们的服饰都湿了，马的披挂也淋湿了。人们挤在咖啡馆里，舞者们也都进来了。他们坐下来，裹着紧身白色裤子的双腿伸到桌面下，摘下钟形帽甩甩雨水，脱下红紫相间的外套摊在椅子上晾干。屋外，雨下得正大。

我离开咖啡馆里的那群家伙，回酒店去刮个脸，准备吃晚餐。敲门声响起时，我正在房间里刮胡子。

"进来。"我扬声说。

蒙托亚走进来。

"你好吗？"他说。

"很好。"我说。

"今天没有斗牛。"

"是啊。"我说，"除了雨，什么也没有。"

"你的朋友们在哪儿呢？"

"对面，伊露尼亚里。"

蒙托亚露出他那种带点儿局促不安的笑容。

"瞧，是这样。"他说，"你知道美国大使吧？"

"知道。"我说，"人人都知道美国大使。"

"他在这个城里，就现在。"

"是的，"我说，"大家都看到了。"

"我也看到了。"蒙托亚说。他没再说话。我继续刮胡子。

"坐会儿。"我说,"我让他们送点儿喝的来。"

"不了,我得走了。"

我刮好了,低下头,就着洗脸池用冷水洗脸。蒙托亚站着,仿佛更局促了。

"是这样,"他说,"我收到个信儿,是他们从格兰德酒店捎来的,说想请佩德罗·罗梅罗和马尔西亚尔·拉兰达[1]今天晚饭后去喝咖啡。"

"很好啊。"我说,"这对马尔西亚尔没坏处。"

"马尔西亚尔今天一天都在圣塞瓦斯蒂安。他一早就和马奎斯开车出去了。我猜他们今晚不会回来。"

蒙托亚不安地站着。他在等我开口。

"那就别把这事告诉罗梅罗。"我说。

"你也这么觉得?"

"毫无疑问。"

蒙托亚开心极了。

"我想听听你的建议,毕竟你也是美国人。"他说。

"要是我就这么干。"

"没错。"蒙托亚说,"人们总这么对待那些男孩。他

---

1. 马尔西亚尔·拉兰达(Marcial Lalanda, 1903—1990)和下文提到的阿尔加贝尼奥(Algabeño,原名José García Carranza, 1902—1936)都是西班牙斗牛士。本书中,佩德罗·罗梅罗是虚构的人物,但采用了早期一位真实斗牛士的姓名,事实上,斗牛表演能够成为一门艺术,乃至于场上许多规则规范的形成,都始自这位名叫佩德罗·罗梅罗·马丁内斯(Pedro Romero Martínez, 1754—1839)的传奇斗牛士。

们根本不知道他的价值。他们不懂他意味着什么。随便一个外国人都能去恭维他。都是从格兰德酒店开始，接着，要不了一年，他们就毁了。"

"就像阿尔加贝尼奥。"我说。

"对，就像阿尔加贝尼奥。"

"这样的人很多。"我说，"现在还来了个美国女人，专盯着斗牛士。"

"我知道。他们就喜欢年轻的。"

"是的。"我说，"老的都发胖了。"

"要不就发疯了，像盖洛。"

"好了。"我说，"这很简单。你要做的就是瞒下这个消息，别告诉他。"

"他是多么好的男孩啊。"蒙托亚说，"应该和自己人待在一起。别搅和进那些事里头。"

"不喝一杯吗？"我问。

"不了。"蒙托亚说，"我得走了。"他转身离开。

我下楼出门，顺着拱廊绕广场转了一整圈。雨还在下。经过时，我朝伊露尼亚店里望了望，没看见那帮家伙，便继续沿拱廊绕回酒店。他们已经在楼下餐厅里吃晚饭了。

他们已经吃了好一阵子，我索性不着急了。比尔在帮迈克找人擦鞋。每当有擦鞋童推开临街的大门时，比尔就招呼他们过来给迈克擦鞋。

"这是第十一次，擦我这双鞋。"迈克说，"要我说，比尔还真是头犟驴。"

鞋童们显然是把这消息传开了。又一个推门进来。

"Limpia botas（要擦鞋吗）？"他对比尔说。

"不是我，"比尔说，"是这位Señor（先生）。"

前一个鞋童还在忙活，新来的在他旁边跪下，动手打理迈克的另一只鞋，它原本就在灯下闪闪发亮。

"比尔太搞笑了。"迈克说。

我喝着葡萄酒，感觉实在是跟不上他们的趟儿。这擦鞋的把戏让我不太舒服。我左右看看。佩德罗·罗梅罗就在隔壁桌。我点头致意，他立刻站起来，请我过去见见他的朋友。他的桌子离我们很近，几乎就要贴上了。我们打过招呼，那是名马德里的斗牛评论员，个头矮小，面容憔悴。我告诉罗梅罗，我有多喜欢他的表演，他高兴得不得了。我们说西班牙语，那评论员懂一点儿法语。我打算回桌上把我的红酒瓶拿过来，可那评论员拉住我的胳膊。罗梅罗笑了起来。

"就在这边喝吧。"他用英语说。

他说起英语来很害羞，但也非常享受。接下来的聊天里，他拿出一些吃不准的单词来问我。他很想知道"corrida de toros"的英文说法，准确的译法。他对"斗牛"这个说法颇有些怀疑。我解释说，用西班牙语直译，这个词对应的是"toro（公牛）"的"lidia（攻击搏斗的行为）"。西班牙语里的"corrida"直译过来是"公牛的奔跑"——用法语说是"course des taureaux"——评论员插嘴道。没有哪个西班牙单词能完全对应"斗牛"。

佩德罗·罗梅罗说他在直布罗陀学过一点儿英语。他出生在龙达,就在直布罗陀往北不远。马拉加[1]的斗牛学校则是他斗牛生涯的起点。他在那里只待了三年。斗牛评论员拿他偶尔蹦出来的马拉加方言取笑。他说,他现在十九岁。哥哥给他当花镖手,但是不住在这家酒店。他,还有其他为罗梅罗工作的人,住在另一家小一点儿的酒店里。他问我,我看过几次他在斗牛场的表演。我说,就只有三次。其实是两次,但反正都说错了,我也懒得再解释。

"还有一次是在哪里?马德里?"

"是的。"我撒谎道。报道说他在马德里出场过两次,我看到过,所以还能应付。

"第一次还是第二次?"

"第一次。"

"那次我糟透了。"他说,"第二次好点儿。你记得吗?"他转头问评论员。

---

1. 马拉加(Málaga),西班牙马拉加省首府,西班牙第六大城市,安达卢西亚地区人口第二稠密的城市。位于直布罗陀(Gibraltar)东北约160公里、龙达(Ronda)以东100公里处。其中,直布罗陀自18世纪起便处于英国的掌控下。

他一点儿也不尴尬。谈论起工作来就像跟自己完全无关一样。没有丝毫自负或自夸。

"你能喜欢我的表演，我非常高兴。"他说，"但你还没见过我的真本事呢。明天，要是能碰到头好牛，我会尽力表现给你看的。"

说到这里时，他微微一笑，期望斗牛评论员和我不会觉得他是在吹牛。

"我已经等不及要看了。"评论员说，"就等着被你收服呢。"

"他不太喜欢我的斗牛。"罗梅罗转头对我说。他是当真的。

评论员分辩说，他很喜欢，但到目前为止，罗梅罗的本事还没完全发挥出来。

"等明天吧，要是能有头好牛的话。"

"你看到明天要出场的牛了吗？"评论员问我。

"看见了。我看了它们进栏。"

佩德罗·罗梅罗向前探过身子。

"你觉得它们怎么样？"

"很不错。"我说，"每头都有差不多二十六阿罗瓦[1]重。角很短。你们没看？"

---

1. 阿罗瓦（arroba），西班牙和葡萄牙的民间计量单位，在西班牙，1阿罗瓦约等于11.5公斤，而1葡萄牙阿罗瓦约为14.7公斤。

"噢，看了。"罗梅罗说。

"不到二十六阿罗瓦。"评论员说。

"是的。"罗梅罗说。

"它们长得那是香蕉，哪儿算得上牛角。"

"你管那个叫香蕉？"罗梅罗问。他转向我笑道，"你不会也管它们叫香蕉吧？"

"不。"我说，"不管怎么说，那也还是牛角。"

"是很短。"佩德罗·罗梅罗说，"非常非常短。不过，终究不是香蕉。"

"嘿，杰克。"布蕾特在隔壁桌喊，"你抛弃我们啦。"

"就一会儿。"我说，"我们在聊斗牛。"

"瞧你那得意劲儿。"

"告诉他，那些公牛没蛋蛋。"迈克叫道。他醉了。

罗梅罗看着我，一头雾水。

"醉了。"我说，"Borracho（喝醉了）！Muy borracho（酩酊大醉）！"

"介绍我们认识一下你的朋友吧。"布蕾特说。她一直在看佩德罗·罗梅罗。我问他们，是否介意和我们一起喝杯咖啡。他们两人都起身跟我过来。罗梅罗面孔黝黑，举止彬彬有礼。

我介绍他们一一与大家认识，要坐下时才发现位子不够，又一起换到靠墙的大桌子上去。迈克叫了一瓶芬

224

达多[1]，给每人都要了个杯子。桌上醉话连篇。

"告诉他，我觉得写作是件大坏事。"比尔说，"来吧，告诉他。告诉他，我以身为作家为耻。"

佩德罗·罗梅罗坐在布蕾特旁边，正在听她说话。

"说呀。告诉他！"比尔说。

罗梅罗抬眼看看，脸上带着笑。

"这位绅士，"我说，"是个作家。"

罗梅罗很惊讶。"这一位也是。"我指指科恩，说。

"他有点儿像比利亚尔塔。"罗梅罗看着比尔，说，"拉斐尔，你看他是不是有点儿像比利亚尔塔？"

"我看不出来。"评论员说。

"真的。"罗梅罗用西班牙语说，"他长得和比利亚尔塔真像。那位喝醉的先生是做什么的？"

"什么都不干。"

"所以他就喝醉了？"

"不。他就要和这位女士结婚了。"

"告诉他，公牛没蛋蛋！"迈克在桌子对面大叫，他醉得一塌糊涂。

"他说什么？"

"他醉了。"

---

1. 芬达多（Fundador）是西班牙头一个进入市场的白兰地酒的品牌，历史可以追溯到1874年。如今是西班牙出口量最大的白兰地品牌。

"杰克，"迈克喊道，"告诉他，公牛没蛋蛋!"

"你能听懂吧?"

"是的。"

我确定他没听懂，所以没关系。

"告诉他，布蕾特想看他穿绿裤子。"

"安静些，迈克。"

"告诉他，布蕾特想知道他是怎么穿上那裤子的，想得要死。"

"闭嘴。"

这期间，罗梅罗一直在拨弄他的酒杯，和布蕾特聊天。布蕾特说法语，他说西班牙语，夹一点儿英语，两人都很高兴。

比尔为大家斟满酒。

"告诉他，布蕾特想钻进——"

"噢，安静，迈克，看在上帝的份上!"

罗梅罗抬起头微笑。"安静! 这个词儿我懂。"他说。

这时候，蒙托亚刚好进来。一开始，他还在对着我笑，接着就看到佩德罗·罗梅罗，手里端着一大杯干邑白兰地，笑着，坐在我和一个露肩女人中间，满桌醉汉。他连头都不点了。

蒙托亚掉转身走了出去。迈克站起来，提议干杯。

"让我们干杯，为了——"他开口。"为佩德罗·罗梅罗。"我说。大家都站了起来。罗梅罗很是当真地接受了。我们碰了杯，仰头喝干。我特意赶着点儿，就怕迈克说出他根本不是想为他干杯。不过一切都很顺利。佩德罗·罗梅罗和每个人握了握手，就和评论员一起离开了。

"我的上帝啊！他真是个迷人的孩子。"布蕾特说，"我真想看看他是怎么整装的。一定会用到鞋拔子吧。"

"我正要告诉他呢。"迈克说，"可是杰克一直在打岔。你干吗老打岔？你觉得你西班牙语比我说得好？"

"噢，闭嘴，迈克！没人跟你打岔。"

"不。我得把话说清楚。"他放过了我，"你以为你是什么东西，科恩？你以为你和我们是一路的？是出来找乐子的那种人？看在上帝的份上，别这么唧唧歪歪的，科恩！"

"噢，别说了，迈克。"科恩说。

"你以为布蕾特愿意你在这里？你觉得你对我们有用？你怎么不说话？"

"该说的那天晚上我就说过了，迈克。"

"我不是你那些破烂文人。"迈克摇摇晃晃地站起来，撑着桌子，"我是不聪明。可我能知道自己什么时候不受欢迎。你怎么就不明白，你不受欢迎，科恩？滚开。滚开，看在上帝的份上，带着你那张苦兮兮的犹太脸滚开。我说得没错，不是吗？"

他看着我们。

"好啦。"我说，"我们去伊露尼亚吧。"

"不。我没说错，对吧？我爱这个女人。"

"噢，可别又来了。别说了，迈克尔。"布蕾特说。

"你不觉得我说得对吗，杰克？"

科恩坐在桌边，没动，脸色灰暗发黄。他一受到辱骂就是这副模样。可不知为什么，看起来倒像是还有几分享受。这些傻气的、张牙舞爪的醉话。说的都是他和一位贵族女士的情事啊。

"杰克，"迈克说，他几乎是在喊了，"你知道我是对的。听着，你！"他转向科恩，"滚！现在就滚！"

"可我不会走的，迈克。"科恩说。

"那我就赶你走！"迈克绕过桌子朝他过来。科恩站起来，摘下眼镜。他就站在那里，等着，脸色灰暗，手压得低低的，骄傲、坚定地等待着迎接攻击，准备为他的心上人而战。

我拉住迈克。"来吧，我们去咖啡馆。"我说，"你不能在酒店里打他。"

"好！"迈克说，"好主意！"

我们转身离开。迈克摇摇晃晃地上楼，我回过头，看见科恩重新戴上了眼镜。比尔坐在桌边，又倒了一杯芬达多。布蕾特也坐着，直瞪着前方，却什么都没看。

广场上，雨已经停了，月亮正努力钻出云层。风刮起来了。军乐团在演奏，人们聚在广场对面。焰火师和他的儿子正在那里，竭力想要把焰火热气球送上天空。一个又一个热气球升起来，晃晃悠悠，歪斜得厉害，结果不是被风扯破，就是撞到广场边的房子上。有的掉进人堆里。镁光一闪，焰火就炸开来，在人群里钻来钻去。广场上没人跳舞。砾石地面太湿了。

布蕾特和比尔也出来加入了我们。我们站在人群里，注视着那个一人多高的小平台，焰火大王唐·曼努埃尔·沃尔吉托站在上面，小心地点燃焰火气球，借着风势把它们放上天。可风把气球统统吹了下来。那些精致繁复的焰火掉进人群，噼啪炸响，在人们腿脚间窜来窜去，火光照亮了唐·曼努埃尔·沃尔吉托的脸，他满头是汗。每当又一个刚点亮的纸球歪倒、着火、落下来，人们便高声嘘叫。

"他们在对唐·曼努埃尔起哄。"比尔说。

"你怎么知道他是唐·曼努埃尔？"布蕾特说。

"节目单上印着呢。唐·曼努埃尔·沃尔吉托，the pirotécnico of esta ciudad（本城焰火师）。"

"Globos iluminados（焰火气球），"迈克说，"焰火气球展演。单子上这么说的。"

乐队在演奏，风把乐声带出很远。

"哎呀，真希望有一个能成功放出去，"布蕾特说，"那个叫唐·曼努埃尔的人已经急了。"

"他大概为这些东西忙活了好几个礼拜，要让它们放出来时能拼出'欢迎到圣费尔明'几个字。"比尔说。

"Globos iluminados，"迈克说，"一大堆该死的globos iluminados."

"走吧，"布蕾特说，"咱们别傻站在这里了。"

"这位女士想喝一杯了。"迈克说。

"瞧你多贴心。"布蕾特说。

咖啡馆里十分嘈杂，人挤着人。没人注意到我们进门。也没有空桌子。太吵了，嗡嗡声片刻不停。

"算了，我们出去吧。"比尔说。

屋外，有人在拱廊下散步。几个比亚里茨来的英国人和美国人穿着运动服，三三两两坐在桌边。几位女士举着单片眼镜看来往的人。不知什么时候，队伍里多了一个比尔的朋友。她也是从比亚里茨来的，和另一个姑娘一起，住在格兰德酒店。那个姑娘头疼，回去睡觉了。

"就这个酒馆吧。"迈克说。这是米兰酒吧，一个破破烂烂的小地方，你能在这里找到食物，里间有人在跳舞。我们围着一张桌子坐下，叫了一瓶芬达多。酒吧没坐满，也没什么节目在上演。

"真是个见鬼的地方。"比尔说。

"太早了。"

"我们一会儿带上酒回去吧。"比尔说，"这种晚上，我可不想坐在这个地方。"

"咱们走吧，瞧英格兰人去。"迈克说，"我喜欢看英格兰人。"

"他们很可怕。"比尔说,"这些家伙都是从哪儿冒出来的?"

"从比亚里茨来的。"迈克说,"他们来看这个古怪好玩的西班牙小狂欢节,就只看最后一天。"

"我来狂欢给他们看。"比尔说。

"你真是个超级漂亮的姑娘。"迈克转头对比尔的朋友说,"你什么时候来的?"

"别这样,迈克尔。"

"嘿,她是个可爱的姑娘。我都去了些什么鬼地方啊?这阵子都跑到哪里看了些什么玩意儿啊?你真是个可爱的小东西。我们以前见过吗?来,跟着我和比尔。我们一起去狂欢,让英格兰人看看。"

"我要狂欢给他们看。"比尔说,"他们他妈的跑到这狂欢节上是干什么来的?"

"来,"迈克说,"就我们三个。我们去狂欢给该死的英格兰家伙看。但愿你不是英格兰人!我是苏格兰人。我讨厌英格兰人。咱们去狂欢给他们看。来呀,比尔。"

我们看着窗外。他们三人手挽着手,朝咖啡馆走去。广场上正在放冲天炮。

"我要在这里坐会儿。"布蕾特说。

"我陪你。"科恩说。

"噢,不!"布蕾特说,"看在上帝的份上,出去随便找个地方待着。杰克和我想聊会儿,你看不出来吗?"

"我看不出来。"科恩说，"我觉得我有点儿醉了，最好就待在这里。"

"这算什么见鬼的理由，硬要跟别人赖在一起。醉了就睡觉去。去呀，上床睡觉。"

科恩走了。

"我对他挺粗暴的吧？"布蕾特问，"上帝啊！我烦透他了！"

"他是不太能让人高兴。"

"简直是让我郁闷。"

"他这些事干得的确差劲。"

"差劲得要死。他原本可以表现得好一些的。"

"说不定这会儿他就守在外头。"

"没错。他做得出。你知道，我不懂他在想什么。他就是不相信，那点儿事根本不代表什么。"

"我明白。"

"再没第二个人能做得这么差劲了。噢，这整件事都让我恶心。还有迈克尔。迈克尔也真够招人爱的。"

"对迈克来说，这很艰难。"

"是。可他犯不着把自己变成一头蠢猪吧。"

"大家处理得都不好。"我说，"给他们些机会吧。"

"你没有不好。"布蕾特看着我。

"我也许是个和科恩一样的大笨蛋。"我说。

"亲爱的，咱们就别胡说八道了。"

"好啊。说点儿你喜欢的。"

"不要这么别扭。我就你一个交心的朋友，今晚我感觉真是糟透了。"

"你有迈克了。"

"是啊，迈克。他很棒啊，不是吗？"

"得了。"我说，"这对迈克来说实在是太难了，有个科恩天天黏在身边，眼睁睁看他围着你打转。"

布蕾特整个人都烦躁不安。我从没见过她这样。她的目光动不动就从我身上飘开，盯着面前的墙壁发愣。

"想走走吗？"

"好。走走吧。"

我塞好芬达多的瓶口，把它交给酒保。

"咱们再喝点儿吧。"布蕾特说，"我烦得快死了。"

我们又一人喝了一杯雪利酒，酒很顺滑。

"走吧。"布蕾特说。

一跨出门，我就看见科恩从拱廊下闪开。

"他真在那里。"布蕾特说。

"他离不开你了。"

"可怜的恶魔。"

"我不可怜他。我恨他，真心的。"

"我也恨他。"她打了个寒战，"我恨他那该死的痛苦。"

我们挽手走在小街上，远离人群和广场上的灯光。街上又黑又湿，我们往城墙堡垒的方向走，路上经过不少小酒馆，它们的大门都正对着黑暗潮湿的街道，灯光从门里透出来，偶尔爆出一阵乐声。

"想进去吗？"

"不。"

踩着湿漉漉的草地，我俩继续往外走。登上堡垒的石墙，我展开一份报纸，铺在石头上，让布蕾特坐。平原那头一片黑暗，但还隐约看得到山脉的影子。风在高空盘旋，推着云朵从月亮跟前飘过。脚下是黑洞洞的壕沟。树木和城堡的影子在我们背后摇曳，月光勾勒出城市的剪影。

"别难过了。"我说。

"我难过得要死，"布蕾特说，"咱们还是别说话了。"

我们望向远处的平原。月光下，树影黝黑，排成长长的行列。一辆汽车行驶在上山路上，车灯亮着。我们看到山顶要塞的灯光。左下方是河。下过雨，水位升高了，水流平缓、幽暗。岸边的树也是黑的。我们坐着，望着城外。布蕾特直愣愣地盯着正前方。突然，她打了个寒战。

"冷了。"

"想走回去吗？"

"从公园里走。"

我们爬下石墙。云又飘过来。公园里，树下一片漆黑。

"你还爱我吗，杰克？"

“是的。”我说。

“可我是个不可救药的人。”布蕾特说。

“怎么说？”

“我不可救药。我疯狂地迷上了那个男孩，罗梅罗。我爱上他了，我想是的。”

“我要是你的话，就不这样。”

“我忍不住。我不可救药。它埋在我心里，就要把我撕碎了。”

“别这样。”

“我控制不住。我从来就没法控制住任何事情。”

“你该就此打住才是。”

“怎么打住？我控制不住任何事情。你明白吗？”她的手在发抖。

“就像这个，我从来控制不住。”

“你真不该这样。”

“我没办法。不管怎么说，我如今就是个不可救药的人。你看不出来吗？”

“看不出。”

“我必须要做点儿什么。一定要做点儿我真正想做的事。我已经没有自尊了。”

“何必这样啊。”

“哦，亲爱的，别这么固执。你以为那些都意味着什么？那个该死的犹太人干的事，还有迈克那样的举动？”

"那倒也是。"

"我没法一直醉着不醒。"

"是啊。"

"噢，亲爱的，请站在我这边。求你了，陪着我，看着我渡过这一关。"

"当然。"

"我不是说这是对的。但对我来说，它就是对的。上帝知道，我从没感觉这么糟糕过。"

"你想要我怎么办？"

"来吧。"布蕾特说，"我们走，去找他。"

我们摸黑循着公园的石子小径走，钻进树林，又钻出来，穿过大门来到街上，街道通向城里。

佩德罗·罗梅罗在咖啡馆。和另外几个斗牛士，还有那个斗牛评论员一起，抽着雪茄。我们进门时，他们都抬起头来。罗梅罗微笑着鞠了个躬。我们找了张屋子中间的桌子坐下。

"请他过来喝杯东西。"

"用不着。他会来的。"

"我没法看他。"

"他很好看啊。"我说。

"我总是想怎样就怎样。"

"我知道。"

"我感觉真的糟透了。"

"好了。"我说。

"我的上帝呀！"布蕾特说，"这就是女人的痛苦。"

"是吗？"

"哦，我真的感觉糟透了。"

我瞟了眼那一桌。佩德罗·罗梅罗笑着，对同桌人说了点儿什么，站起身来。他过来了。我站起来，和他握了握手。

"想喝一杯吗？"

"请千万赏脸，跟我喝一杯。"他说。在用眼神征得了布蕾特的允许后，他才拉开椅子坐下。非常有风度。他抽着雪茄，配上这张脸，真是恰到好处。

"你喜欢雪茄？"我问。

"噢，是的。我一直抽雪茄。"

这是他力量体系中的一部分，让他看起来更老成。我注意到他的皮肤，干净、光滑、晒成了深褐色。颧骨上有一个三角形的疤。我发现他在看布蕾特。他感觉到了。两人之间有了点儿什么。布蕾特把手递给他时，他肯定有感觉。他很小心。我猜他心里已经有数了，可还是不希望出任何错。

"你明天上场吗？"我说。

"是的。"他说，"阿尔加贝尼奥今天在马德里受伤了。你听说了吗？"

"没有。"我说，"伤得重吗？"

他摇摇头。

"没事。伤在这里。"他举起手。布蕾特伸手过去，抚开他的手指。

"噢！"他用英语说，"你喜欢看手相？"

"有时候。介意吗？"

"不。我喜欢。"他把手放在桌上，摊平，"告诉我，我会长命百岁，还会成为百万富翁。"

他仍然非常有礼貌，但应该更确定了。"看看，"他说，"你在我手上看到公牛了吗？"

他朗声大笑。他的手长得非常好，手腕纤细。

"成千上万头公牛。"布蕾特说。她现在一点儿也不紧张了，看起来很迷人。

"那可好。"罗梅罗大笑出声。"每头值一千杜罗[1]。"他用西班牙语对我说。"再多说点儿。"

"是只好手。"布蕾特说，"我想他能长寿。"

"跟我说。别对着你朋友说。"

"我说，你会长寿的。"

"这我知道。"罗梅罗说，"我永远不会死。"

我用指尖轻敲几下桌子[2]。罗梅罗看到，摇了摇头。

---

1. 杜罗（duro），西班牙旧式银币，1杜罗等于5比塞塔。

2. 民间习俗上，如果说了不恰当的话，特别是关系到命运或健康的，用指头轻敲木头可以消除乱说话带来的不良后果。

"不。不用这样。公牛是我最好的朋友。"

我翻译给布蕾特听。

"你杀死你的朋友？"她问。

"总是如此。"他大笑，用英语说，"这样它们就不能杀死我了。"

隔着桌子，他望着她。

"你英语说得很好。"

"是的。"他说，"有时候相当好。但我一定不能让别人知道。那会非常糟糕，一个说英语的斗牛士。"

"为什么？"布蕾特问。

"这不好。人们不喜欢这样。目前还不喜欢。"

"为什么不喜欢？"

"他们就是不喜欢。斗牛士不是这样的。"

"斗牛士是什么样的？"

他笑起来，拉低帽子遮住眼睛，雪茄在嘴上转了个方向，脸上的表情也变了。

"就像那张桌子边的那些。"他说。我瞥了一眼。他把"国民一号"[1]的表情模仿得惟妙惟肖。一笑过后，他的面孔恢复了自然。"不行。我一定要忘掉英语。"

---

1. 国民一号（Nacional I）是西班牙著名斗牛士里卡多·安略（Ricardo Anlló Orrio, 1891—1977）的绰号。他出身于斗牛家族，兄弟四人分别被称为国民一号、国民二号、国民三号和国民小子（Nacional Kid）。他本人于1918年第一次以斗牛士的身份在马德里登场亮相，此后一直活跃到1927年退休。

"不，至少现在别忘。"布蕾特说。

"不要忘？"

"不要。"

"好吧。"

他又大笑起来。

"我真想有顶那样的帽子。"布蕾特说。

"没问题，我给你弄一顶来。"

"好啊，那就看你的了。"

"我会弄来的。今晚就给你。"

我站起身。罗梅罗也跟着站了起来。

"坐着吧。"我说，"我得出去找找我们那帮朋友，把他们带过来。"

他看着我。这眼神是在最后确认，事情是否如他所想。没错，就是那样。

"坐下来。"布蕾特对他说，"你一定得教我几句西班牙语。"

他坐下了，隔着桌子，看着她。我往外走。另一张桌边，那群斗牛士冷冷地看着我出去。这真不好受。二十分钟后，我回来朝咖啡馆里瞧了一眼，布蕾特和佩德罗·罗梅罗已经不在了。咖啡杯和我们用过的三个空干邑杯搁在桌上。一个服务生拿着抹布走过去，收掉杯子，把桌子擦干净。

第十七章

　　我在米兰酒吧门外找到了比尔、迈克和埃德娜。埃德娜是那姑娘的名字。

　　"我们被赶出来了。"埃德娜说。

　　"被警察赶出来的。"迈克说，"里面那些人和我们不对路。"

　　"我拦着没让他们打起来，拦了四次。"埃德娜说，"你本该帮帮我的。"

　　比尔脸红了。

　　"进去吧，埃德娜。"他说，"去和迈克跳跳舞。"

　　"那太傻了。"埃德娜说，"只会再惹一场麻烦。"

　　"那些该死的比亚里茨猪。"比尔说。

　　"来吧。"迈克说，"怎么说这也是一个酒吧。他们总不能把整个酒吧都占了。"

　　"好伙计，老迈克。"比尔说，"该死的英格兰猪跑到这里来羞辱迈克，想把狂欢节给毁了。"

"他们太混账了。"迈克说，"我恨英格兰人。"

"他们不能这样羞辱迈克。"比尔说，"迈克是好人。他们不能羞辱他。我不允许。谁他妈的在乎他是不是破产了？"他的声音哽住了。

"谁在乎？"迈克说，"我不在乎。杰克不在乎。你在乎吗？"

"不。"埃德娜说，"你破产了？"

"当然，我破产了。你不在乎，是吧，比尔？"

比尔伸手揽住迈克的肩膀。

"我巴不得自己也他妈的是个破产者。我会让这些混蛋好好开开眼。"

"只不过是英格兰人。"迈克说，"没人关心英格兰人说了什么。"

"肮脏的猪。"比尔说，"我要把他们洗洗干净。"

"比尔。"埃德娜看看我，"拜托别进去了，比尔。他们太蠢了。"

"这话没错。"迈克说，"他们是蠢蛋。我知道，就是这么回事。"

"他们不能那样说迈克。"比尔说。

"你认识他们吗？"我问迈克。

"不。从来没见过。不过他们说认识我。"

"我不允许。"比尔说。

"来吧。我们去瑞士咖啡馆。"

"那帮家伙是埃德娜的朋友，从比亚里茨来的。"比尔说。

"他们只是有点儿蠢。"埃德娜说。

"里面有个家伙叫查理·布莱克曼，芝加哥来的。"比尔说。

"我从没去过芝加哥。"迈克说。

埃德娜笑了起来，停也停不住。

"带我离开这里。"她说，"你们这帮破产者。"

比尔自己走了，我们几个横穿广场去瑞士咖啡馆。"究竟怎么回事？"我问埃德娜。

"我也不知道怎么回事，反正就是有人把警察叫来了，不让迈克待在里面。有几个人在戛纳见过迈克。迈克究竟是怎么回事？"

"说不定他欠了他们的钱。"我说，"人们对这种事多半都很在意。"

广场上，售票亭门前排起了两行队伍。有人带了椅子来坐，有人就地铺开毯子，直接躺下，满地散落着报纸。他们要守到天亮，好等售票亭一开门就抢先买到斗牛表演的票。夜空晴朗，月亮出现。队伍里有人已经睡着了。

我们刚在瑞士咖啡馆坐下来，点好芬达多，罗伯特·科恩就走进来。

"布蕾特呢？"他问。

"不知道。"

"她刚才和你在一起。"

"一定是回去睡觉了。"

"她没有。"

"那我就不知道了。"

灯光下，他脸色阴沉得很，猛地站起来。

"告诉我她在哪里。"

"坐下。"我说，"我不知道她在哪里。"

"去你妈的你不知道！"

"闭上你的嘴。"

"告诉我，布蕾特在哪里。"

"我他妈的什么都不会告诉你。"

"你知道她在哪里。"

"就算知道，我也不会告诉你。"

"噢，下地狱去吧，科恩。"迈克在桌子对面嚷道，"布蕾特和那个斗牛士小子跑了。他们度蜜月去了。"

"你闭嘴。"

"噢，下地狱去吧！"迈克懒洋洋地说。

"她真的在那里？"科恩转向我。

"见你的鬼去吧。"

"她刚才和你在一起。她去找他了？"

"见你的鬼去吧。"

"我会让你说的——"他上前几步，"你这该死的皮条客。"

我一拳挥去，他闪开了。灯光下，我只看到他的脸往旁边一闪。紧接着，我就挨了他一下，一屁股跌坐在人行道上。还没等爬起来，他又补上一拳，把我打得仰面倒在一张桌子下。我双腿都没了知觉，可还是一心一意要努力站起来。一定要站起来，扑上去给他两拳。迈克扶起我。有人把一瓶子水浇在我头上。我这才意识到自己正坐在一把椅子上，迈克一手揽着我，一手拽着我的耳朵。

"我说，你晕过去了。"迈克说。

"你他妈的在哪儿呢？"

"噢，我就在边上。"

"你这是不想搅和进来？"

"迈克也被打倒了。"埃德娜说。

"他没把我打晕。"迈克说，"我只是躺了会儿。"

"你们的狂欢节是不是每个晚上都要来这么一出？"埃德娜问，"那不是科恩先生吗？"

"我没事。"我说，"就是有点儿头晕。"

旁边围了一圈人，还有几个服务生。

"Vaya（走开）！"迈克说，"走开。走。"

服务生劝散了人群。

"这场面还真是有得一看。"埃德娜说，"他一定是个拳击手。"

"他是。"

"真希望比尔也在。"埃德娜说，"我想看看比尔被打倒是什么模样，一直都想。他太壮了。"

"我倒是希望他能打个服务生。"迈克说，"然后被捕。我会很乐意看到罗伯特·科恩先生入狱的。"

"不。"我说。

"噢，不。"埃德娜说，"你不是当真的。"

"可惜，我是。"迈克说，"我不是喜欢挨打的那种人。我连游戏都不玩。"

迈克喝了口酒。

"我一向不喜欢打猎，你知道。总会有危险，被压在马肚子下面什么的。你感觉还好吗，杰克？"

"没事。"

"你这人不错。"埃德娜对迈克说，"你真的破产了吗？"

"我是个大破产者。"迈克说，"谁的钱我都欠。你欠过钱吗？"

"多的是。"

"谁的钱我都欠。"迈克说，"今晚还问蒙托亚借了一百比塞塔。"

"你他妈的还真行。"我说。

"我会还的。"迈克说，"我有借必还。"

"所以你才会变成破产者，不是吗？"埃德娜说。

我站了起来。他们的声音仿佛从很远的地方传过来，听着就像一出演砸了的戏。

"我要回酒店了。"我说。然后，我听见他们在说我。

"他还好吗？"埃德娜问。

"我们最好陪他一起走。"

"我没事。"我说，"不要来。咱们回头见。"

我离开咖啡馆。他们坐在桌边，没动。我回头看看他们，看看那些空着的桌子。有个服务生坐在一张空桌子边上，头埋在双手里。

穿过广场往酒店走，一切都变样了，都是新的。我从没看过那些树，从没看过那些旗杆，也从没看过剧院门口。全都不同了。这种感觉以前也有过。那一次，我在城外打完橄榄球赛，回家时带着一个行李箱，里面装着我那堆打球赛的东西。下车后，我走在街上。那座小城我住了差不多一辈子，可全都不一样了。有人把草地上的落叶扫作一堆，在大马路上烧掉。我在旁边看着，站了很久。一切都是陌生的。后来，我继续走，感觉双脚似乎离我很远，一切都离我很远，我听到我的脚步声，从很远很远的地方传来。那次比赛中，我的脑袋被踢到。就和现在走过广场的情形一样，和走进酒店爬上楼梯的情形一样。上楼花了我不少时间，恍惚中，我觉得手里还提着我的行李箱。我房间亮着灯。比尔迎出来，在走廊上拦住我。

"嘿。"他说，"上去看看科恩吧。他一团糟，刚才还在找你。"

"让他见鬼去吧。"

"去吧。上去看看他。"

我不想再爬一层楼。

"你干吗那样看我？"

"我没有看你。上楼去，看看科恩。他看起来很不好。"

"刚才你还醉着。"我说。

"现在我也醉着。"比尔说，"不过你还是上去一趟吧，看看科恩。他想见你。"

"好吧。"我说。只不过是爬几级楼梯的事儿。我继续拎着我那幻想中的行李箱上楼。穿过走廊，去科恩的房间。门虚掩着，我敲了敲。

"谁？"

"巴恩斯。"

"进来，杰克。"

我推开门，走进去，放下我的行李箱。房里没开灯。科恩摸黑趴在床上。

"你好，杰克。"

"别叫我杰克。"

我站在门边。那次我回家时也是这样。现在，我需要的是一个热水澡。一个大浴缸，装着满满的热水，躺进去。

"浴室在哪里？"我问。

科恩在哭。趴着，脸埋在床上，在哭。

他穿着一件白色马球衫，他在普林斯顿穿的那种。

"我很抱歉，杰克。请原谅我。"

"原谅你，见鬼。"

"请原谅我，杰克。"

我一个字都没说，只是站在那里，靠着门。

"我疯了。你一定明白那是怎么回事。"

"噢，无所谓了。"

"布蕾特的事，我受不了了。"

"你叫我皮条客。"

我其实不在乎，只想洗个热水澡。放上满满一缸水，洗个热水澡。

"我知道。请别记在心上。那时我疯了。"

"无所谓了。"

他在哭。声音听起来有点儿滑稽。他穿着他的白色短袖衫，趴在床上，周围一片黑暗。他的马球衫。

"早上我就走。"

他无声地哭着。

"我只是受不了布蕾特的事。我掉进地狱里了，杰克。彻彻底底的地狱。在这里见到布蕾特，她对我的样子，就像我完全是个陌生人。我真的受不了。在圣塞瓦斯蒂安时我们还住在一起。我猜你知道这事。我再也受不了了。"

他趴在床上。

"哦。"我说，"我要去洗澡了。"

"你原本是我唯一的朋友，我原本那么爱布蕾特。"

"好了。"我说，"再见。"

"我猜那什么用都没有。"他说，"我猜那他妈的什么用都没有。"

"什么？"

"所有事。请告诉我，你原谅我了，杰克。"

"好吧，"我说，"没关系。"

"我感觉糟透了。我掉进了那样的地狱，杰克。现在一切都完了。一切。"

"好了。"我说，"再见了。我得走了。"

他翻过身，坐在床边，然后站起来。

"再见，杰克。"他说，"你会和我握个手的，对吧？"

"当然。为什么不呢？"

我们握了握手。黑暗中，我看不太清他的脸。

"好了。"我说，"明早见。"

"我明天一早就走。"

"噢，是啊。"我说。

我转身出门。科恩站在门里。

"你没事吧，杰克？"他问。

"噢，是的。"我说，"我没事。"

我不知道浴室在哪里。花了些工夫才找到。浴室里有个很深的石头浴缸。我拧开龙头，没有水。我在石头浴缸边缘坐下。等站起来打算走时，才发现脚上没穿鞋子。我到处找，找到后，把它们拎在手里下了楼。我找到了我的房间，进门，脱掉衣服，上床。

头疼和乐队经过街上的喧闹声把我折腾醒了。我想起答应过要带比尔的朋友埃德娜去看奔牛过街、进斗牛场，便换好衣服，下楼出门，走进冷冽的清晨。人们纷纷走过广场，赶往斗牛场。对面售票亭前还排着两行队伍，要等到七点才开始售票。我匆匆过街。咖啡馆的服务生说，我的朋友们来过又走了。

"他们是几个人？"

"两位先生和一位女士。"

那就没问题了。比尔和迈克跟埃德娜在一起。昨晚，她原本担心他俩醉得太厉害，所以我才保证说会带她去。我喝了杯咖啡，跟着其他人一起往斗牛场赶。现在一点儿也不晕了，只是头疼得厉害。所有东西看起来都轮廓分明，十分清晰。城里飘荡着清晨的气息。

从城边到斗牛场，地面一片泥泞。通往斗牛场的防护栏边全是人，场外看台和斗牛场屋顶上也都挤得满满当当。听见焰火弹炸响的声音，我知道来不及进场看公牛入场，便赶紧挤到护栏边。人群把我死死压在防护板上。两条防护栏之间，警察正在跑道上疏散人群。他们或走或跑，往斗牛场里赶。紧接着，奔跑的人群出现了。一个醉汉滑倒在地，被两个警察拽起来，推着翻过护栏。所有人都跑得很快。人群中一声大叫，引得我探头透过两块护板间的缝隙张望。公牛群刚现身街头，冲进长长的跑道中。它们速度很快，正在逼近人群。就在这时，另一个醉汉从护栏外蹿了进去，手里抓着一件女士衬衫，想跟公牛比划两招斗篷戏。那两个警察冲上去，揪住他的领子，一个还用警棍打他。两人合力把他拖到护栏边，紧贴挡板站定，直到人群和公牛统统跑过去。牛群前的人太多了，通过斗牛场的大门时，人群越发拥挤，速度也慢了下来。公牛到了。它们聚成一团往门里猛冲，蹄子重重踏着地面，身体两侧溅满了泥点，犄角左突右刺。一头公牛向前一个猛冲，扎进人群，逮住了一个男人。牛角从他背后刺进去，男人的双臂在身体两侧垂下，头向后仰起。公牛把他挑上半空，又甩到地上。转眼，那头牛又盯上了前面另一个人，可那人躲进人群不见了。所有人都通过了斗牛场的大门，公牛紧随其后。红色大门就要关闭，外场看台上的人推挤着往里涌。场内响起一阵又一阵惊叫。

那个被刺伤的人趴在一片狼藉的泥地上。许多人翻过护栏围上去，人太多，我看不到他。场内尖叫还在不断响起。每一阵尖叫，都代表着公牛向人群发起的一次进攻。只听声音里的紧张程度，你就可以判断出情形有多严重。片刻后，焰火弹飞上半空，宣告犍牛已经成功将所有公牛引进了畜栏。我离开护栏，回头向城里走去。

回到咖啡馆，我准备再喝一杯咖啡，吃几片黄油吐司。服务生正在打扫卫生，忙着擦桌抹椅。其中一个走过来为我点单。

"encierro（奔牛进场）时出什么事了吗？"

"我没看全。只知道有个男人被抵伤了，伤得很重。"

"抵伤哪儿了？"

"这里。"我一手按在后腰上，一手比在胸前，示意牛角多半是把他整个穿透了。服务生点点头，用他的抹布擦掉落在桌上的面包屑。

"伤得很厉害。"他说，"全都是为了好玩。全都是为了找乐子。"

他走开了，回来时端着长柄咖啡壶和牛奶壶。他为我倒上牛奶和咖啡。两股液体从细长的壶嘴中流出，在大杯子里会合。服务生点着头。

"伤得很重，从背后抵穿了。"他说。他把壶都放在桌上，拉开椅子坐下。"很厉害的刺伤。全都是为了取乐。就为了找点儿乐子。你怎么看这种事？"

"我不知道。"

"就是这样。只不过是为了好玩。好玩，你明白的。"

"你不是斗牛迷？"

"我？那些公牛是什么？畜生。凶残的畜生。"他站起来，伸手按在他的后腰上。"正好穿过后背。一道cornada（刺伤），正好穿过后背。为了好玩——你明白的。"

他摇着头，拿起咖啡壶走开了。两个男人从街上走过。那服务生大声向他们打听消息。他们神情黯淡。其中一个摇着头。"Muerto（死了）！"他喊道。

服务生点点头。两人走了。他们还有事。服务生向我走来。

"你听到了？Muerto.死了。他死了。被刺了个对穿。全都是为了一个早上的乐子。Es muy flamenco.（还真够弗拉明戈[1]。）"

"太糟了。"

"我不喜欢斗牛。"服务生说，"那对我来说没什么意思。"

当天晚些时候，消息传来了，那个被抵死的男人名叫维森特·吉若尼斯，来自附近的塔法利亚镇。第二天的报纸上说，他二十八岁，拥有一个农场，已婚，有两个孩子。婚后，他仍然每年都来参加狂欢节。他的妻子第二天就从塔法利亚赶来陪伴亡夫。第三天，圣费尔明小教堂举行了一场仪式，塔法利亚舞蹈饮酒会的成员把棺木抬到火车站。鼓手开路，管乐手奏乐，那位新寡的妻子和两个孩子跟在抬棺人身后……再后面，是来自周边各城镇的舞蹈饮酒会成员，潘普洛纳、埃斯特利亚、塔法利亚，还有桑瑰萨，能留下来参加葬礼的全都来了。棺木放置在火车的行李车厢，寡妇和两个孩子上了车，三人都坐在三等

1.弗拉明戈是一种西班牙舞蹈及音乐形式，以节奏明快热烈，充满激情而著称。服务生在这里的意思是：真够疯的。

敞篷车厢里。火车猛地一颤，开动了，稳稳绕过高地边缘，下坡，驶上平原，开往塔法利亚。铁道两侧，田地里的庄稼随风摇摆。

杀死维森特·吉若尼斯的公牛被起名叫"黑嘴"，它是桑切斯·塔韦尔诺养牛场的第118号公牛，在当天下午的第三场斗牛表演中被佩德罗·罗梅罗杀死。一片欢呼声中，它的耳朵被割下来交给佩德罗·罗梅罗，而他转手将它们献给了布蕾特，她用我的手帕包好。过后，却将牛耳、手帕，外加一堆穆拉蒂烟嘴一起，统统留在了潘普洛纳，就塞在蒙托亚酒店她房间床头柜的抽屉深处。

回到酒店时，看更人还坐在大门里的长凳上。他已经守了一整夜，困得要死。我一迈进大门，他就站起身来。三名女服务员也正好进门，说笑着往楼上走。她们也去看了斗牛场的早场活动。我跟在她们后面上楼，回到房间。脱掉鞋子，倒在床上。阳台窗户开着，屋里阳光很亮。我不困。昨晚上床时起码三点半了，乐队六点就把我吵醒。下巴两侧都疼得厉害。我伸出拇指和其他手指摸了摸。该死的科恩。他真应该在第一次被辱骂时就去找个人揍一顿，然后滚得远远的。他那么笃定，相信布蕾特是爱他的。他要留下来，真爱能征服一切。有人敲门。

"请进。"

是比尔和迈克。他们在床边坐下。

"好一场encierro（奔牛入场），"比尔说，"好一场encierro。"

"嘿，你没去吗？"迈克问，"打铃叫点儿啤酒上来，比尔。"

"怎样的早晨啊！"比尔说，摩挲着他的脸，"我的上帝！这是个怎样的早晨啊。还有老杰克。老杰克，人形沙包。"

"里面什么情况？"

"我的上帝啊！"比尔说，"什么情况，迈克？"

"那些公牛进来，"迈克说，"人群就在它们跟前，有个家伙摔倒了，结果带倒了一大堆人。"

"公牛就那么越过他们，全都冲了进来。"比尔说。

"我听见尖叫了。"

"那是埃德娜。"比尔说。

"不断有人冲出去，挥舞着他们的衬衫。"

"还有一头牛绕着栅栏跑，见人就挑。"

"大概得有二十来个人被送到医疗室了。"迈克说。

"怎样的一个早晨啊！"比尔说，"该死的警察一直在抓人，抓那些想冲出去招惹公牛的家伙。简直是自杀。"

"最后犍牛还是把它们都引进去了。"迈克说。

"花了差不多一个小时。"

"其实只有一刻钟。"迈克提出反对意见。

"噢，见鬼。"比尔说，"你是上过战场的人。对我来说，这得有两个半小时。"

"啤酒怎么还没来？"迈克问。

"你们把可爱的埃德娜小姐带去哪儿了？"

"刚刚送她回去。她睡觉去了。"

"她喜欢吗？"

"还不错。我们跟她说，每天早晨都差不多这样。"

"她绝对印象深刻。"迈克说。

"还想要我们也下场去呢。"比尔说，"她喜欢刺激。"

"我跟她说，这对我的债主不大公平。"迈克说。

"怎样一个早晨啊。"比尔说，"还有那样的晚上！"

"你下巴怎么样，杰克？"迈克问。

"疼死了。"我说。

比尔大笑。

"你干吗不拿椅子砸他？"

"说得轻巧。"迈克说，"你要在的话，他一样会把你揍趴下。我根本就没看见他动手。真的，前一秒我还看着他，下一秒就坐在大街上了，杰克躺在桌子下面。"

"后来他去哪儿了？"我问。

"来了。"迈克说，"美丽的女士带着啤酒来了。"

客房服务员把托盘放在桌上，上面放着瓶装啤酒和玻璃杯。

"再拿三瓶来。"迈克说。

"打过我以后，科恩去干吗了？"我问比尔。

"你不知道？"迈克打开一瓶啤酒，往玻璃杯里倒，瓶嘴贴住杯壁。

"真不知道？"比尔问。

"哈，他跑回来，跑到那斗牛士的房间，找到布蕾特和那个斗牛士小子，把那可怜又可恶的斗牛士小子狠狠揍趴下了。"

"不是吧。"

"是的。"

"多带劲儿的夜晚啊！"比尔说。

"他差点儿就把那可怜又讨厌的斗牛士给宰了。然后，科恩想带布蕾特走。我猜多半是想跟她结婚。那场面真他妈感人。"

他喝了一大口啤酒。

"他就是头蠢驴。"

"后来呢？"

"布蕾特狠狠骂了他一顿。叫他滚。我觉得她真是棒极了。"

"我敢打赌，她的确很棒。"

"然后科恩就崩溃了，哭了起来，想去和那个斗牛士小子握手。他还想和布蕾特握手。"

"我知道。他和我握手了。"

"他真这么干了？好吧，不过他们才不想和他握手呢。那个斗牛小子真是好样的。他一点儿废话没有，只是不断地站起来，又不断被打倒。科恩根本没法击溃他。那场面，肯定好玩儿极了。"

"这些你都是从哪儿听来的？"

"布蕾特说的。今天早晨我遇见她了。"

"最后呢？"

"好像是，那个斗牛小子坐在床上。他被打倒了差不多有十五次，还想再战斗。布蕾特拦住他，不让他站起身来。他很虚弱，布蕾特扶不动他，他自己爬起来。然后科恩就说，他不会再动手了，他不能那么做。还说那是不道德的。可那斗牛小子跟跟跄跄地扑向他。科恩就往后退，一直退到墙边。

"'那么，你不打我了？'

"'不打了。'科恩说，'我会为此而羞愧的。'

"跟着，那个斗牛小子用尽他全部的力气，照科恩脸上揍了一拳。揍完就坐倒在地板上。他站不起来了，布蕾特说的。科恩想拉他起来，把他扶到床上去。可他说，如果科恩帮他，他就杀了他。还说，如果到今天早上，科恩还待在这座城市里，他无论如何也要杀了他。科恩一直哭，布蕾特叫他滚开，可他还想握手。就像我之前跟你说的。"

"继续，讲完。"比尔说。

"后来，好像是，斗牛小子就那么坐在地板上，等着攒足了力气，好起身再揍科恩一拳。布蕾特也没要握手的意思。科恩哭着对她说，他有多爱她。她回答说，让他别再像头蠢驴一样。科恩又弯下腰，去跟斗牛小子握手。你知道，没什么恶意的。那完全是为了求取谅解。结果斗牛小子又给了他脸上一拳。"

"真是个孩子。"比尔说。

"他把科恩给打垮了。"迈克说，"你知道吗，我觉得科恩这辈子都不会再动揍人的念头了。"

"你什么时候遇到布蕾特的？"

"今天早晨。她来拿些东西。她在照顾那个叫罗梅罗的小子。"

他又倒光了一瓶酒。

"布蕾特真的很心疼他。不过她喜欢照顾别人。这就是我们能走在一起的原因。她一直在照顾我。"

"我知道。"我说。

"我真是醉了。"迈克说，"我觉得我会永远这么烂醉下去。这事儿从头到尾都滑稽透了，可总归让人不大舒服。对我来说，不大舒服。"

他喝干了啤酒。

"我骂了布蕾特，你知道。我说，既然她要和犹太人、斗牛士或者诸如此类的人混在一起，就该料到会有麻烦。"他探过身子，"我说，杰克，不介意我把你这瓶也喝掉吧？她马上就会再拿些来了。"

"请便。"我说，"反正我也不喝。"

迈克动手开酒瓶。"能帮我开一下吗？"我拧开铁丝圈，给他倒酒。

"你知道，"迈克接着说，"布蕾特当初真的很好。她总是那么好。我骂了她一顿，骂她和犹太人、斗牛士混在一起，以及所有那类人，你知道她说什么？'是啊。我和那英国贵族在一起时过的才真叫快活日子呢！'"

他喝了口酒。

"说得真好。阿什利，就是那个给她头衔的家伙，是个海员，你知道。第九代的从男爵[1]。回到家他也不睡床。总是让布蕾特睡在地上。最后，他的情况变得一塌糊涂，他一直威胁布蕾特说要杀了她。睡觉时还老要带着一把装满子弹的左轮手枪。布蕾特总是等他一睡着就把子弹拿出来。她没过过什么真正快活的日子，布蕾特。太不应该了。她是那么享受一切。"

他站起来，手发着抖。

"我要回房去，争取睡上一会儿。"

他微笑着。

"我们在这些狂欢节上都睡得太少了。我现在就去，好好睡一觉。不睡觉真他妈不是好事，闹得人神经兮

_____

1. 从男爵（baronet），又称"准男爵"。从男爵爵位是英国独有的，由英王詹姆士一世于1611年创立，目的在于募集资金。该爵位可世袭，但不属于贵族爵位，持有人在上议院没有席位，其身份比男爵低，比骑士高，可在名字后加缀"爵士"头衔。传统世袭贵族爵位分五级，根据地位高低，依次为：公爵、侯爵、伯爵、子爵、男爵。

分的。"

"咱们中午在伊露尼亚见。"比尔说。

迈克走出门。我们听着他进了隔壁房间。

他打了铃，客房服务员过来，敲了敲门。

"给我来半打啤酒和一瓶芬达多。"迈克告诉她。

"Sí, Señorito.（好的，先生。）"

"我要去睡觉了。"比尔说，"可怜的老迈克。我昨晚还为他跟人大吵了一架呢。"

"在哪儿？就是那个什么米兰酒吧？"

"是啊。那儿有个家伙曾经资助布蕾特和迈克去戛纳，就一次。那真是个该死的下流坯。"

"我知道那事儿。"

"我不知道。没人有权利对迈克说那种话。"

"事情就坏在这些地方。"

"他们没有任何权利。我只愿他们什么该死的权利都不要有。我要去睡觉了。"

"斗牛场里有人死了吗？"

"我想没有。最多重伤。"

"场外有个男人死了，在跑道上。"

"还有这事？"比尔说。

第十八章

　　中午我们都泡在咖啡馆里。人很多。我们吃着虾，喝着啤酒。城里到处都是人。每条街都被塞得满满的。从比亚里茨和圣塞瓦斯蒂安来的大巴一辆接一辆开进来，停在广场周围。车上都是来看斗牛的人。观光旅行车也来了。其中有一辆白色大车，里面坐着二十五个英格兰女人。她们就待在车里，举着眼镜看狂欢节。跳舞者全都醉得不轻。这是狂欢节的最后一天。

　　狂欢节俨然一个大熔炉，没人能置身事外。除了这些大巴和旅行车。它们是冷眼旁观的小小孤岛。当车辆清空，旁观者便被人群吞没。你甚至没法再分辨出他们，除非看到那些运动装出现在咖啡桌边，挤在一群农民的黑外套中，那才会显得突兀古怪。狂欢节甚至把比亚里茨的英格兰人也同化了，要是不靠近咖啡桌边，你根本就认不出他们来。无论什么时候，街上都有音乐声。鼓点咚咚响个不停，簧管一刻不曾止歇。咖啡馆里，人们或者手扶桌子，或者紧紧揽住别人的肩，用粗嘎的声音唱歌。

"布蕾特来了。"比尔说。

我抬眼望去，看到她正从广场上的人堆里穿过，昂着头，仿佛狂欢节是她骄傲的舞台，让她觉得既愉快又好笑。

"嗨，伙计们！"她说，"噢，我真是渴坏了。"

"再来一大杯啤酒。"比尔对服务生说。

"来点儿虾？"

"科恩走了？"布蕾特问。

"是的。"比尔说，"他雇了辆车走了。"

啤酒来了。布蕾特端起玻璃杯。她的手在发抖。她看看杯子，微笑着低头吸了一大口。

"好酒。"

"相当好。"我说。我有点儿担心迈克。我不觉得他睡过了。他肯定是一直在喝酒，好在看起来还没失控。

"听说科恩打伤你了，杰克。"布蕾特说。

"没有。把我打晕了。仅此而已。"

"唉，他倒是真的伤着佩德罗·罗梅罗了。"布蕾特说，"他伤得非常厉害。"

"他还好吧？"

"会好的。他不愿意出门。"

"看起来很糟糕吗？"

"非常糟。他是真的受伤了。我告诉他，我得出来一

264

下，花几分钟，见见你们几个。"

"他还要上场吗？"

"当然。我和你一起去，如果你不介意的话。"

"你的小男孩朋友怎么样了？"迈克问。他压根没听布蕾特刚才的话。

"布蕾特找了个斗牛士。"他说，"她还有个犹太情人叫科恩，可他的下场很糟糕。"

布蕾特站起来。

"我不会在这里听你倒这些垃圾，迈克尔。"

"你的小男朋友怎么样了？"

"好得要命。"布蕾特说，"等着下午看他吧。"

"布蕾特找了个斗牛士。"迈克说，"一个漂亮、可恶的斗牛士。"

"杰克，你能陪我过去吗？我想跟你聊会儿。"

"把你那斗牛士的事儿统统告诉他。"迈克说，"噢，你的该死的斗牛士！"他一把掀翻桌子，啤酒、虾、盘子全都摔在地上。

"来吧，"布蕾特说，"我们离开这里。"

走在广场上的人群里，我说："怎么了？"

"午饭后到上场前这段时间，我不能回去看他。他的人会来帮他整装，做准备。他说，他们非常生我的气。"

布蕾特容光焕发。她很高兴。太阳出来了，天色也明亮起来。

"我感觉一切都变了。"布蕾特说，"你不明白的，杰克。"

"想要我做点儿什么吗？"

"不用，只要陪我去看斗牛就行了。"

"那么，午餐时见？"

"不了。我和他一起吃。"

我们站在酒店门前的拱廊下。他们正把桌子搬出来，在拱廊下安置好。

"想出去到公园里走走吗？"布蕾特问，"我还不想上去。我想他大概在睡觉。"

我们走过剧院，离开广场，经过集市里成排的房子，跟着人群挪动。走道两边摆满了小摊。我们从一个交叉路口穿出来，路口不远就是萨拉萨蒂步行街[1]。我们看了看街上的人，成群结队，个个打扮入时，都在公园头上来回散步。

"咱们别过去了。"布蕾特说，"这会儿我不想让人盯着看。"

我们站在太阳地里。天气很好，也很热。之前从海上飘过来些云，下了一阵雨。

"但愿风能停下来。"布蕾特说，"这对他很不利。"

---

1. 萨拉萨蒂步行街（Paseo de Sarasate）是潘普洛纳的标志地带，连接老城与新区。

"希望如此。"

"他说那些公牛都不错。"

"的确挺好的。"

"那是圣费尔明教堂吗？"

布蕾特望着教堂的黄墙。

"是的。礼拜天的活动就从那里开始。"

"我们去看看吧。你介意吗？我实在是想祈祷一下，为他，或是别的什么。"

我们跨过大门，走进教堂。门上包裹着皮革，很重，可开关起来却非常轻巧。教堂里很暗。祈祷的人不少。可在眼睛适应那昏暗的光线之前，你根本就看不到他们。我们找了个长条木凳，并排跪下。很快，我就感觉到布蕾特僵硬起来，转头一看，她正直愣愣地盯着前方。

"走吧。"她悄声说，嗓子发哑，"我们出去吧。这里让我紧张得要死。"

我们走出教堂，回到明亮炽热的街头。布蕾特抬头望着树冠，风摇动着树梢。祷告不太成功。

"不知道为什么，我在教堂里会那么紧张。"布蕾特说，"这从来就帮不了我。"

我们慢慢往前走。

"只要碰到宗教氛围，我就一塌糊涂。"布蕾特说，"说不定是我的脸长得不对。"

"你知道吗，"布蕾特说，"我一点儿不为他担心，倒是因为他而感到快乐。"

"那很好啊。"

"不过，还是希望风能停下来。"

"到五点肯定就停了。"

"但愿如此。"

"你可以祈祷。"我笑道。

"那对我没用。我的祈祷从来没有实现过。你有过吗？"

"嗯，有的。"

"噢，胡说。"布蕾特说，"也许它对某些人有用吧，不过你也不像是很虔诚的人，杰克。"

"我很虔诚的。"

"噢，得了吧。"布蕾特说，"别选在今天开始传道。今天已经够糟的了，后半天也不见得会好。"

自从和科恩出去过以后，我这还是头一次看见她像过去那样开心，无忧无虑。我们回到酒店门前。现在，桌子全都摆放停当，好几桌已经坐满人在吃饭了。

"千万照看好迈克。"布蕾特说，"别让他太离谱了。"

"您的盆（朋）友们已清（经）上楼了[1]，"酒店的德国领班用英语说。他永远都在偷听别人说话。布蕾特转

---

1. 原文以拼写错误来表现这位德国领班的浓重口音。

身对他说：

"谢谢你，非常感谢。还有别的话要说吗？"

"没有了，夫人。"

"很好。"布蕾特说。

"给我们留张桌子，三个人。"我对那德国人说。他拉开他那唇红齿白的微笑，带几分猥琐。

"夫人解（也）一起吗？"

"不。"布蕾特说。

"阿么（那么）我想两个位子就厚（够）了。"

"别跟他啰唆了。"布蕾特说，"迈克的情况肯定不好。"她站在楼梯上说。我们上楼时遇到了蒙托亚。他躬了躬身，板着脸，一丝笑容也没有。

"我回头到咖啡馆找你。"布蕾特说，"谢谢你，真的，杰克。"

已经到我们的楼层了。她顺着走廊走到罗梅罗的房门前，没有敲门，直接推门进去，随手带上了门。

我走到迈克门前，抬手敲了两下。没人回答。我试着转动把手，门开了。屋里一片狼藉。所有行李都敞开着，衣服扔得满地都是。床边全是空酒瓶。迈克躺在床上，像死了一样。他撑开眼皮，看看我。

"嗨，杰克。"他说话非常慢，"我正要睡——睡一小——小觉。我老——早就想睡——睡一小觉了。"

"我帮你找点儿东西盖。"

"不用。我很暖和。"

"别走，我还——还没睡——睡着。"

"你会睡着的，迈克。别担心，孩子。"

"布蕾特找了个斗牛士。"迈克说，"不过她的犹太情人滚蛋了。"

他转过头，看着我。

"真——他妈的是——是好事，是吧？"

"是的。现在睡吧，迈克。你该睡会儿了。"

"我正要睡——睡。我就——睡一小——小会儿。"

他闭上眼睛。我走出去，轻轻带上房门。比尔在我的房里看报纸。

"去看过迈克了？"

"是的。"

"我们去吃饭吧。"

"那个德国服务生头儿在，我不想下去吃饭。我把迈克弄上楼时，他真是讨厌极了。"

"他对谁都一样，招人讨厌。"

"我们出去，到城里吃吧。"

我们下楼。在楼梯上遇到一个女孩，端着托盘，上面盖了盖子。

"那是布蕾特的午餐。"比尔说。

"还有那男孩的。"我说。

门外，拱廊下的露台上，那个德国领班迎上来。他的双颊红得发亮。这会儿倒是很有礼貌了。

"我为先生们由（留）了一张戳（桌）子，两个人的。"他说。

"你自己坐去吧。"比尔说。我们继续往外，走到街对面。

在广场旁一条小巷里，我们找了家餐厅吃饭。店里吃饭的全是男人。烟雾腾腾的。所有人都在喝酒、唱歌。食物很好，酒也不错。我们没聊什么。之后，我们去了咖啡馆，看狂欢进入高潮。午饭后不久，布蕾特就来了。她说她到迈克房里看了看，他睡着了。

当狂欢气氛冲上顶点时，我们跟着人群向斗牛场走去。布蕾特坐在场边，比尔和我一左一右。我们正下方就是callejón —— 那是一条过道，介于看台和斗牛场栅栏的红色护板之间。我们身后，水泥看台上挤得水泄不通。前方，红色栅栏内，斗牛场的黄沙地已经平整过了。因为下过雨，场地看着有点儿湿，但太阳一晒就干了，又平整又坚实。持剑随从和斗牛场的工作人员刚走过callejón，肩上扛着柳条篮子，里面装着斗牛用的斗篷和穆莱塔[1]，全都血迹斑斑，叠得整整齐齐地放在篮子里。持剑随从打开沉

---

1. Muleta，原意是拐杖，在斗牛表演中特指附有木杆把手的红布。因此有后文中布蕾特的疑问。这块红布与斗篷（cape）不一样，仅用于最后回合，在逗引公牛的同时，掩饰剑刺手（即主斗牛士）手中的剑。而在此前的回合中，剑刺手用斗篷来引导公牛进攻，对其加以控制，并向观众展示种种诱牛与闪避的套路。

甸甸的皮剑囊，把剑囊倚在栅栏护板上，一束裹着红布的剑柄露了出来。他们把穆莱塔的红色法兰绒布一块块展开，逐一装上木棍——木棍能让红布展开，也方便剑刺手抓拿——红布上的暗色血迹斑斑点点，清晰可见。布蕾特看着这一切，完全被这些专业的细节吸引住了。

"他所有的斗篷和'拐杖'上都印着名字。"她说，"为什么管它们叫'拐杖'？"

"不知道。"

"我怀疑他们有没有洗过这些红布。"

"我猜是不洗的。洗了容易褪色。"

"血肯定会让布变硬。"比尔说。

"真有趣。"布蕾特说，"人怎么可能对血迹视而不见。"

脚下，在 callejón 的狭窄通道里，持剑随从们已经完成了所有准备工作。全场都坐满了，就连高处的包厢里都挤满了人。除了总裁判的包厢，一个空位也找不出来。只等他进场，表演就可以开始了。隔着平整的沙地，斗牛士们都站在场地对面的高大门洞里，门洞通向牛栏。他们的胳膊上搭着斗篷，聊着天，等待信号响起，就列队入场。布蕾特举起望远镜看他们。

"喏，你要看看吗？"

我接过望远镜，看到了三位剑刺手。罗梅罗站在中间，贝尔蒙特[1]在他左边，马尔西亚尔在右边。后面是他们各自的伙伴，先是花镖手，然后是长矛手，长矛手站在门洞深处或牛栏前的空地上。罗梅罗穿了一套黑色斗牛服。他的三角帽低低地压在眼睛上。帽子遮着，看不清他的脸，但看起来伤得不轻。他直直望着前方。马尔西亚尔小心翼翼地抽一根香烟，烟藏在手心里。贝尔蒙特也望着前面，他脸色苍白发黄，长下巴像狼一样向外伸出。他什么也没看。无论他，还是罗梅罗，看起来都和其他人完全不一样。他们都是独自一人。总裁判进场了。我们头顶的大看台上响起掌声，我把望远镜递给布蕾特。欢呼声紧接着响起。音乐奏响。布蕾特拿着望远镜看了看。

"给，你看看。"她说。

透过望远镜，我看到贝尔蒙特在跟罗梅罗说话。马尔西亚尔挺直身体，扔掉他的香烟，直视前方。他们昂起头，摆动起空着的手臂，三位剑刺手出场了。他们背后是整个步行队伍，所有人集体亮相，个个大步流星，斗篷都卷在胳膊上，摆动着空闲的手臂。随后，长矛手骑马出场，高举着长矛，像轻骑兵一样。最后出现的，是两队骡子和斗牛场的工作人员。剑刺手们走到裁判包厢前，单手

---

1. 这里指的是胡安·贝尔蒙特（Juan Belmonte García, 1892—1962），他被认为是西班牙有史以来最伟大的斗牛士之一。1908年开始跟随一个少年斗牛士团体周游西班牙，1910年在斗牛场上杀死了他的第一头公牛。巅峰期过后曾两度退休两度复出，直至1935年第三次退休。他本人也是海明威的密友。

脱下帽子，鞠躬致意，然后，穿过斗牛场，来到我们下方的栅栏边。佩德罗·罗梅罗脱下他厚重的织金斗篷，越过护栏递给他的持剑随从。他对持剑随从说了几句什么。这会儿，罗梅罗就站在下面，离得很近，我们能清楚看到他的脸，嘴唇肿着，两只眼睛都乌青了，脸庞也肿胀瘀青。持剑随从接过斗篷，抬头看看布蕾特，走过来，把斗篷递给她。

"展开来，放在你面前。"我说。

布蕾特俯身向前。斗篷绣了金线，很重，很挺括。持剑随从回头看到，摇了摇头，说了几句话。旁边的男人越过我，凑近布蕾特。

"他不是要你摊开。"他说，"应该把它折好，放在你的膝盖上。"

布蕾特折好这厚重的斗篷。

罗梅罗没有抬头看我们。他正在和贝尔蒙特说话。贝尔蒙特的大斗篷交给了几个朋友。他看向他们，浅浅笑了笑，他狼一样的浅笑也仅止于嘴角。罗梅罗趴上栅栏，伸手要水。持剑随从递过水壶。罗梅罗把水倒在他斗牛斗篷的细棉布衬里上，又用他穿着浅口平底鞋的脚在沙地上蹭斗篷的下摆。

"这是在做什么？"布蕾特问。

"增加点儿分量，免得被风吹飞了。"

"他的脸看起来可够糟糕的。"比尔说。

"他感觉糟透了。"布蕾特说,"他该躺在床上的。"

第一头牛是贝尔蒙特的。贝尔蒙特表现得很好。但因为他赚了三万比塞塔,人们整夜排队买票来看他,所以大家对他的要求远不止"很好"。说起贝尔蒙特,他最大的魅力就在于能紧贴住公牛来行动。在斗牛表演中,很讲究"公牛的地盘"和"斗牛士的地盘"。斗牛士只要停留在自己的地盘上,就相对安全。每当他侵入公牛的地盘,也就是置身于巨大的危险之下。当贝尔蒙特还在巅峰期时,他总是游走在公牛的地盘里。就这样,他带来一种体验,仿佛悲剧随时可能降临。人们涌进斗牛场来看贝尔蒙特,体验悲剧迫近的感觉,甚至,有可能亲眼目睹贝尔蒙特的死亡。十五年前,他们说,如果你想看贝尔蒙特,就得抓紧,趁他还活着。即便从那时算起,他杀死的公牛也超过了一千头。在他退休后,关于他的斗牛如何如何的传说愈演愈烈。以至于到他当真复出时,公众都失望了。因为没有任何真实的人能像传说中的贝尔蒙特那样,做到那样贴近公牛。当然不行,哪怕是贝尔蒙特本人。

贝尔蒙特也强行提出了一些条件,坚持他的公牛不能太大,牛角不能太尖锐太危险。自然,能带来悲剧感的必备要素也就不复存在了。至于公众的期望,比当年贝尔蒙特能做到的还要高三倍,更别说如今他还得了瘘管病。于是,大家觉得受骗了,被糊弄了。嘲弄声中,他的狼下巴扬得更高，脸色更黄，随着疼痛加剧，他的一举一动也越发艰难。最后，人们开始用行动发泄不满，而他则以彻底的轻蔑与冷漠相抗。他原本指望有个光彩的下午，结果，得到的却是饱受嘲笑与谩骂的半天。到最后，坐垫、面包片、蔬菜满天乱飞，砸向他，砸向斗牛场。就在那个场上，他曾经赢得过最辉煌的胜利。他只有把下巴抬得更高。有时候，当被骂得太难听时，他会笑一下，龇着牙，伸长下巴，嘴唇绷紧。每挪动一下，他的疼痛就更加剧烈，直到他蜡黄的脸变成了羊皮纸的颜色。等到他杀掉第二头公牛，面包坐垫也丢得差不多了。他向总裁判示意，仍旧带着那种狼下巴的笑和冷漠的双眼。他把剑递过栅栏，让人擦干净，放回剑囊。自己走到callejón（通道）里，靠在我们下面的护栏上，头埋在胳膊里，什么也不看，什么也不听，只是忍受着他的痛苦。等终于抬起头来时，他要了一点儿水。喝一小口，含在嘴里漱了漱，又吐掉。然后，他拿起斗篷，回到场内。

为了表示对贝尔蒙特的不满，观众全都倒向了罗梅罗。他刚离开栅栏朝公牛走去，人们就开始欢呼喝彩。贝尔蒙特也看着罗梅罗，一直在看，只是装作不在意的样子。他压根儿没去关注马尔西亚尔。马尔西亚尔属于他知根知底的那种斗牛士。他复出就是为了和马尔西亚尔一决高下，很笃定自己能赢。原本，他只想着和马尔西亚尔或某些衰落时代[1]的斗牛士比一比。他心里清楚，只要一上场，在他实实在在的斗牛技巧面前，衰落时代的斗牛士那些花哨把戏都只能沦为陪衬。他的复出被罗梅罗毁了。从头到尾，罗梅罗的姿态都那么流畅、冷静、漂亮。而他自己，贝尔蒙特，如今也只能偶尔做到这样。人们感觉到了，包括从比亚里茨来的人。最后，就连美国大使都看出来了。这是一场贝尔蒙特不愿参与的对抗，比拼这个，只会让他被狠狠抵伤，甚至丢了性命。贝尔蒙特不再那么出色了。他不再拥有曾经斗牛场上那些最荣光的时刻。甚至不确定当年是否有过什么荣光的时刻。时过境迁。如今，生活里只剩偶尔一闪的光彩。面对他的公牛，他还保有些许旧时的风采，但却一文不值。早在他走下公车，来到朋友的牧场，靠在围栏上审视牛群，挑选出几头不那么危险的公牛时，一切就打了折扣。他有了两头小的、温驯的、没什么犄角的公牛。当他感觉到旧日荣光重来时，却又因为常年病痛的困扰，只能得回一丁点儿，就这么点儿，还是提前打了折扣又售出的。这没法让他感觉良好。这的确是当年的风采，却再也不能让他感受到斗牛的奇妙。

佩德罗·罗梅罗有风采。他爱斗牛，我猜他也爱牛，多半，他还爱布蕾特。整个下午，他竭尽所能，把表演控

---

1. 衰落时代，特指西班牙斗牛运动衰落的时期，具体始于1920年小何塞被刺伤身亡事件。此前的1914—1920年被称为西班牙斗牛运动的黄金时期，这也是贝尔蒙特与小何塞分庭抗礼，竞争最为激烈的时期。

制在布蕾特跟前，却一次也没抬头往上看。他因此变得更加强大，为她而战，也为自己而战。他没有抬头探看这表演是否取悦了她，可见他做的一切完全发自内心，这令他强大。然而，他也仍在为她而战。他为她去做，却没有损伤分毫自我。整个下午，他都得益于此，大获成功。

他的第一个"引开"[1]就是在我们正下方完成的。三位剑刺手轮番上场，每当公牛对长矛手发起一次攻击，就上前将它引开。贝尔蒙特是第一个。马尔西亚尔第二。然后是罗梅罗。他们三人站在马匹左侧。长矛手的帽子低压在眉上，手握矛柄，矛头直指公牛，左手挽住缰绳，轻踢马刺，控马向公牛靠近。公牛注视着他们。看起来是盯着白马，实际上，关注的是钢制的三角矛头。罗梅罗也盯着它，一见公牛打算转过头不进攻，便立刻轻抖斗篷，用那鲜亮的颜色吸引公牛的视线。公牛追着反光进攻，进攻，猛然发现，面对的不是反光，而是一匹白马。有人高踞马上，正倾身过来，将核桃木长柄顶上的钢铁矛尖刺进公牛隆起的肩峰，然后斜拉缰绳，驱动白马绕着长矛跑动，刺出伤口，把钢矛往牛肩里送得更深，好让它先流些血，帮贝尔蒙特做好准备。

---

1. 引开（quite）是斗牛表演术语，出自西班牙语单词"quitar"，原意是去掉、拿掉，特指斗牛士将公牛从已经遭受攻击的长矛手及其马匹身边引开，引导其定位在下一个长矛手面前的动作。在《死在午后》和《危险的夏天》两部著作中，海明威都曾就此做出过解释。

钢矛之下，公牛没有坚持。它本来就没真想攻击马匹。它掉转头，离开长矛手和马。罗梅罗用斗篷把它引开了。他逗引着它，动作轻柔流畅，然后停下，站定在公牛面前，展开斗篷。公牛竖起尾巴，向前猛冲，罗梅罗在公牛眼前挥动胳膊，旋转身体，脚跟牢牢钉在地上。斗篷上洒过水，沾了泥，沉甸甸地展开来，像一面鼓满风的船帆。罗梅罗紧贴在公牛面前，展开斗篷，原地旋转。一轮诱闪结束，他们再次面对面。罗梅罗微微一笑。公牛还想再来一次，罗梅罗的斗篷再次展开，这次换到了另一侧。每一次，他都让公牛贴身擦过，以至于公牛、人，还有在公牛面前展开、旋转的斗篷，全都凝为一体，鲜明而深刻。一切都如此舒缓，拿捏得如此得当。就仿佛他其实是在晃动摇篮，哄公牛入眠。他做了四次这样的贝罗尼卡[1]，最后以一个半贝罗尼卡结束，背对公牛，迎向欢呼的观众，手扶腰臀，斗篷搭在胳膊上。公牛眼睁睁看着他的背影离去。

　　轮到对付他的公牛时，罗梅罗表现堪称完美。他的第一头牛视力不好。两个斗篷诱闪之后，罗梅罗就对它视力受损的程度一清二楚了。他据此行动。这不是一场了不起

---

　　1. 贝罗尼卡（veronica）是斗牛表演中的一种诱闪套路，斗牛士在公牛面前缓缓挥动斗篷，同时以脚跟为轴心，转动身体避开公牛的进攻，最终回到与公牛面对面的状态。半贝罗尼卡（half-veronica）则转动不完全，最终不与公牛相对。"贝罗尼卡"的名称取自一名圣女的名字，传说基督耶稣背负着十字架到了各各他时，她曾用汗巾为耶稣拭面。这里用圣女为基督拭面的动作表示斗篷在公牛面前的轻柔挥动。

的斗牛表演，只算得上无可挑剔而已。观众希望能换一头牛，鼓噪得厉害。如果一头牛连诱饵都看不见，就别指望能有什么出彩的地方了。但总裁判不会同意。

"他们为什么不换掉它？"布蕾特问。

"他们已经花钱买下它了。当然不想白白损失掉他们的钱。"

"这对罗梅罗太不公平了。"

"瞧着吧，看他是怎么对付连颜色都看不见的公牛的。"

"这可不是我想看的东西。"

一旦你关心做事的人，就很难再好好欣赏事情本身了。这头牛看不见斗篷的颜色，也看不见穆莱塔鲜红的法兰绒，罗梅罗只能用身体来引导它。他不得不贴得如此之近，好让公牛能看见他的身体，向他发起进攻，然后，再将公牛的进攻引到法兰绒红布上，以正宗的方式完成诱闪。比亚里茨的家伙们不喜欢这个。他们觉得罗梅罗害怕了，才会每次都闪开一小步，把公牛的进攻从他自己身上引到穆莱塔身上去。他们更喜欢看贝尔蒙特模仿他自己，或是马尔西亚尔模仿贝尔蒙特。我们身后就有三个家伙在吵吵嚷嚷。

"那头牛有什么好怕的？只会追着布头转，笨得要死。"

"他只是个年轻人，还没学会斗牛士的本事呢。"

"但我觉得他之前用斗篷时还不错。"

"也许现在紧张了。"

场地中心，罗梅罗孤身一人，继续做着同样的事。紧紧靠近，让公牛能清楚看见，用身体吸引它，吸引它再靠近一点儿，那牛愣愣地看着。然后，近到公牛以为能刺中他了，再来一次，终于引得公牛出击。就在牛角抵上的前一瞬，几不可察地微微一抖穆莱塔，引开公牛。就是这个，冒犯了挑剔的比亚里茨斗牛专家们。

　　"他要动手杀它了。"我对布蕾特说，"公牛还很精神。他没有耗尽它的体力。"

　　场地正中，罗梅罗侧身站在公牛正前方，从穆莱塔的夹层里抽出剑，踮起脚尖，目光随着剑锋走。罗梅罗和公牛同时发起进攻，罗梅罗左手抖开穆莱塔，垂在公牛面前遮挡它的视线，左肩向前一送，插进公牛两角之间，剑随之刺入。就在那一刹那，他与牛合为一体，罗梅罗倾身凌驾在公牛上方，右臂高高举起，探向公牛两肩之间剑柄陷入的地方。紧接着，凝固的画面被打破。罗梅罗离开牛身时微微一晃，站住，一只手举起，面对公牛，他衬衫一只袖子的下面被划破了，白布在风中飘荡。至于那头公牛，红色剑柄紧紧嵌在它的双肩之间，它的头渐渐垂下，四肢缓缓弯倒。

　　"它马上就要死了。"比尔说。

　　罗梅罗站得很近，公牛能看到他。他在对公牛说话，一手仍然高举着。公牛奋起力气，头往前伸出，慢慢翻倒，突然，整个儿翻了过来，四脚朝天。

他们把剑抽出来，递给罗梅罗，他单手接过，剑尖朝下，另一只手拿着穆莱塔，穿过场地，走到总裁判包厢前，鞠一躬，直起身子，再回到栅栏边，把剑和穆莱塔递给持剑随从。

"这牛不好。"持剑随从说。

"折腾得我出了一身汗。"罗梅罗说。他擦擦脸。持剑随从递过水壶。他摸了一下嘴唇。就着壶喝水弄疼他了。他没有抬头看我们。

马尔西亚尔当天大获成功。直到罗梅罗的最后一头牛进了场，他们还在为他欢呼。现在进来的，是早晨在奔牛活动中刺死人的那头公牛。

对付第一头公牛时，罗梅罗脸上的伤很是显眼。他的每一个动作，都将伤痕暴露在众人眼前。他专心致志地与那头弱视公牛周旋，费力，巧妙，只是无暇掩饰伤痕。和科恩的那一架没有打垮他的精神，却伤了他的身体，毁了他的容貌。现在，他要把这一切都抹去。他每对这头公牛做一件事，都将之前的印象抹去一点儿。这是一头好牛，高大、强壮，犄角有力，无论转身还是攻击都轻松干脆。正是罗梅罗想要的那种牛。

当他完成穆莱塔的部分，准备击杀公牛时，观众却要求他继续。他们还不想看这头牛被杀死，不想结束这场表演。罗梅罗便继续下去。这简直就是一场斗牛的示范教学。那一连串的诱闪，每一个都完整无误，无不舒缓从容、韵律悠然[1]，流畅而优雅。没有花招，没有故弄玄虚。没有唐突冒进。每一回合的高潮，都会让你的心猛地一抽。观众只希望这一切永远不要结束。

公牛四蹄立定，就要面临最后时刻。罗梅罗在我们的正下方完成了击杀。这一次，不像面对前一头牛那样是被迫行事，看起来，他只是想要这么做。他侧身站在公牛正前方，从穆莱塔的夹层中抽出剑，目光跟随剑锋。公牛看着他。罗梅罗对公牛说着话，一只脚轻点拍子。公牛冲上来了。罗梅罗正等着它。他将穆莱塔拿得低低的，眼盯着剑锋，双脚纹丝不动。不待上前一步，他就与公牛联成了一个整体，剑高耸在公牛双肩之间，公牛正追逐着向下摆动的法兰绒。罗梅罗左撤一步，红布骤然消失，结束了。公牛还在努力向前，腿脚开始下沉，左右摇晃，踌躇犹豫，终究还是跪倒在地。罗梅罗的哥哥从他背后上前，将一柄短刀刺进公牛的脖子，正刺在牛角根部。这是他第一次失手。他又把刀往里送了送，公牛抽搐了一下，浑身僵硬，死去了[2]。罗梅罗的哥哥一手抓住牛角，一手执刀，抬

---

1. 原文为"templed"。根据海明威在《午后之死》中列出的斗牛名词表，temple 特指斗牛士的表现和气度，形容其动作平和、缓慢，富于节奏感。

2. 按照惯例，剑刺手最后杀牛时只能刺一剑，最漂亮的情况是牛中剑后应声倒地身亡。如果牛过于强壮，或者剑刺得不够深或不够准，公牛便不会立刻死亡。此时可以是剑刺手本人换一柄带横档的杀牛剑，补刀将牛杀死，也可以由他的助手（也叫"短剑手"）出场，用短刀割断牛脊髓，无论哪种方式，都以干净利落地一刀致命为佳。而正面杀牛是危险性最高，也

头看向总裁判的包厢。全场观众都挥舞着白手帕[1]。总裁判坐在包厢里，低头看看，也挥了挥他的手帕。哥哥割下带缺口的那只黑色牛耳，慢跑两步，送到罗梅罗手里。公牛倒在沙地上，沉重，漆黑一团，舌头拖在外面。小伙子们从四面八方翻进场，冲到它身边围起一个小圈，绕着公牛跳起舞来。

罗梅罗从他兄弟手里接过牛耳，向总裁判高高举起。总裁判微微欠身致意。罗梅罗转身向我们跑来，人群追在他身后。他攀着栅栏，踮脚将牛耳递给布蕾特，点头微笑。人群现在全都追上来了。布蕾特把斗篷交给他。

"你喜欢吗？"罗梅罗喊道。

布蕾特没说话。他们彼此相望，微笑着。布蕾特手捧着牛耳。

"别沾上血了。"罗梅罗咧嘴笑道。人们追逐着他。好几个男孩冲布蕾特大声叫嚷。围上来的有小伙子、跳舞者，还有醉汉。罗梅罗转身想挤出人群。可他们把他团团围住，想抬起他，扛到肩膀上。他竭力推阻挣扎，挤出人群，向出口跑去。他不想被人们扛在肩上。但他们抓住

最容易令观众沸腾的方式，能做到这一点的斗牛士并不太多。

1．如果剑刺手的表现征服了全场，观众就会挥舞白手帕要求总裁判同意他得到牛耳奖赏。只有当总裁判拿出他的白手帕表示许可时，斗牛士或执行官才可以割下一只牛耳。通常奖励可分为单牛耳、双牛耳，以及双牛耳加牛尾三种。根据海明威在《危险的夏天》里的说明，极少数情况下，还会将牛蹄割下来作为奖品。

他，把他抬了起来。那姿势很不舒服，他双腿叉开，估计浑身都疼得不轻。人们抬着他，所有人一起向大门跑去。他伸手抓住某个人的肩膀。转过头来抱歉地看向我们。人群奔跑着，抬着他跑出了大门。

我们三个回到酒店。布蕾特上楼去了。比尔和我坐在楼下餐厅里，就着几个白煮蛋喝了好几瓶啤酒。贝尔蒙特从楼上下来，已经换上了日常的衣服。他的经理人和另外两个男人也在。他们在我们旁边一桌坐下吃东西，要赶七点钟的火车去巴塞罗那。贝尔蒙特吃得非常少。他穿着蓝色条纹衬衫，深色外套，只吃了几个溏心蛋。其他人倒是好好吃了顿大餐。贝尔蒙特没怎么说话，只在被问到时答上个一言半句。

比尔累了，看斗牛看的。我也是。我们都太投入了。这会儿就只坐着，吃吃鸡蛋。我看了看贝尔蒙特和他那一桌人。和他一起的那些人模样冷硬，一副商业派头。

"走，到咖啡馆去吧。"比尔说，"我想喝杯苦艾酒。"

这是狂欢节的最后一天。外面，天又开始阴了。广场上全是人，焰火师们正在为晚上的表演安装设备，装好以后，再用山毛榉树枝盖好。男孩们围在一边看着。我们走过几个装有长竹竿的焰火弹发射架，来到咖啡馆。咖啡馆门外围着一大群人。音乐和舞蹈仍在继续。巨人和侏儒正经过门前。

"埃德娜呢？"我问比尔。

"不知道。"

　　黄昏降临。在我们的注视下，狂欢节的最后一夜开始了。苦艾酒让一切都变得好起来。我没在滴杯里加糖，直接喝虽然苦，倒也痛快[1]。

　　"我真为科恩感到遗憾。"比尔说，"这次可够他受的。"

　　"噢，让科恩见他的鬼去吧。"我说。

　　"你觉得他会去哪里？"

　　"北上，回巴黎。"

　　"那你猜他回去会做什么？"

　　"哈，随他去见鬼去吧。"

　　"你觉得他会怎么办？"

　　"去找他的老情人，也许吧。"

　　"他的老情人是谁？"

　　"一个叫弗朗西斯的。"

　　我们又喝了一份苦艾酒。

　　"你什么时候回去？"我问。

　　"明天。"

---

　　1. 苦艾酒是一种以苦艾、茴芹、茴香等为主要原材料酿制的高度蒸馏酒。传统的法式喝法是将一份苦艾酒倒在杯中，上置专用滴壶，在滤口放一块方糖，加入冰水，让冰水渗过方糖后滴入酒杯，水为苦艾酒的三到五倍，最后绿色或无色的苦艾酒会变成一杯乳白色饮料。糖水能调和部分酒的苦味，药草香味也同时被激发出来。19世纪末，苦艾酒曾风靡欧洲，但因为其中的苦艾成分导致了多起致幻案例，20世纪初即在除西班牙以外的多个国家长期遭禁。直至1981年，新的酿造配方令致幻成分得以控制后，才由欧盟宣布解禁。被禁期间，法国人以潘诺酒（见第14页注释）作为替代品。

过了会儿，比尔说："不管怎么说，这狂欢节真不赖。"

"是啊。"我说，"就没消停过。"

"说来你都不信。这就像一场绝妙的噩梦。"

"没错。"我说，"我什么都信，包括噩梦。"

"怎么啦？情绪不高？"

"低到地狱里了。"

"再来杯苦艾酒好了。嗨，服务生，这里！给这位 señor（先生）再来一杯苦艾酒。"

"我感觉跟要死了一样。"我说。

"喝了它。"比尔说，"慢点儿喝。"

天黑下来了。狂欢还在继续。我觉得有些醉，可感觉还是那么糟。

"感觉怎么样？"

"要死了一样。"

"再来一杯？"

"没用的。"

"试试吧。你也不知道，说不准这杯就有用呢。嘿，服务生！再给这位 señor（先生）上一杯苦艾酒。"

我没用滴杯，直接把水倒进酒里，搅了搅。比尔帮我加了一块冰。我把勺子伸进那棕褐色的悬浊液体里，拨弄着冰块。

"怎么样？"

"还行。"

"别再喝那么快了。你会难受的。"

我停下手，其实原本就没打算一下子喝完。

"我觉得醉了。"

"你也该醉了。"

"这就是你的目的，是不是？"

"没错。醉一场。把你那该死的忧郁睡过去。"

"很好，我醉了。这就是你的目的？"

"坐下来。"

"我不坐。"我说，"我要回酒店去。"

我醉得很厉害。我是个醉汉，从来没醉成这样过。到了酒店，我爬上楼。布蕾特的房门开着。我把脑袋伸进房里。迈克坐在床边。他晃晃酒瓶。

"杰克，"他说，"进来，杰克。"

我走进去，坐下来。屋子摇摇晃晃的，只有死死盯住某个固定的点才好些。

"布蕾特，你知道，她已经跟那个斗牛小子跑了。"

"不是吧。"

"是的。她还找你呢，要跟你道别。他们坐七点钟的火车走的。"

"真的？"

"糟糕的选择。"迈克说，"她不该这样。"

"是啊。"

"喝点儿？稍微等一下，我打铃叫人送啤酒上来。"

"我醉了。"我说,"我要回房去躺下。"

"你醉得不行了吗？我反正是不行了。"

"是啊。"我说,"我醉得不行了。"

"好吧,干了。"迈克说,"去睡会儿,老杰克。"

我出门,转进自己房间,倒在床上。床晃得厉害,像漂在海上的船一样。我只好又坐起来,死盯着墙壁,让它停下来。广场上,狂欢仍在继续。那毫无意义。晚一些的时候,比尔和迈克进来,想叫我一起下楼吃东西。我假装睡着了。

"他睡着了。还是让他睡吧。"

"他都醉成一摊烂泥了。"迈克说。他们出去了。

我爬起来,走到阳台上,望着广场上跳舞的人群。现在不会天旋地转了。一切都清清楚楚、明明白白,只是轮廓边缘上有些晕影。我洗了把脸,理理头发。从镜子里看,这张脸显得很陌生。我下楼去餐厅。

"他来了！"比尔说,"好样的老杰克！我就知道你不会睡死过去。"

"好啊,你这老酒鬼。"迈克说。

"我饿醒了。"

"喝点儿汤。"比尔说。

一桌就我们三个,感觉像是少了六个人似的。

第十九章

到早上，一切都结束了。狂欢节已经过去。我九点左右醒过来，洗了个澡，穿好衣服，走下楼去。广场空了，街上也没人。几个孩子在广场上捡焰火棍儿。咖啡馆刚刚开门，大理石咖啡桌安放在拱廊下的荫凉地里，服务生们正把舒适的白色柳条椅往外搬，安放在桌子四周。有人在打扫街道，提着水管洒水。

我舒舒服服地坐在一把柳条椅子里，靠在椅背上。服务生没着急过来。白纸告示还贴在拱廊柱子上，上面写着卸牛时间和临时专列的主要时刻表。一个系着蓝围裙的服务生走出来，拎着一桶水，手拿抹布，开始清除那些告示，把白纸一条一条撕下来，再蘸水擦掉粘在石头上的碎屑。狂欢节结束了。

我喝了杯咖啡。过了会儿，比尔也来了。我看着他穿过广场，走过来。他在桌边坐下，叫了一杯咖啡。

"好了。"他说，"都结束了。"

"是啊。"我说，"你什么时候走？"

"不知道。咱们最好能弄辆车。你要回巴黎吗？"

"不。我还能再待一个礼拜。大概会去圣塞瓦斯蒂安吧。"

"我想回去了。"

"迈克接下来什么打算？"

"他要去圣让－德吕兹[1]。"

"我们找辆车吧，可以一起到巴约讷。你可以在那里搭今晚的火车。"

"很不错。午饭后就出发吧。"

"好。我去找车。"

我们吃过午饭，结了房款。蒙托亚压根不肯靠近我们。账单是一个女服务员送来的。汽车等在门外。司机把我们的行李放到车顶，绑牢，还有几件放在前排他旁边的座位上，我们都上了车。车开出广场，沿着树荫遮蔽的小街驶向城外，下山，离开潘普洛纳。路程似乎并不太远。迈克带了一瓶芬达多。我只喝了两口。我们翻过群山，越过西班牙边境，顺着白色大路，穿越浓荫如盖、润泽潮湿的巴斯克绿野，最后抵达巴约讷。我们把比尔的行李寄放在车站，他买好了去巴黎的车票，是七点十分的火车。走

---

1. 圣让－德吕兹（Saint Jean de Luz），法国西南部小镇，位于从前的巴斯克省份拉布尔（Labourd）内，如今属于比利牛斯－大西洋省。

出车站。车就等在站门前。

"这车怎么办？"比尔问。

"噢，累赘的车。"迈克说，"咱们留着它吧。"

"也好。"比尔说，"那接下来去哪儿？"

"去比亚里茨喝点儿东西吧。"

"老迈克，挥金如土的家伙。"比尔说。

我们开车到比亚里茨，把车停在一个非常有里兹[1]范儿的酒店外。我们走进酒吧，在高脚凳上坐下，点了威士忌苏打。

"这一轮我来。"迈克说。

"咱们还是掷骰子来决定吧。"

于是，我们拿过一个深筒皮骰盅来玩扑克骰子[2]。第一轮，比尔首先胜出。然后迈克输给了我。他递给酒保一张一百法郎的钞票。一杯威士忌二十法郎。我们又来了一轮，迈克还是输掉了。每次他都给酒保不少小费。屋子里，舞台就在吧台旁边，一支不错的爵士乐队正在演奏。这地方挺舒服。我们开始了第三轮。我首先靠四个K胜出。比尔和迈克继续掷。头一轮，迈克掷出四个J，胜出。第二轮比尔赢了。决胜局里，迈克有三个K，他决定

_____

1．里兹大酒店（Hotel Ritz），巴黎著名的标志性豪华酒店。

2．一种骰子游戏，骰子表面不是常规表示数字的点，而是特定的扑克牌牌面点数或图画，如国王图样的K（king）、王后图样的Q（queen）、单花表示的A（ace）及相应点数等。

留牌，把骰盅递给比尔。比尔晃得骰子喀喇喀喇直响，掷出了三个K、一个A和一个Q。

"还是你付，迈克。"比尔说，"老迈克，你这倒霉的赌徒。"

"非常抱歉。"迈克说，"这回我付不了了。"

"怎么了？"

"我没钱了。"迈克说，"身无分文。就剩二十法郎了。喏，把这二十法郎拿去。"

比尔脸色变了。

"我的钱刚好够付给蒙托亚。真他妈走运，还能有那么些钱付账。"

"我可以帮你兑张支票。"比尔说。

"你真是太好了。可你知道的，我不能签支票。"

"那你接下来怎么办，上哪里弄钱？"

"噢，有钱快汇来了。我有两个礼拜的零用钱该到了。圣让那家旅馆可以先挂账。"

"这车怎么处理？"比尔问我，"你还想留着用吗？"

"留不留无所谓。不过总觉得多少有点儿傻气。"

"来吧，咱们再喝一杯。"迈克说。

"好。这一次我付。"比尔说。"布蕾特身上有钱吗？"他问迈克。

"多半没有。我付给老蒙托亚的钱大部分都是她的。"

"她一点儿钱都没带？"我问。

"我猜是没有。她向来没什么钱。说是一年能拿到五百英镑，可付给犹太人的利息就得三百五十英镑。"

"我猜他们是一开始就直接扣掉了吧。"比尔说。

"一点不错。其实他们不是犹太人。只不过我们这么叫他们。那是些苏格兰人，我觉得是。"

"她身边一点儿钱都没有了？"我问。

"恐怕是。她走的时候把钱都给我了。"

"得了。"比尔说，"我们还是再来一杯吧。"

"绝妙的主意。"迈克说，"空谈财政从来没用。"

"没错。"比尔说。比尔和我继续摇骰子，决定下两轮谁买单。比尔输了，掏钱付账。我们出门上车。

"想去哪里逛逛吗，迈克？"比尔问。

"开车兜兜风吧。说不定还能对我的信用有点儿好处。咱们就附近兜兜吧。"

"好。我想去海边看看。咱们往南去昂代吧。"

"我在海边毫无信誉可言。"

"那可未必。"比尔说。

我们沿着海岸公路往外开。眼前是绿色的海岬、红顶白墙的别墅、一片片森林和湛蓝的大海。正是退潮的时候，远处，海水在海滩边翻卷起浪花。我们开过圣让－德吕兹，沿着海岸继续向前，经过一座座村庄。眼前正要穿过一片起伏的原野，它背后，就是我们刚才从潘普洛纳来时翻越的群山。道路还在向前延伸。比尔看了眼他的表。该回去了。他敲敲玻璃，让司机往回走。司机把车开上草地，掉转车头。我们身后是一片树林，地势比草地低，再往外便是大海。

我们中途在圣让停了一下，把迈克送到旅馆。司机取下他的行李。迈克下了车，站在车边跟我们道别。

"再见了，伙计们。"迈克说，"这狂欢节真是棒极了。"

"再见，迈克。"

"咱们回头见。"我说。

"别担心钱的事儿。"迈克说，"你先把车钱付了，杰克，我那份回头汇给你。"

"再见，迈克。"

"再见，伙计们。你们真是太好了。"

我们握手告别。车开动了，我们坐在车里冲迈克挥挥手。他站在路边目送我们。赶到巴约讷时，时间卡得刚刚好，火车很快就要开了。一个搬运工负责把比尔的行李从consigne（行李寄存处）搬上车。我一直送到最后一道进站门前。

"再见了，伙计。"比尔说。

"再见，小子。"

"这次棒极了。我过得非常开心。"

"你会在巴黎多待一阵子吗？"

"不，我17日就得坐船走了。再见了，伙计！"

"再见，老小子！"

他进站上了火车。搬运工拿着行李走在前头。我看着火车开走。比尔就在窗边。他的车窗一闪而过，整列车开出站去，铁轨空了。我出站回到汽车旁。

"我们应该付你多少钱？"我问司机。到巴约讷的价格是谈定了的，一百五十比塞塔。

"两百比塞塔。"

"如果你回程时把我捎到圣塞瓦斯蒂安，还要再付多少？"

"五十比塞塔。"

"开玩笑吧。"

"三十五比塞塔。"

"值不了这个价。"我说，"送我到班尼－弗勒维酒店吧。"

到酒店后，我结清车款，给了司机一点儿小费。车身上落了一层灰。我拂去鱼竿袋上的灰尘。这似乎是我和西班牙、和狂欢节之间的最后一点儿联系了。司机发动汽车，顺着街道开走了。我看着它拐上去西班牙的大路。走进酒店，他们给了我一个房间。正好是之前我住过的那间，那时在巴约讷还有比尔、科恩一起。感觉像是很久以前的事了。我洗漱一番，换了件衬衣，出门到城里走走。

经过报刊亭时，我买了份纽约的《先驱报》，带到咖啡馆去看。回到法国的感觉有些奇怪。有一种乡下的感觉，很安全。要不是巴黎意味着更多的"狂欢"，我还真希望自己和比尔一起回巴黎。这阵子我都不想再狂欢了。圣塞瓦斯蒂安要宁静得多。直到八月以前，都不是它的旺季。我能得到个不错的酒店房间，读读书，游游泳。那里有个很好的海滩。海滩步道边的树棒极了，旺季到来前，那里总有很多孩子，都有保姆看着。晚上，海洋咖啡馆对面的树下有乐队演出。我可以坐在咖啡馆里欣赏。

"里面饭菜怎么样？"我问服务生。这咖啡馆里有一家餐厅。

"不错。非常好。里面的食物非常好。"

"太好了。"

我进去，坐下吃晚餐。按照法国的标准，这也算是份大餐了，可跟西班牙比起来，就显得太过拘谨局促。我喝了一瓶葡萄酒佐餐。是玛歌酒庄[1]的酒。浅酌慢饮的感觉很好，品着酒，一个人。红酒自是良伴。饭后我喝了杯咖啡。服务生推荐了一种巴斯克利口酒，叫衣扎拉[2]。他拿来一瓶，倒了满满一利口酒杯。他说，衣扎拉是用比利牛斯山上的鲜花酿的。地地道道的比利牛斯鲜花。这酒看上去跟发油差不多，闻着有点儿像意大利的斯特雷加

---

1. 玛歌酒庄（Château Margaux），法国波尔图产区传统顶级酒庄。

2. 衣扎拉酒（Izarra），一种高酒精度的餐后甜酒，原产自法国巴斯克地区的巴约讷，现在的主要产地是法国西部的昂热（Angers）。其品牌创建于1906年。喝利口酒有专门配套的酒杯，形状不一，但容量都较小。后文提到的斯特雷加（Strega）是意大利的一种草药酒，又称意大利黄酒，据称由近七十种草药香料酿制而成。

酒。我跟他说，把比利牛斯的花儿拿走，给我来份 vieux
marc（陈年玛克[1]）。Marc不错。喝完咖啡后我又再叫了
一杯。

那服务生似乎因为比利牛斯鲜花的事儿不大高兴，
于是我多给了他些小费。他一下子快活起来。这么简单就
能让人们快活起来，这就是乡下，在这里让人感觉很舒
服。在西班牙，你永远不会知道服务生什么时候会说"谢
谢"。而在法国，事事都建立在经济关系上，如此清晰。
这种乡野城镇的生活是最简单的。没人会为了某个含混的
理由跑来当你的朋友，把事情搞复杂。如果想让别人喜欢
你，只要花点儿钱就行了。我花了一点儿小钱，那服务生
就喜欢我了。他感激我的好品质，会很乐意看到我再次光
顾。说不定什么时候，我或许会再到这里吃饭，而他会很
高兴看到我，会希望我坐在他照管的位子上。这是一种
真诚的喜欢，因为它建立在牢靠的基础上。这便是回到法
国了。

第二天早上，我给酒店里每个人都多付了点儿小费，
好再多交些朋友。然后赶上午的火车去了圣塞瓦斯蒂安。
我没给火车站搬运工额外的小费，因为我不觉得还会再见

1．"marc"在法语中的本意是渣滓、果渣，特指以榨汁后剩下的葡萄渣
酿造而成的白兰地。这种酒常被作为调制利口酒的基酒。区别于常规葡萄
汁酿造的白兰地，它也被称为葡萄渣白兰地、浅渣白兰地或果渣酒等等。
据传，最初尝试酿造玛克酒的，是法国勃艮第的一位葡萄酒农。

到他。我只想在巴约讷留下几个不错的法国朋友，这样，万一什么时候再回来，也能有人欢迎我。我知道，只要他们还记得我，他们的友谊就是可靠的。

到伊伦[1]后，我们必须换车，还要查验护照。我讨厌离开法国。在法国，生活如此简单。我发现，跑回西班牙这事，纯粹就是犯傻。在西班牙，什么都不确定。居然又跑回来，我觉得自己像个傻瓜。可我还是拿着护照排在队伍里，打开行李让海关的人检查，买张车票，穿过一道门，爬上火车。花了四十分钟，过了八个隧道后，我就在圣塞瓦斯蒂安了。

哪怕是大热天，圣塞瓦斯蒂安也有一种清新的晨曦味道。树叶上似乎总是带着露水。街道像刚洒过水一样。就算是在最热的日子里，也总有几条街照样荫凉舒爽。我进了城，找到以前住过的一家酒店，他们给了我一个带露天阳台的房间，阳台比城里其他房子都高。越过重重屋顶，能看到远处青绿的山腰。

我打开行李，拿出我的书摆在床头柜上，摆好我的刮胡工具，把几件衣服挂进大衣橱里，又整理了一包衣服出来，准备送洗。接着，我在卫生间刮好脸，下楼吃午餐。西班牙不实行夏令时，我到早了。我重新调了表。来到圣塞瓦斯蒂安，我多赚了一个小时。

---

1. 伊伦（Irun），西班牙吉普斯夸省的主要城市之一，为法西边境城市。

进餐厅前，礼宾拿出一份警方告示来让我填写。填好后，我问他拿了两份电报纸。得给蒙托亚酒店传个信儿，告诉他们把我的信和电报都转到这个地址来。我还算了算大致在圣塞瓦斯蒂安停留的时间，给办公室也发了封电报，说，请他们暂且收着信件，但接下来六天内的电报都转到圣塞瓦斯蒂安来。之后，我才走进餐厅吃午餐。

午饭后，我上楼回到房间，读了会儿书，睡了一觉。醒来已经四点半了。我找出泳裤，连同梳子一起卷在毛巾里，下楼上街，走路去孔查海滩。潮水已经半退了。沙滩平坦坚实，沙粒黄澄澄的。我在淋浴间里脱掉衣服，换上泳裤，踏着平整的沙滩往海里走去。赤脚踩在沙子上，很暖和。水里和沙滩上都是人。远处，孔查的几个海岬几乎圈出一个海湾，碎浪在那里拉出一条白线，海面很开阔。尽管已经退潮，但还是有些和缓的大浪。它们涌来时，海水起伏着滚涌向前，聚集起水浪的力量，然后，轻轻拍碎在温暖的沙滩上。我走到水里，水很凉。眼见一个浪卷来，我潜进水底，从水下往外游，再回到水面时，寒意全消。我游到木筏边，用力撑上去，翻身躺在发烫的木板上。一对年轻男女在筏子那头。女孩泳衣上装的系带解开了，正在晒后背。男孩趴在筏子上和她说话。她被他逗笑了，转了下身体，让阳光晒在她棕褐色的后背上。我躺在筏子上，直到太阳把身上晒干。之后尝试了几次跳海潜水。有一次潜得挺深，游到了海底。我睁开眼睛，海底是绿色的，很暗。筏子投下一片阴影。我贴着筏子边钻出水面，爬上去，又跳了一次。这次憋住一口气，尽可能潜得远一些，然后浮上来，游回了岸边。我躺在沙滩上，晾干了身体，才起来回到淋浴间，脱掉泳裤，用淡水冲了冲身体，擦干。

我绕过港口往赌场方向去，一路拣着树荫地走。半路上，我转进一条凉爽的街道，去海洋咖啡馆。一支管弦乐队正在咖啡馆里表演，我坐在外面的露台上，享受着暑天里的清新凉意，先要了一杯柠檬汁刨冰，然后是一杯威士忌苏打的长饮。我在海洋咖啡馆门外坐了很长时间，读书，看人，听音乐。

坐到天色都暗了，才绕过港口，沿着海滩步道往回走，回酒店吃晚餐。这里正在举行一场自行车赛，Tour du Pays Basque（环巴斯克自行车赛[1]）。这晚刚好赶上车手们在圣塞瓦斯蒂安过夜。他们围坐在餐厅一张靠墙的长条桌边，和他们的教练、经理人一块儿吃东西。全都是法国人和比利时人，一心放在他们的食物上，不过都很愉快。长桌头上坐着两个漂亮的法国姑娘，颇有法布－蒙马特[2]的时髦范儿。看不出她们是和谁一起来的。整桌人都

1．每年4月在西班牙巴斯克地区举行，如今是列入UCI世界排名（UCI World Ranking）赛程的二十四项赛事之一。该项赛事于1924年首次举办。

2．法布－蒙马特路（Rue du Faubourg Montmartre），巴黎一条历史老街，位于第九区，而非蒙马特高地本身。这里酒店云集，是欧洲游客常常

用行话交谈，说许多相互之间才懂的笑话。有时候，姑娘们没听清另一头的人的话，问起来，他们也不肯重复。自行车手们之前都被晒得够呛，皮肤黝黑。最后一个赛段是圣塞瓦斯蒂安到毕尔巴鄂[1]，第二天清晨五点就要开赛。他们喝了很多葡萄酒。除了彼此之间的较量，他们并不太在意比赛本身。全都是老对手了，区区一次输赢也不必放在心上。何况这是在国外。奖金好商量。

在比赛中领先两分钟的那家伙生了疖子，疼得够呛，只敢巴着椅子边坐。他脖子非常红，金发也晒变了色。其他骑手都拿他的疖子开玩笑。他用叉子敲敲桌面。

"都听好了，"他说，"明天我会把鼻子贴到车把上，所以，唯一会碰到这些疖子的，只有讨人喜欢的微风。"

桌子那头，一个女孩看着他，他咧嘴一笑，红了脸。他们在说，西班牙人连怎么蹬踏板都不知道。

我在外面阳台上喝咖啡，和一个大自行车制造商的车队经理一起。他说，这是非常愉快的比赛，要不是博泰奇亚[2]在潘普洛纳就退赛的话，会更值得一看。灰太大，不过西班牙的公路比法国的好。世上唯一称得上体育二字的，就只有自行车公路赛。我追看过环法自行车赛吗？只

逗留的地方。

1. 毕尔巴鄂（Bilbao），西班牙北部城市，邻近比斯开湾，距圣塞瓦斯蒂安约95公里。

2. Bottecchia，意大利著名自行车品牌，这里指的是该品牌的参赛车队。

在报上看过。环法自行车赛是世界上最伟大的体育赛事。组织和随队参赛让他了解了法国。很少有人了解法国。每个春天、夏天和秋天，他都和自行车骑手们一起待在公路上。看看如今骑手们身后的汽车数量，整个公路赛过程中，从一个城市跟到另一个城市。那是个富有的国家，一年比一年有体育气质。早晚会成为世界上最重视体育的国家。是自行车公路赛成就了它。自行车赛和橄榄球赛。La France Sportive（热爱体育的法兰西）。他了解公路赛。我们喝了杯干邑。不过，不管怎么说，能回到巴黎终究不坏。世上只有一个Paname（巴黎）。全世界，只有一个。巴黎是全世界最热爱体育的城市。你知道黑人酒吧吗？怎么会不知道。我可以到那儿找他。我当然会去。我们可以一起再喝杯fines（白兰地）。当然，我们得喝。他们早上六点差一刻出发。我会起来送行吗？当然，我尽量。要他来叫我吗？真有趣。我会让前台叫早的。他不介意来叫我起床。不能这样麻烦他。我会让前台叫的。我们明早再道别。

上午我醒过来时，自行车手和他们的跟车都已经上路三个小时了。我喝过咖啡，在床上翻了翻报纸，便穿好衣服，带上我的泳裤去海滩。早上的一切都清新、凉爽、湿润。穿制服的和农家打扮的保姆带着孩子们在树下散步。西班牙孩子都很漂亮。几个擦鞋童聚在树下，和一名士兵聊天。那士兵只有一只胳膊。潮涨起来了，风很舒服，海浪涌上沙滩。

我找了个淋浴间换好衣服，穿过沙滩下水。沙滩缩成了窄窄的一条。我往外游去，努力迎头破浪，可好几次还是不得不潜到水下。到了平静水域，我翻过身，仰躺在水面上。这么漂着，我只能看到天空，海面的起伏全凭感觉。我返身朝近岸浪区游去，脸朝下，跟着一个大浪前进，然后转身游动起来，尝试留在波谷地带，免得被浪头迎面盖下来。在波谷地带游泳很累人，我再转了个身，往外朝木筏游去。海水很冷，浮力很大，感觉就像你永远都不会沉下去似的。涨潮时，这段距离看起来很远，我慢慢游着。游到跟前，攀上木筏，坐下来，水滴从身上滑落。晒了这么久，筏子的木板已经开始发烫了。我环顾四周，有海湾、老城、赌场、步道边成行的树，还有那些带着白门廊和金字招牌的大酒店。右手边，几乎紧靠着港口的，是一座绿色小山，上面有座城堡。海水推着木筏，摇摇荡荡。窄湾另一边，通向开阔海域的，是另一处高耸的海岬。我有心横越海湾游过去，又担心会抽筋。

坐在太阳下，我远远望着海滩边戏水的人。他们看起来真是小。过了会儿，我站起来，脚趾紧紧钩住木筏边缘，筏子被我的体重压歪，我趁机干净利落地一跃，深深扎进海里，又穿过头顶清澈的海水，钻出水面，甩甩头上的咸水，不紧不慢地朝岸边游去。

穿好衣服，付了淋浴间的费用，我走回酒店。自行车手们在读报室里扔下了好几份《汽车报》[1]，我把它们归拢好，拿出来，坐在一把靠椅上，边晒太阳边看看法国的体育动态。正坐着，礼宾员走了过来，手里拿着一个蓝色信封。

"您的电报，先生。"

我把手指插进封口，拆开。是从巴黎转来的：

能来马德里蒙塔纳酒店吗 我有麻烦 布蕾特

我付了小费，又读了一遍电报。一个邮差正沿着人行道往这里走。转进了酒店。他留着一把大胡子，看起来很有军人的架势。很快他就出来了。礼宾员跟在他身后。

"还有一封您的电报，先生。"

"谢谢。"我说。

我拆开电报。这封是潘普洛纳转来的：

能来马德里蒙塔纳酒店吗 我有麻烦 布蕾特

礼宾员站在一旁，也许是想再拿一份小费。

"到马德里的火车几点开？"

"今天上午九点开了一辆。十一点有趟慢车，晚上十

---

1. L'Auto, 法国报纸，常登载各种自行车赛的相关报道和信息。

点还有一班南方快车[1]。"

"帮我买张南方快车的卧铺票。要现在给你钱吗？"

"看你方便。"他说，"我可以记在账单里。"

"那就记账吧。"

得，也就是说，圣塞瓦斯蒂安的假期完了。我隐约怀疑，其实我一直在期待这个。我看见礼宾员站在门廊上。

"请给我一张电报纸。"

他送了过来。我掏出钢笔，写道：

阿什利女士马德里蒙塔纳酒店 南方快车明日达

爱你的杰克

这事儿处理得大概还不错。就是这样。把姑娘送到一个男人面前。又介绍给另一个男人，让她跟着他跑掉。现在再去接她回来。电报落款写上，"爱你"。完全没有问题。我站起来，进门吃午餐。

在南方快车上，我一夜没怎么睡。早晨，我来到餐车，一边吃早餐，一边望着阿维拉和埃斯科里亚尔[2]之间

---

1. 南方快车（Sud Express），欧洲著名的夜班车，往返法国巴黎和葡萄牙里斯本之间，20世纪初起运，同时开行的还有连接俄罗斯圣彼得堡和葡萄牙里斯本的"北方快车（Nord Express）"。如今，南方快车仍旧夜间开行，往返运行区间为伊伦—里斯本/里斯本—昂代。

2. 阿维拉（Avila），西班牙中部古城。埃斯科里亚尔（El Escorial）则是一个古建筑群，位于马德里西北约45公里处，留存有西班牙国王的宫殿、

的山野，岩石嶙峋，松树林立。车窗外，阳光下的埃斯科里亚尔灰暗、狭长、冷硬。可我并不在意。平原那头，马德里正迎面而来。山野被太阳晒得又干又硬，远远的那头，小山崖上有一道紧凑的白色天际线。

天际线尽头便是马德里北站。所有火车最后都停在那里，不再继续往前。马车和出租车等在车站外，还有一排酒店的揽客伙计，像个乡下小镇。我叫了一辆出租车上山，穿过几个花园，经过悬崖边空荡荡的宫殿和没完工的教堂，一路往上，最后来到高处那个炎热的时髦城市。出租车顺着一条光滑的街道溜下去，来到太阳门广场，穿过人群与车流，开上圣赫罗尼莫大街。所有店铺都撑开了遮阳篷来抵挡高温。街上向阳的窗户全都紧闭着。出租车在路边停下。我看到二楼的招牌，蒙塔纳酒店。出租车司机把我的行李拿进去，放在电梯旁。我按不开电梯，只好走上去。二楼上方挂着一面铜字招牌：蒙塔纳酒店。我按了按铃，没人开门。又按了按，一个拉长了脸的女佣走过来，打开门。

"阿什利女士是在这里吗？"我问。

她愣愣地看着我。

"是不是有个英国女人住在这里？"

她回过头，冲着里面叫了两句。一个大胖子女人来到

教堂、修道院及陵墓等。

门前。她一头灰发，抹了发油，梳成硬邦邦的小波浪卷贴在脸边。个子虽矮，却颇有威严。

"Muy buenas（您好）。"我说，"是有位英国女士住在这里吗？我想见这位英国女士。"

"Muy buenas（您好）。是的，有一位英国女士。如果她愿意的话，您当然可以见她。"

"她正在等我。"

"女佣会去问问她。"

"天气真热。"

"马德里的夏天非常热。"

"冬天又那么冷。"

"是的，冬天非常冷。"

我本人要不要住在蒙塔纳酒店？

这个我还没决定，不过要是能把我的行李从一楼拿上来，我会非常高兴，这样就不用担心它们被偷了。蒙塔纳酒店里从来没有丢过东西。在别的旅馆，有。在这里，不会。没有。这里的工作人员都经过了严格的筛选。很高兴听到您这么说。不过还是希望能看到我的行李被搬上来。

女佣进来，说那位英国女士现在就想见这位英国男士，立刻。

"很好。"我说，"您看，正如我所说的。"

"毫无疑问。"

我跟在女佣身后，走过一条又长又黑的走廊，来到尽头，她敲了敲门。

"嗨。"布蕾特说，"是你吗，杰克？"

"是我。"

"进来，进来。"

我推门进屋。女佣在后面帮我关上门。布蕾特坐在床上，一手抓着梳子，正在梳头。房间里乱七八糟的，只有用惯了仆人的人才弄得出这副阵仗。

"亲爱的！"布蕾特说。

我走到床边，伸出双臂拥抱她。她吻了吻我。我能感觉到，虽然在吻我，可她还想着别的东西。她在我怀里发抖。整个人都似乎非常小。

"亲爱的！我实在是太难过了。"

"跟我说说。"

"没什么好说的。他昨天刚走。我让他走的。"

"为什么不留住他？"

"我不知道。不该那样。我想着，总算是没有伤害他。"

"你对他大概是太好了。"

"他不该和任何人在一起。我几乎是马上就意识到了这一点。"

"不。"

"噢，见鬼！"她说，"别说这个了。再也不要说了。"

"好的。"

"他竟然会因为我而觉得丢脸，真是当头一棒。你看，他曾经因为我而感觉丢脸。"

"不会吧。"

"噢，是的。我猜是在咖啡馆的时候，他们拿我来嘲弄他了。他想让我把头发留起来。我，留长发。那是什么鬼样子。"

"这真是滑稽。"

"他说那会让我更有女人样。我会丑死的。"

"后来呢？"

"噢，他不提这事了。他对我的羞耻感没持续多久。"

"你说的麻烦是什么？"

"我要让他离开，可不知道能不能做到。我一分钱都没有，也没法扔下他自己走。他想给我一大笔钱的，你知道吗。我告诉他，我有的是钱。他知道那是谎话。我不能拿他的钱，你知道。"

"是的。"

"噢，咱们别说这个了。还有很多好玩的事呢。拜托给我根烟。"

我点上烟。

"他在直布罗陀当服务生时学的英语。"

"是的。"

"到头来，他想和我结婚。"

"真的？"

"当然。可我甚至没法和迈克结婚。"

"也许他以为这能让他变成阿什利爵士。"

"不，不是那样的。他是真的想娶我。所以我不能离开他，他说的。他想确保我永远都不能离开他。当然，是在我变得更女人之后。"

"你该打起精神来。"

"我会的。我已经好了。他把该死的科恩抹掉了。"

"那也不错。"

"你知道，要不是发现这对他不好，我会和他一起生活的。我们处得别提多好了。"

"除了你的模样。"

"噢，他会习惯的。"

她灭掉香烟。

"你知道，我三十四岁了。我不要变成那种摧残小孩的坏女人。"

"不会的。"

"我不要变成那个样子。我感觉真的很好，你知道。我真的振作起来了。"

"太好了。"

她转开视线。我以为她是在找香烟，不料却发现她在哭。我能感觉到她在哭。发着抖，在流泪。她没有抬头。我伸手拥住她。

"我们再也不要说这个了。求求你，永远别再提起这件事。"

"我亲爱的布蕾特。"

"我要回到迈克身边去。"搂紧她时，我能感觉到她的哭泣，"他是那么的好，好得要命，又那么坏。他和我是一样的人。"

她不肯抬起头来。我抚摸着她的头发，感觉她在发抖。

"我不能变成那种坏女人。"她说，"可是，噢，杰克，拜托，咱们再也别说这件事了。"

我们离开了蒙塔纳酒店。那个经营酒店的女人没让我付账单。有人付过了。

"噢，好吧。随他去吧。"布蕾特说，"现在不重要了。"

我们坐上出租车去皇宫酒店，存好行李，订好晚上南方快车的卧铺票，接着就到酒店的酒廊去喝鸡尾酒。我们坐在吧台前的高脚凳上，看着酒保用一个大号镀镍调酒器摇晃马提尼。

"说来有趣，大酒店的酒廊总有那么一种很高雅的味道。"我说。

"这年头，酒保和司机是唯一有礼貌的人了。"

"不管一家酒店多俗气，酒廊总是好的。"

"的确奇怪。"

"调酒师总是很不错。"

"你知道，"布蕾特说，"这可是千真万确。他只有十九岁。很奇妙吧？"

两只酒杯并排放在吧台桌面上，我们都摸了摸。冰过的杯壁上凝着水珠。窗户上挂着窗帘，外面就是马德里的酷暑高温。

"我喜欢在马提尼里放一颗橄榄。"我对酒保说。

"您是对的，先生。请。"

"谢谢。"

"我应该先问一声的，您知道。"

调酒师走到吧台另一头，避开我们的聊天。杯子就放在木头桌面上，布蕾特直接探过头去，啜了一小口马提尼。然后才端起酒杯。一口酒下去，她的手稳了，能端得起杯子了。

"不错。是个好酒吧，不是吗？"

"都是好酒吧。"

"你知道，一开始我都不信。他1905年才出生。那会儿我都在巴黎上学了。想想看吧。"

"你要我想什么？"

"别装傻。你愿意请女士喝杯酒吗？"

"再来两杯马提尼。"

"跟刚才一样，先生？"

"刚才的很好喝。"布蕾特对他微笑。

"谢谢您，夫人。"

"好，干杯。"布蕾特说。

"干杯。"

"你知道，"布蕾特说，"他以前只和两个女人交往过。

除了斗牛，他什么都不关心。"

"他还有大把时间。"

"我不知道。他认定了是我，认定我不是平常那些来来去去的人。"

"哦，是你。"

"是的，是我。"

"我以为你再也不会说起他了。"

"我怎么能忍得住？"

"凡事说得太多，你就会失去它。"

"我只说点儿琐碎小事。你知道吗，我感觉好极了，杰克。"

"就该这样。"

"你知道，这真的让人感觉很好。打定主意，不要变成坏女人。"

"是的。"

"就是这种东西，能取代上帝。"

"有的人有上帝。"我说，"很多人都有。"

"他从没关照过我。"

"要再来一杯马提尼吗？"

酒保又调好两杯马提尼，倒在新的杯子里。

"我们去哪里吃午饭？"我问布蕾特。酒廊里很凉快。可只要看一眼窗口，你就能感觉到外面的热气。

"就在这里？"布蕾特问。

"这家酒店的餐厅不好。你知道一个叫波丁的地方吗？"我问酒保。

"知道，先生。要我把地址写给你们吗？"

"谢谢。"

我们在波丁餐厅楼上吃了午餐。这是世界上最好的餐厅之一。我们吃了烤乳猪，喝的是上里奥哈的红酒[1]。布蕾特吃得不多。她从不多吃。我敞开来大吃了一顿，喝掉了三瓶葡萄酒。

"你还好吗，杰克？"布蕾特问，"我的老天！你吃了多少啊。"

"我感觉好极了。想吃甜品吗？"

"天哪，不要。"

布蕾特抽着烟。

"你喜欢美食，对吧？"她说。

"是的。"我说，"很多事我都喜欢。"

"还喜欢什么？"

"噢，"我说，"我喜欢很多东西。你不想来份甜品吗？"

"你问过了。"布蕾特说。

"是的。"我说，"我问过了。再来一瓶上里奥哈吧。"

---

1. 里奥哈是西班牙成名最早、规模最大的葡萄酒产区，又细分为上里奥哈（Rioja Alta）、下里奥哈（Rioja Baja）和里奥哈山区（Rioja Alavesa）三个区域。其中上里奥哈海拔最高，以出品高品质的旧世界传统风味葡萄酒而著称。位于上里奥哈产区的西班牙老牌葡萄酒庄橡树河畔（La Rioja Alta, S.A.）直接以产区为名，创立于1890年。

"好极了。"

"你没喝多少。"我说。

"我喝了。你没看见。"

"那咱们来两瓶。"我说。酒来了。我先倒了一点儿在我杯子里，然后给布蕾特倒上，再补满我的杯子。我们碰了碰杯。

"干杯！"布蕾特说。我一口喝光，又倒了一杯。布蕾特伸手按住我的胳膊。

"别喝醉了，杰克。"她说，"你犯不着这样。"

"你怎么知道？"

"别。"她说，"你会没事的。"

"我不会醉。"我说，"才喝这么点儿。我喜欢喝葡萄酒。"

"别喝醉了。"她说，"杰克，别喝醉了。"

"想去兜兜风吗？"我说，"去城里转转？"

"对呀。"布蕾特说，"我还没逛过马德里呢。应该看看。"

"等我喝完这杯。"我说。

我们下楼，穿过一楼的餐厅，出门来到街上。一个服务生去叫出租车了。天气很热，亮晃晃的。街头上有一个小广场，有树荫，有草地，出租车都停在那里。一辆出租车贴着街边开过来，服务生从副座上探出头来打招呼。我付了小费，又告诉司机往哪儿开，然后才上车，坐在布蕾特旁边。司机发动汽车，向前开去。我往后一靠。布蕾特朝我挪了挪。我们紧挨着坐在一起，相互倚靠。我一手揽着她，她舒服地靠在我身上。天气很热，明晃晃的，房子全都白得刺眼。我们转上格兰大道。

"噢，杰克。"布蕾特说，"我们要是能在一起，该多快活啊。"

前面，一个穿卡其制服的骑警正在指挥交通。他举起指挥棒。汽车猛地一刹，布蕾特倒在我身上。

"是啊。"我说，"就这么想想也很好，不是吗？"

-全书完-

厄尼斯特·海明威

Ernest Hemingway

1899—1961

美国"迷惘的一代"标杆人物

开创"冰山理论"和极简文风

曾获得1953年普利策奖与1954年诺贝尔文学奖

代表作

1926年《春潮》

1926年《太阳照常升起》

1929年《永别了，武器》

1932年《午后之死》

1935年《非洲的青山》

1936年《乞力马扎罗的雪》

1940年《丧钟为谁而鸣》

1950年《穿过河流，进入森林》

1952年《老人与海》

1964年《流动的盛宴》

1985年《危险夏日》

1986年《伊甸园》

杨蔚

南京大学中文系
自由撰稿人、译者
热爱旅行,"孤独星球"(Lonely Planet)特邀作者及译者

已出版作品:
《自卑与超越》
《乞力马扎罗的雪》
《101中国美食之旅》
《带孩子旅行》
《史上最佳摄影指南》
"孤独星球旅行指南系列"《广东》《东非》《法国》《墨西哥》

太阳照常升起

作者 _ [美]厄尼斯特·海明威　译者 _ 杨蔚

产品经理 _ 阿么 孙雪净　装帧设计 _ HSQ　产品总监 _ 李佳婕　技术编辑 _ 顾逸飞
责任印制 _ 刘淼　出品人 _ 许文婷

营销团队 _ 毛婷 阮班欢 孙烨 王维思　物料设计 _ HSQ

鸣谢 (排名不分先后)

唐梦婷 李洋 路军飞

果麦
www.guomai.cc

以 微 小 的 力 量 推 动 文 明

图书在版编目（CIP）数据

太阳照常升起 / （美）厄尼尼斯特·海明威著；杨蔚
译. -- 天津：天津人民出版社，2017.1（2022.6重印）
ISBN 978-7-201-11268-8

Ⅰ. ①太… Ⅱ. ①厄… ②杨… Ⅲ. ①长篇小说—美
国—现代 Ⅳ. ①I712.45

中国版本图书馆CIP数据核字（2016）第319550号

太阳照常升起
TAIYANG ZHAOCHANG SHENGQI

出　　版　天津人民出版社
出版人　　刘　庆
地　　址　天津市和平区西康路35号康岳大厦
邮政编码　300051
邮购电话　022-23332469
电子信箱　reader@tjrmcbs.com

责任编辑　张　璐
产品经理　阿　么　孙雪净
特约编辑　王小凤
装帧设计　HSQ

制版印刷　嘉业印刷（天津）有限公司
经　　销　新华书店
发　　行　果麦文化传媒股份有限公司
开　　本　880毫米×1230毫米　1/32
印　　张　10.25
印　　数　15,001-21,000
字　　数　196千字
版次印次　2017年1月第1版　2022年6月第3次印刷
定　　价　45.00元